人民路上为人民

RENMIN

庆祝新中国成立75周年
融媒体报道同名书

人民日报全国党媒平台 湖南广播电视台广播传媒中心 编著

山东人民出版社·济南

国家一级出版社 全国百佳图书出版单位

图书在版编目（CIP）数据

人民路上为人民 / 人民日报全国党媒平台，湖南广播电视台广播传媒中心编著 . -- 济南 : 山东人民出版社，2024.11. -- ISBN 978-7-209-15332-4

Ⅰ . I253

中国国家版本馆 CIP 数据核字第 202414B1H8 号

人民路上为人民

RENMIN LU SHANG WEI RENMIN

人民日报全国党媒平台　湖南广播电视台广播传媒中心　编著

主管单位	山东出版传媒股份有限公司
出版发行	山东人民出版社
出 版 人	胡长青
社　　址	济南市市中区舜耕路517号
邮　　编	250003
电　　话	总编室（0531）82098914
	市场部（0531）82098027
网　　址	http://www.sd-book.com.cn
印　　装	济南龙玺印刷有限公司
经　　销	新华书店
规　　格	16开（170mm×240mm）
印　　张	22.75
字　　数	304千字
版　　次	2024年11月第1版
印　　次	2024年11月第1次
ISBN	978-7-209-15332-4
定　　价	96.00元

如有印装质量问题，请与出版社总编室联系调换。

编 委 会

前　言

　　新中国开国大典当天，当欢庆的游行队伍高呼着"毛主席万岁"经过天安门城楼时，扩音器里不断传来毛泽东洪亮的声音"人民万岁"。这四个字，道出了中国共产党对"人民"二字的深刻体悟和炽热情感；这一天起，中国人民走向了人民当家作主的时代。

　　从那时起，全国各地一条条新建的、改建的道路不约而同被命名为"人民路"。75年来，全国各地一条条"人民路"不断延伸、提质，始终承载着我们党"立党为公、执政为民"的执政理念，见证着人民群众不断实现的美好生活。

　　为庆祝中华人民共和国成立75周年，我们以75条为人民而生、因人民而兴的人民路为切入点，记录"为人民"的故事。通过回望"站起来"的历史回响、"富起来"的春天故事、"强起来"的时代脉搏，展示"中国之治"和"中国之制"，回应"时代之问"和"历史之问"，描绘这盛世皆如所愿。

　　从华夏东极到西陲边城，从碧波南海到北国雪乡，横跨东西，纵贯南北，我们在兰考县人民路旁与"焦桐"树下再出发的年轻人攀谈，我们在广州市人民路拍下"人"字形立交桥的新照片，我们在三亚市人民街同上岸的渔民们合唱，我们在呼和浩特市人民路上品尝了香甜的牛奶，我们在喀什市人民路上感受焕新的活力，我们在长沙市人民路上体验新消费的乐趣，我们在金华市人民路上为通达四方的物联网惊呼……走在各地的人民路上，我们不仅看见了城市的发展、人民的幸福，更听到了"人民至上"的庄严承诺。

我们将报道汇编成书、结集出版，记录下这75年来75条人民路上尊重人民价值、成就人民梦想的故事。奋进的脚步愈发铿锵，拼搏的精神更加昂扬，面向未来，我们还将持续记录，中国人民在推进中国式现代化新征程上创造的新辉煌。

《人民路上为人民》编委会

2024年11月

目 录

001　前　言

001　华容县人民大道:
　　　退役不退后! 老兵"决战"团洲垸

006　兰考县人民路:
　　　"焦桐"树下再出发

011　神木市人民路:
　　　让青春的梦想起飞

015　南京市人民路:
　　　水中芹,路中情

021　沈阳市双程堡村人民路:
　　　为乡村提颜值,为群众添幸福

025　玉林市人民路:
　　　裁出"裤都",养成"智农"

030　天津市滨海新区人民街:
　　　老字号焕发新容颜

034　淄博市人民路:
　　　从爆红到长红

038　成都市人民路:
　　　百里中轴线上的幸福之路

044　赤水市人民路：
　　　红色之城绿映红

049　益阳市人民路：
　　　红军苑与不变的初心

053　长兴县人民路：
　　　守护碧水绿岸　滋养幸福生活

059　襄阳市人民路：
　　　发展壮大集体经济，提升群众幸福指数

063　洛阳市人民东路：
　　　西工小街上的幸福生活

067　无锡市人民路：
　　　最是小事暖民心

071　吉安市人民路：
　　　以生命守护生命

075　河口县人民路：
　　　灯火里的"逐梦路"　中越人民的"连心桥"

082　杭州市萧山区人民路：
　　　奔向热辣滚烫的生活

085　南宁市人民路：
　　　"改"出来的小巷清风和老街烟火

089　郑州市人民路：
　　　"人"字路上"郑"青春

094　三亚市人民街：
　　　疍家渔民歌声多

098　吴忠市红寺堡区人民街：
　　　团结花开别样红

102　鞍山市人民路：
　　　百年矿山的绿色蝶变

107　桂林市人民路：
　　　　防洪排涝护漓江　只此青绿为人民

112　禹城市人民路：
　　　　治水兴水为民路

116　宜昌市人民路：
　　　　老城存记忆，新城向未来

120　咸阳市人民路：
　　　　"让路"换来"新路"

124　拉萨市宇拓路（原人民路）：
　　　　现代教育托起多彩梦想

128　武汉新城人民西路：
　　　　基层治理的软实力，社区服务的硬提升

132　西宁市人民街：
　　　　汇聚微光　爱满街区

137　宁波市人民路：
　　　　桑梓情深　薪火相传

141　呼和浩特市人民路：
　　　　从小奶站到中国乳都的甜蜜之路

145　长春市人民大街：
　　　　艺术熏陶人间烟火

149　大连市人民路：
　　　　百年人民路上的美好生活

153　贵阳市人民大道：
　　　　人民路上，民生是"路标"

158　上海市人民路：
　　　　一座公园里的"人民"故事

162　湖州市人民路：
　　　　从"有感"到"无感"的守护

167　淇县人民路：
　　　服务迭代，平安升级

171　广州市人民路：
　　　路桥相通引潮流

175　金华市人民路：
　　　织密物联网　通海达四方

180　福州市金峰镇人民路：
　　　与共和国同龄的人民之路

184　漠河市人民路：
　　　让冷经济热起来

188　常州市人民路：
　　　财富路、宜居路、科技路

193　运城市人民路：
　　　"文化传承"飞入寻常百姓家

198　株洲市人民路：
　　　为民路上的"火车头"

203　兰州市人民路：
　　　"我"在人民路上当代表

207　菏泽市人民路：
　　　产业发展"走花路"

211　林州市人民路：
　　　续写红旗渠精神新篇章

216　包头市阿尔丁大街：
　　　炼出钢铁和梦想

220　常熟市梅李镇人民路：
　　　循声而来　"声声"不息

226　苏州市人民路：
　　　80号地块何以"金不换"？

230 青岛市人民路：
　　　　一条"更新"的路

234 赣州市人民巷：
　　　　老居民乐享新生活

238 喀什市人民路：
　　　　从"危城"到"名城"的焕新路

245 海口市人民大道：
　　　　城市更新，幸福原地升级

252 乌鲁木齐市人民路：
　　　　足不出"圈"，乐享生活

257 台江县人民路：
　　　　迎"篮"而上绘新篇

263 邯郸市人民路：
　　　　延伸人民美好生活

268 耿马县人民路：
　　　　守好群众"钱袋子"！
　　　　"UP耿马"的"反诈"新歌

274 白银市人民路：
　　　　一路生长，一路为民

278 自贡市人民路：
　　　　工业旧址变身和美民居

283 北京市穆家峪镇人民路：
　　　　创新力满满的乡村振兴之路

288 重庆市人民路：
　　　　初心不改，蝶变前行

294 大理古城人民路：
　　　　白族古院闪烁"为民"之光

299　南阳市人民路：
　　　人民的城市人民的河

305　温州市人民路：
　　　一路善行满城爱

309　金寨县人民路：
　　　探索"黑车"司机新出路

313　清远市人民路：
　　　"粮"辰美景，与农同行

318　南通市人民路：
　　　长者有依　长乐无忧

323　漳州市人民路：
　　　漳州110　人民的110

327　唐山市人民路：
　　　铺就人民满意的"幸福路"

331　太原市人民路：
　　　地铁速递城市温情

335　深圳市人民路：
　　　高效服务的深圳速度

339　长沙市人民路：
　　　引领消费新样范

345　界首市人民路：
　　　成长在第一条人民路上

349　致　谢

华容县人民大道：
退役不退后！老兵"决战"团洲垸

湖南省华容县人民大道北起人民广场，南至护城乡华护渠，与省道S306改线连接，全长2636米，宽60米，为双向六车道。它打开了华容县对外发展的"南大门"。2024年入汛以来，湖南累计降雨量为1961年以来同期最多。洞庭湖畔，华容县人民大道两旁不同工作岗位的退役军人们，在堤垸决口险情来临时，迅速集结，挺身而出，迎战洪魔，用实际行动诠释了退役军人群体的责任与担当。

2024年7月5日下午4点左右，湖南省华容县团洲垸洞庭湖一线大堤发生决口。险情来临，在华容县人民大道两旁，来自不同岗位的退役军人闻"汛"而动，向险而行，纷纷赶往抗洪抢险一线，为人民群众的生命财产安全筑起了一道道冲不垮的堤坝。

当日下午4点53分，三台消防救援车搭载着冲锋艇等装备，从华容县人民大道旁的马鞍消防救援站呼啸而出，直奔发生决口的团洲乡，执行群众转移任务。带队出发的站长熊双富2008年应征入伍，2018年因部队改制转隶消防救援队伍。自此，"人民消防为人民"的信念在他心中始终未变。他救援经验丰富，参加过2016年华容县新华垸决口的群众转移工作，而这次团洲垸出险，救援工作比上次更加紧急。"团洲垸比新华垸要大一些，遇险的群众肯定要多一些，我们要做好充足的准备。我们带了三艘舟艇，把所有会游泳的、有舟艇驾驶证的队员也全部带上。"熊双富说。

华容县人民大道旁的马鞍消防救援站

熊双富（右二）和队员们在救援现场

　　夜幕降临，团洲垸内已经断电，四周漆黑一片，只听见洪水灌进垸子时发出的声音。虽然大多数村民已经安全转移，但还是有部分群众因为担心家中的财物而不愿离开。这时，一名村干部找到熊双富，焦急地说，有一对开小卖部的夫妇因为收拾货物没有转移，被困在了家里的二楼。接到求助，熊双富立即带领队员驾艇前去救援，最终把这对夫妇救上了艇。

　　当晚，熊双富和他的队友们通宵奋战，安全转移出被困群众54人。他说："当人民群众需要的时候，我们肯定要冲锋在一线。"

　　前方争分夺秒转移群众，后方驰援星夜赶来。在华容县人民大道旁的县消防救援大队办公室里，大队长李连青的手机被打得发烫。这位有着17年军龄的老兵不但要统筹前方队员的后勤保障，还要协助安排从广西、河南等外地赶来支援的消防队伍分批前往不同区域执行救援任务。"我们一直延续着部队的传统，战斗精神从来就没有减弱过，我们的宗旨意识、使命意识一直在延续，'为人民服务'的意识也一直没有变过。"

李连青说道。在他看来，转隶之后，变的是身份，不变的是军人为人民群众赴汤蹈火的昂扬斗志。

经过一天一夜的连续奋战，2024年7月6日，华容县团洲垸安全区内共7680人全部转移到位，未出现人员伤亡。但洪水涌入垸内，给钱南垸与团洲垸之间的钱团间堤带来了巨大压力。由于有洞庭湖一线大堤的防守，这道14.3公里长的二线土堤，已经多年没有遭遇过洪水的考验。所以，从7月6日起，华容县马鞍消防救援站三级消防长汤敏带领着50名新队员，在这里执行堤坝清障、管涌封堵、巡堤查险等任务。

"前几天太阳很大，有个大姐汗流浃背地跑过来给我们一个个递冰棒，跟我们说，'小心点儿，辛苦了'。"汤敏不无感动地说。当兵12年的他在2018年转隶到了消防救援队伍，驻守在大堤上的这么多天里，尽管很苦很累，但人民群众的认可让他无怨无悔。

就在脱下"橄榄绿"、穿上"火焰蓝"的消防队员们奔赴抗洪抢险一线时，在华容县人民大道旁开二手车行的退伍老兵陈进也和蓝天救援队的队友们一道，带着三艘艇，赶到团洲乡团北村，转移受困群众。

"因为（洪灾）是发生在我们本地，所以从内心来讲（我）是不愿意看到决口的，蓝天救援队队训有一句话叫'民有所需，我有所为'，我们必须第一时间赶到现场。"陈进说。他是华容县蓝天救援队搜救组组长，在当地村干部的带领下，他和十几名队友摸黑下水进行救援。

漆黑的水面，湍急的水流，还有许多不明漂浮物……救援队员手持照明设备，在黑夜里大声呼喊，吹出一声声哨响，逐门逐户搜救被困群众。陈进回忆："我们平常在急流中训练过，但这次这种急流是没遇到过的。当时我们接了四个老人，准备把他们送到岸上去，可能是在晚上10点到凌晨1点左右，水流特别急，缺口在不断扩大，我们谁都没有发现，有一整个的房顶（上面的瓦全在）被水冲来，顺着水流一下子就撞到了我们的艇，我们的艇瞬间悬空，达到了七八十度倾斜，那一刻我觉得是最危险的。"

　　华容县田家湖生态新区管委会就在人民大道上，从军12年转业来到这里工作的刘敬，也是华容县民兵应急连的一名战士。这段时间，他和战友们负责守护钱团间堤的安全，每24小时一班，不间断地巡堤查险，及时处置了多起散浸、滑坡、管涌等险情。刘敬说："我们虽然退伍了，但是身上的责任和担当永远在。我们奋斗在不同的岗位，有做生意的，有务工的，有务农的，但是洪水来了，我们只有一个身份，就是退役军人。"

　　据华容县退役军人事务局统计，全县有超过3000名退役军人以各种形式参加抗洪抢险。他们退役不退后，连续奋战在抗洪抢险第一线，搬沙袋、筑堤坝、解救被困群众……他们用血肉之躯将人民护在身后，践行着"服务人民、服务社会"的初心使命！华容县退役军人事务局副局长唐建华介绍："在我们华容抗洪抢险第一线，战斗在各个岗位的退役军人，发扬着'退役不退志，退伍不褪色'的奉献精神。他们在人民危难之际挺身而出、冲锋在前，用他们的实际行动，展现了新时代退役军人敢于战斗、不畏艰难的精神风貌。"

　　（记者：孙侠、钟婧、毕婧、付建坤、洪博武。编审：李浩、阳玲。单位：湖南广播电视台广播传媒中心）

兰考县人民路：
"焦桐" 树下再出发

　　河南省兰考县人民路是老城区的一条东西向的商业街道，不少外地的商户来这里做生意定居。白天的人民路熙熙攘攘，散发着浓浓的城市烟火气息。这条老街道早已告别当年下雨下雪出门两脚泥的景象，取而代之的是宽阔平整的路面和两旁热闹的商铺、整齐的楼房。人民路上的老街坊、老邻居们都感受到了辖区环境改变带来的美好生活。

　　河南省兰考县，九曲黄河在这里拐了最后一道弯儿。20世纪60年代，县委书记的榜样——焦裕禄强忍病痛带领兰考人民战天斗地、整治"三害"，铸就了不朽的精神丰碑。

　　斯人已逝，"焦桐"长青。"亲民爱民、艰苦奋斗、科学求实、迎难而上、无私奉献"的焦裕禄精神，激励着一代代兰考人接力奋斗。

　　兰考县的人民路，是老城区的一条东西向的商业街道。道路两旁的商户，1/3是本地人，2/3是外地来这里做生意的。兰考县人民路商户许广林说："之所以选择在人民路上做个小生意，也是看中这里的环境，很热闹，老城区也很方便。"

　　78岁的刘树林老人，曾是人民路街道城北社区党支部书记。他打小在人民路上长大，他说，从记事起人民路就是泥泞的土路，而如今街道宽阔、绿树成荫……刘树林老人经常会来这附近走走看看，还会给孙子孙女讲述人民路和"焦桐"广场的故事。

九曲黄河流经河南兰考

20世纪60年代，兰考县内涝、风沙、盐碱"三害"肆虐。1962年冬天，焦裕禄来到兰考县。为了挡风压沙，焦裕禄决定在这里栽种泡桐——这种树能在沙窝生长，长得又快，五六年就能长成大树，成林之后，旱天能散发水分，涝天又能吸收水分，可以林粮间作，以林保粮。

距离人民路不远处的"焦桐"广场上，一棵泡桐树华盖如云，附近的桐树已经更新了三四代，唯独它依旧枝繁叶茂，屹立不倒。这棵树，60多年前由焦裕禄亲手栽下，当地百姓亲切地称呼它为"焦桐"。

魏善民老人每天都要来看护这棵树，清扫落叶、浇水施肥，几十年来从不间断。微风吹过，"焦桐"的枝叶婆娑作响，向人们讲述着"亲民爱民、艰苦奋斗、科学求实、迎难而上、无私奉献"的焦裕禄精神。魏善民说："看到这棵树就像看到焦书记在我眼前，焦书记是个党员，他全心全意为人民服务。我也是个党员，我也学焦书记全心全意为人民服务。我要把这棵树一直照看下去，以后我的身体不行了，就交给我的儿子，让他继续把'焦桐'照看好。"

曾经防风固沙的泡桐树，现如今已成了当地的"绿色银行"。走进兰考县堌阳镇徐场村，路边的泡桐分列挺立，村口广场上横卧着一把砖砌的巨型"琵琶"，错落有致的院落里不时传出旷远脱俗的古琴声。

兰考县独特的土质，让生长在这里的桐木不易变形、透音性能好，成为制作乐器的上好材料。随着兰考"中国民族乐器之乡"的名气越来越响，一波又一波商家来到这里寻求合作。目前，兰考县共有乐器生产及配套企业219家，规模以上企业19家，产品主要有古筝、古琴、琵琶、阮、柳琴等乐器，以及配套的琴桌、琴凳、琴包、琴弦等20多个品种、30多个系列，年产值30亿元，从业人员近两万。兰考大地上，凝聚起干事创业的强大合力。

"90后"夫妻徐亚冲、卫晨欣因琴结缘，因琴致富。徐亚冲说："我们的琴卖到了全球20多个国家，比利时、挪威都发过去了。做一张好古琴要三年左右，因为古琴对漆艺、木工要求高，做古筝一年左右就可以。我们当地政府对民族乐器这一块有很大的支持。我们村信用贷款，不需要抵押，如果数额不大，直接本人去办理就行了。中央音乐学院与兰考县有合作项目，每年都给我们带来一些大型演出，我们都可以去学习，提升自己。"

在兰考县，一棵树不仅可以成为一把琴，还可以成为一块板、一套家具。截至目前，兰考县拥有木制品加工企业2100多家，带动10多万名群众就业，产业链产值达380亿元，成为唯一获批的"河南省木制品进出口基地"。

兰考县经济开发区管委会一位负责人言语间充满自豪："我们把兰考县的所有家居品牌都集中到展厅里面进行展示，从设计到加工、销售、配送、装修一体化，形成了一个产业链。"

"中国民族乐器之乡"奏响"泡桐之曲"

矗立在焦裕禄干部学院门口的雕像

一个人，一棵树，一份情怀，一种精神。在人民路、在"焦桐"广场，"兰考之歌"持续奏响。每年都会有成千上万的各地学员来到兰考县，走走那条老城区的人民路，到"焦桐"树下聆听曾经和现在的奋斗故事。

兰考县白云山村党支部书记、村委会主任说："拿着焦书记的'三股劲儿'，把人民急难愁盼的事儿落实好、干好。我们兰考把这样的精神一代代传下去，一代接着一代干。"

焦裕禄干部学院青年教师张静说："把焦裕禄精神传播给更多的人，让焦裕禄精神生根发芽，转换成我们'为人民服务'的实际行动。"

（记者：王淑洁、曹博淳、刘长源、冉晓晖、赵勇生、范劼。编审：夏雪、朱奕名。单位：河南广播电视台新闻广播）

神木市人民路：
让青春的梦想起飞

　　陕西省神木市人民路是市区次干道，商业繁华，交通便利，也是神木市经济文化最集中的地方。2004年，以人民广场为中心，长1000米，宽15米的神木市人民路，正式完工。同年，在党的十六届四中全会上，"慈善事业"首次写入中共中央文件，新成立的神木市慈善协会在人民路正式办公。截至2023年年底，人民路上的慈善协会已累计募集款物8亿元，惠及群众逾百万人次。其中，"圆困境学子大学梦"是该协会实施最早、持续时间最长、成效最为显著的一个项目。

每天早晨8点，李晓娟就坐在神木市政务服务中心大厅的82号服务窗口开始工作。面对群众的各种诉求，她耐心、用心地解答。

李晓娟大学毕业后，放弃了到大城市工作的机会，回到家乡神木市并申请在一线干服务工作。她之所以这么选择，跟她的求学经历分不开。

李晓娟少年时父母相继离世，她与弟弟和年迈的爷爷奶奶一起生活。赶上了神木市从学前到高中15年免费教育的好政策，李晓娟刻苦读书，考上了大学。李晓娟回忆说："大学的录取通知书来到后，学费我都不敢和爷爷说。"正当李晓娟因为学费一筹莫展时，神木县（2017年神木撤县设市）慈善协会伸出了援助之手。

李晓娟告诉记者："开学前，慈善协会来到我家，当时我感觉好幸福！四年共20000元学费，慈善协会全都资助了，这件事情彻底改变了我的命运，我感觉我的人生有光亮了！"

"神木市人民路是市区次干道，商业繁华，交通便利，也是神木市经济文化最集中的地方。李晓娟所说的慈善协会就在这条路上。"记者说道。

走进慈善协会，83岁高龄的赵成华正在和工作人员讨论工作。当年他受命筹建县慈善协会并当选为会长，在这里一干就是15年。

赵成华说："神木人普遍把上大学看得很重，供孩子上大学，是几代人最大的梦想。但总有一些人因为家庭困难上不起学。所以贫困大学生的上学问题，就成了当时全县上下最为关注、最迫切需要解决的问题。"

说起当时资助李晓娟，赵老记忆深刻。每年6月，学校和乡镇会给慈善协会递交受资助大学生推荐资料。为了不漏掉一个有困难的孩子，慈善协会的工作人员顶着烈日走村入户调查。到李晓娟家调研的时候，已经是吃晚饭的时间了。慈善协会的工作人员看到桌上只有一个菜，里面仅有少量的肉，爷爷奶奶都夹到了李晓娟和她弟弟的碗里。家里能看到的电器就是一台小屏幕的电视机。赵成华当即决定，一定要资助李晓娟读完大学。

为了帮助贫困学子实现大学梦，慈善协会设立了"圆困境学子大学梦"救助项目。赵成华等慈善协会工作人员四处募集资金，一个单位、一个企业地上门动员。当时神木县人民政府专门下发文件，呼吁社会各界都来支持，县财政也拨了专款。项目设立的第二年就资助家庭贫困的大学生105名，发放资助款36.1万元。

赵成华回忆说："我们最开始的团队成员只有四名退休老干部，为人民工作了大半辈子，大家有一个共同的愿望，就是有生之年为人民再做点儿好事。"

神木市市委大楼

　　神木撤县设市后，更多人自愿加入慈善协会。而曾经接受过慈善协会援助的年轻人也开始延续这份爱。

　　曾受慈善协会资助考上大学的刘峰毕业参加工作后，每年都会捐出自己一个月的工资。"00"后的耿柯宇，大学毕业后毅然加入神木市慈善协会，帮助更多像她一样的学生。耿柯宇说："为了能够让准大学生们在开学前就得到资助，安心地完成学业，我们要在最短的时间内完成工作，七月最热的时候，我们一天要走访20多户经济困难家庭。挨家挨户地核实，我都记不清有多少次忘记吃午饭了，脸也晒得黑黑的。但是我很快乐，因为我可以帮助这么多像我一样的人。"

　　持续20年的"圆困境学子大学梦"救助工作，赢得了社会各界对慈善工作的信任和支持。在神木市慈善协会项目部，记者看到了一沓沓慈善募集者名册。项目部工作人员告诉记者："20年来，神木市（县）慈善协会共资助困难大学生25615人次，支出善款1.3亿元，神木是陕西省资助人数最多、资助金额最多的一个县级市，在全国来说，也是名列前茅。"

　　神木市慈善协会负责人告诉记者："'圆困境学子大学梦'是我们的品牌项目。除此之外，我们在养老、医疗救助等方面都有涉及，受益人数近百万人次。我们就是想通过切实的努力，在老百姓真正关心的、与他们生活最密切的地方，做一些实事，让老百姓共享社会发展的成果。"

　　走在神木市人民路上，高楼林立，树木葱郁，便民的生活超市随处可见，图书馆与文化馆一字排开，老年人日间照料中心和卫生服务站并肩而立。人民路广场上，群众在这里下棋、唱歌、跳舞。

　　慈善，让这座城市有了温度。爱，在人民路上一直延伸。梦，在这里和青春一同起飞。

　　（记者：李星宇、卫丽平、刘晓红、王苗。编审：白洁芸、张媛媛。单位：榆林传媒中心交通文艺广播）

南京市人民路：
水中芹，路中情

　　江苏省南京市人民路位于南京市六合区马鞍街道。这是一条南北双向两车道的普通乡镇道路，长约5.6公里，因曾为马集镇人民政府所在地而得名。马集镇人民政府和马鞍镇人民政府合并后成立的马鞍街道办事处，现在还在人民路上。这条路见证了乡村振兴的动人故事。

奇怪的街道办事处

南京市六合区马鞍街道办事处位于人民路54号，这个街道办事处有两个奇怪之处。

第一个是正对街道办事处大门的一栋办公楼，一片屋顶却呈现出两种明显不同的颜色：一边是黑红色的，另一边是深红色的。据街道宣传办公室工作人员介绍，屋顶深红色的瓦片是后来修补过的。新瓦和旧瓦的颜色不同，所以界限分明。原来，这栋楼已经用了40多年，不知道修补过多少次了。

第二个是街道办事处办公楼里的科室非常少，办公人员都去哪儿了呢？原来，马鞍街道提倡靠前服务，为了在服务对象有困难时能够第一时间赶到，大家都分散办公了。农业服务中心、综治办等部门在现代农业示范园里办公，而企业服务中心、三产办等部门都在工业园区附近办公。

大圣水芹成长记

离人民路不到500米处，有个现代农业示范园，是街道为引导"规模化、智能化"的现代农业项目集聚而创办的。马鞍街道农业服务中心原主任刘学良就在这里办公。据刘学良介绍，大圣水芹在六合已经有100多年的种植历史，是马鞍街道主打的特色农产品。目前现代农业示范园里有4000多亩水芹基地，种植大户也基本集中在园区里种水芹。这里的水芹已经销售到了湖南长沙、青海西宁、北京、珠三角等多地。

大圣村是马鞍街道下辖村，大圣水芹以其"细、长、白、嫩、脆、香"的显著特点享誉大江南北，大圣村连续3年被农业农村部评为"全国乡村特色产业亿元村"。

这个以水芹种植为主的亿元村，曾在2004年遭遇前所未有的困境。当年水芹大丰收，市场供大于求，水芹价格大跌，农户损失惨重。

种植户们着急，街道办事处工作人员更着急。街道办事处与种植户们经过多轮研讨、请教专家，决定成立水芹专业合作社。农业服务中心时任主任刘学良在种植户们的强烈要求下，明知困难重重，还是担起了合作社理事长的重任。据刘学良回忆，当年种水芹的本来有100多户，到第二年只剩下了7户。如果2005年不组建水芹专业合作社，那么大圣水芹产业就基本结束了。

大圣水芹专业合作社成立后，规范生产标准和销售流程，实行技术、品牌、收购、上市、运输、销售"六统一"服务。水芹种植户袁德朝说："成立合作社对我们农户帮助很大。我们每亩比以前多赚了3000多块钱，大家都很高兴。"

专业合作社与专家们一起研究推广的"水芹深水多茬栽培"获得了国家发明专利，让原本只产一季的水芹，可以产两季、三季，大大延长了水芹的上市周期。同时，马鞍街道办事处积极打造"大圣水芹"品牌。

水芹产业做大的核心就是为老百姓增收。据大圣水芹专业合作社现任理事长贡述春介绍，地方政府为打造"大圣水芹"这个品牌，

大圣水芹获国家地理标志证书

组建了水芹技术专业协会。2020年12月，"大圣水芹"还拿到了国家地理标志。这非常不容易，因为水芹当时不在国家名录里，花了两年多时间才拿到这个证书。当时申报的相关证明等，都是街道办事处帮忙协调处理的。

再难也要保住老百姓的利益

有了品牌加持，大圣水芹仿佛插上了腾飞的翅膀，从人民路飞上了千家万户的餐桌。谁知2020年，大圣水芹又遇到一个坎儿。21户农户近100亩的水芹种植地，被临时租赁，堆放附近杨营水库清出的淤泥，结果清淤工作完成后，水芹种不了了！原来，在新一轮国土空间规划中，这块地被划定为永久基本农田，不能擅自开挖。

一边是不能碰的耕地红线，一边是老百姓的实际困难，从街道办事处负责人到农业服务中心工作人员，都心急如焚。不能种水芹，是不是可以一季种水稻一季种水芹呢？这样既能保证土地的永久基本农田性质不被改变，又能帮助农民增产增收。街道办事处将"稻芹轮作"方案报了上去。

2022年9月，经马鞍街道办事处和大圣村村民委员会多渠道反映，六合区人民检察院依托"政法网格员+片区检察官"机制介入此事。同年12月，一场行政争议化解听证会在大圣村举行。六合区人民检察院、南京市规划和自然资源局六合分局、六合区农业农村局、马鞍街道办事处及大圣村村民委员会等现场办公，通过了"稻芹轮作"方案，悬而未决的难题终于迎刃而解。

贡述春第一时间把好消息告诉了种植户。想起当时的情形，种植户阮祥兵现在仍非常激动。他说："当时他下车，脸上的表情都不一样，说这个事情通过了，马上就可以推了。大家都非常高兴。"

水芹、小龙虾共生

让更多人富起来

当地政府想人民之所想，带领村民把乡村振兴的"施工图"画在土地上。大圣水芹成为村里农民增收的支柱产业，村里几十户种植户的年收入连续多年超过10万元。

窦如山是大圣村一名水芹种植大户。最初，他承包的田地大大小小，参差不齐，后来在政府的帮助下，进行了标准化改造——灌排分开，铺设水泥路，配套基础设施……他的生意越做越大。

水芹种植大户成长为产业发展带头人，他们通过网络传递着人民路带来的温暖。窦如山开设了抖音账号，他采用的种养结合模式吸引了全国各地的网友前来学习，很多人都从中受益。

龚杰是湖南益阳的农户，向窦如山实地讨教后，转向水芹种植。龚杰说："特别感谢窦师傅当时免费传授经验给我们。我转种水芹以后每亩的

南京市六合区人民路

收益翻了 10 多倍，我在县城里买了套 130 多平方米的房子，日子是越过越好了！"

提及免费传授经验的原因，窦如山这位高大的汉子竟哽咽了。16 岁时，他因家庭贫困辍学，老师两次上门挽留成绩优秀的他，但他还是忍痛把上学的机会留给了哥哥。他说："因为那时候很穷，穷得上不起学。现在我最想感谢政府，没有政府的帮助，没有政府的扶持，我也走不到今天。现在我富了，我要让更多人富起来。"

水芹在生长，人民路的故事在延续。除了水芹，马鞍街道还因地制宜发展雨花茶、精品花卉、绿色果蔬、优质大米等农产品，逐步壮大先进制造、光伏、农文旅融合等产业，一幅"产业强街、富民强村"的新图景正徐徐展开。马鞍街道党工委负责人说："不管政府在哪条路上办公，我们心里都要有'人民路'，始终把老百姓放在第一位。"

（记者：左宁、蒋琳、常峥、洪云菊、何鑫。编审：汪勤华。单位：南京广播电视台）

沈阳市双程堡村人民路：
为乡村提颜值，为群众添幸福

辽宁省沈阳市张家屯镇双程堡村人民路是沈阳市管辖区域内唯一的一条人民路，它是一条村路。这条人民路大概600米长，两车道，既有柏油路面，也有水泥路面，还能通到田间地头。20世纪80年代，在政府的引领下，双程堡村六名党员带头，率领全体村民修建了这条路，如今这条路成为老百姓家门口的致富路、振兴路、幸福路、连心路。

　　碧空如洗，绿树成荫。别致的木栅栏顺着平坦洁净的乡村柏油路将一块块田地整齐划开，一座座干净整洁的农家小院错落有致分列两旁。夏日清晨里的沈阳市张家屯镇双程堡村人民路上，老党员周家安一边散步一边和朋友闲聊，说起20世纪80年代："就是政府引领，党员带头，大家一起把这条泥土道修好了，能走车了，后来取名为人民路。路好走，人民得利益了，人民的干劲也起来了。"

　　凝聚了人民力量的人民路建成后，村民有了更高的期盼——希望村里的路面硬化全覆盖。村民的这个愿望在2018年已经实现了。在双程堡村党总支书记、村委会主任高通的带领下，村民齐心协力，将村路直接通到了田间地头。高通说："原来我们田间地头都是土路，雨天两脚泥，晴天一身土。现在不一样了，田间地头全变成了水泥路，为群众的出行、运输带来了极大的方便。之后又配套了110盏路灯，栽植了2600棵风景树。晚

沈阳市双程堡村修村路

上出门再也不黑了。"

农村要发展，党支部领着干，村民活力足。在村党总支部会议上，大家总会积极讨论工作抓什么、怎么抓，不断提高工作实效。

2022年，双程堡村从整治农村环境、解决农民群众反映最强烈的环境"脏、乱、差"问题入手，通过成立村集体公司——沈阳邦洁卫生清运有限公司，彻底开展了一次"厕所革命"。村民洪东春对此连说根本想不到："这么多年来，上厕所全是在外面儿，冬天冷，夏天蚊虫乱飞，相当不卫生。现在厕改完了既卫生又方便。（村民）没花钱，政府全包，咱就等现成儿的。"

在改善村里人居环境的同时，双程堡村依托这个村集体公司，一方面承包镇内厕所清掏与维护工作，一方面对外承接各种挖掘机工程。正是这样通过多种渠道探索壮大集体经济，双程堡村的集体收入节节攀升，高通说："自从成立这个公司以后，我们的集体收入直接增加了30万元，2024年预计破百万元。现在村里有钱了，老百姓也受益了。"

除了发展村集体经济，双程堡村更不忘探索"种地经"，依靠规模种植走上致富路。说起村里的农产品，高通拉着记者直奔冬瓜地，看着刚刚结出来的小冬瓜，谈起未来规划，高通信心满满："冬瓜长得挺好！我们这个冬瓜产量高，亩产保守来说是一万七八千斤，好的时候能过两万斤，而且每年价格都能在四毛到五毛钱。帮助老百姓卖冬瓜，包括后期的储存冷库，都是政府想办法。一个大的冬瓜能有五六十斤，我们的冬瓜主要是卖到南方。"

乡村环境有看头，乡村生产有赚头，一直住在村里的梁玉玲感到日子是越过越舒坦。"这两年种地挣钱了，我们家不只盖了房子，还买了新车，明年再把儿媳妇娶到家，未来的生活，我们家会越来越好。"

沿着双程堡村人民路行走，休闲广场、文化长廊、花坛、冬瓜种植地、休闲垂钓鱼塘……让人目不暇接，从满目绿色中可以感受到乡村发

参与修建双程堡村人民路的老党员周家安

展的盎然生机。"我经常会到咱们人民路上来走一走，现在咱们村'两委'班子（管理能力）挺强，人心也齐。我看，未来的发展一定会越来越好。"走在人民路上的双程堡村老党员周家安始终有一个心愿，那就是希望自己参与修建的人民路，成为村里老百姓家门口的致富路、振兴路、幸福路、连心路。

（记者：关金、王灏、杨曼、王莹、杨国强、于涵。编审：关金、杨曼。单位：沈阳广播电视台FM98.6路上好朋友）

玉林市人民路：
裁出"裤都"，养成"智农"

　　广西壮族自治区玉林市城区的人民路全长约11公里，由东向西分为人民东路、人民中路和人民西路，是集商贸、文化、生态、休闲于一体的综合性城市主干道。人民西路通往"世界裤子之都"福绵区，支撑着服装产业发展；人民中路连接新兴网红地"十字街"，融合传统与现代元素；人民东路则对接玉北大道，强化了城市的内外联系。人民路沿途设有市场、学校、医院等重要场所和机构，以及绿化带、公园和广场等公共空间，极大地方便了市民的生活，成为玉林市民生活中不可或缺的一部分。

　　在"千年古州，岭南都会"玉林，人民路横贯东西，铺陈着逐梦者的足迹，闪烁着希望的光芒。在这里，可以回望"世界裤子之都"的辉煌历程，迈进"全国第一所职业农民学院"的智慧殿堂。玉林市人民路，不仅承载着城市的繁华脉动，更是乡村振兴与产业发展的桥梁，深深烙印着"为人民"的初心与情怀，见证着玉林以非凡匠心，绘出人民美好生活的斑斓画卷。

　　沿着玉林市人民西路，进入玉林市福绵区，这里作为"世界裤子之都""中国休闲服装名城"，正演绎着从传统制造到绿色智能制造的华丽转身。

　　水洗车间里机器轰鸣，工人们正有序忙碌着。除浆、气磨、过水、烘干……在高温蒸汽作业后，一件件做旧变柔的牛仔裤，刚下生产线，便被

在广西百盛纺织有限公司，工人忙碌在生产一线

打包装运上车。不种植一株棉花的福绵区，每天生产牛仔裤多达三四百万条，当天发往粤港澳大湾区，15天左右到达东盟国家，30天左右就可以到达欧洲国家。

近些年来，福绵区通过精准政策扶持与税收优惠，引导产业升级，将这一区域从手工小作坊聚集地转变为拥有先进技术和智能化生产线的现代化服装产业中心。同时，福绵区通过新滔环保产业园等项目，绘就了一幅经济与环境和谐共生的绿色图景。

广西百盛纺织有限公司正是其中的翘楚。在公司生产车间内，各项工艺流程规范运作，车间内一派热火朝天的繁忙景象。广西百盛纺织有限公司提前布局智能制造生产线，2024年5月签订了全球首个使用立达最新喷气纺技术的全流程项目，落成后，公司的生产自动化水平更高、加工成本也更低。

产业升级的浪潮中，玉林市委市政府没有忘记人才兴农的初心，创立了"福绵裁缝"劳务品牌。针对企业对车缝工人的技术需求以及部分有入职意愿但技能水平不够的人员开展"福绵裁缝"培训，通过培训，提升这些人员的职业技能水平，使其达到企业所需的标准，更好更快地实现入职就业。

"福绵裁缝"劳务品牌作为为纺织服装产业工人提供国家标准职业技能培训和推荐就业的服务平台，是全国公共就业服务能力提升示范项目重点建设内容。唐海燕就是万千返乡工人技能升级的缩影，她不仅技艺精湛，更在家乡找到了事业与家庭的平衡。

政、校、企携手培养万名技能工匠，为服装产业注入不竭动力。目前，福绵牛仔裤产业已发展成为一个拥有2800多家企业、总产值290亿元、年产牛仔裤超10亿条的庞大集群，超过13万名熟练工人汇聚于此，共同推动着"福绵制造"走向世界。

沿着人民路转身向东，在这片充满活力的土地上，由广西壮族自治区农业农村厅和玉林市人民政府共建的广西玉林职业农民学院正凝聚着乡村振兴的力量。

这所学校于2015年4月在广西玉林农业学校揭牌成立，中国第一所职业农民学院就此诞生，开创了我国现代农业教育的新篇章。学院设置百香果栽培管理、病虫害防治、农村电商培训等课程，打造"固定课堂+田间课堂+线上课堂"模式，有效破解了农技推广服务"最后一公里"的难题，旨在培养一批能够扎根基层、服务乡村的高素质职业农民。目前，学院已经累计培训超过3.6万人次，输送了大量的乡土人才。广西玉林农业学校校长陈世富介绍："学院在玉林市农业农村局、生态移民发展中心等相关部门的大力支持下，培养了一大批有文化、懂技术、善经营、会管理、能创业的新型职业农民，为玉林及周边地区的发展提供了强有力的人才与智力支撑。"

在玉林市玉州区云良村安良农业专业合作社的果园里，三红蜜柚与青橘在朝露中更显生机盎然，绿叶间挂满了沉甸甸的希望。

2008年，安良农业专业合作社社长凌呈伟开辟了2亩土地来种植砂糖橘，由于缺乏技术和经验，他只能一步步摸索前行。2016年，凌呈伟尝试扩大砂糖橘种植规模，但很快遇到了土壤板结的问题。当时的凌呈伟烦恼不已，寝食难安。转折发生在2021年9月。凌呈伟参加了广西玉林职业农民学院组织的高素质农民培育提升行动中的农村电商班培训。种植的管理工作是一项又脏又累的活，可是凌呈伟却干得很投入。他不仅认真研究各种果树品种的特性特点，还虚心向广西玉林农业学校的老师请教，顺利解决了许多种植难题。通过半年多的刻苦钻研和踏实工作，凌呈伟对果树各品种的生长、病虫害防治有了较为全面的掌握。培训学习过后，凌呈伟的种植技术有了大幅提高，种植品种也多样化。

技术的革新，理念的转变，让凌呈伟的果园焕发新生。在他的带领下，云良村的砂糖橘、三红蜜柚种植面积迅速扩展至800亩以上，昔日的

凌呈伟的果园一片生机盎然

黄土地变成了金灿灿的丰收田，村民们的腰包鼓了，笑容多了，云良村的经济因此焕发了新的活力。

政策驱动，资金扶持，为农业现代化搭建了坚实的教育平台，推动了乡村振兴战略的深入实施。2023年，玉林市农村居民人均可支配收入22250元，连续13年保持全自治区第一。

如今，在这条玉林人民共赴梦想的人民路上，千万个像唐海燕一样的"福绵裁缝"忙碌在牛仔裤生产线上，合作社社长凌呈伟带领村民奔波在种植基地，虽然辛苦，却有着收获的幸福……以"人民为中心"的发展理念，让玉林人民的生活越来越好。

（记者：潘冬、孙思秋、文波、张翔。编审：胡加宁。单位：玉林市融媒体中心）

人 民 街 2.6 km
Renmin St

太 平 街 3.0 km
Taiping St

南　　▲　　新 开 北 路　　▼　　北
South　　　　Xinkaibei Rd　　　　North

天津市滨海新区人民街：
老字号焕发新容颜

　　天津市滨海新区人民街位于滨海新区的重要位置，一直以来都是居民生活、商业活动的集中区域。街道周边居住人口密集，逐渐形成了完善的商业体系和生活服务设施。这条街是当地发展的重要见证和核心街道之一。

　　在人民街上有着一家千年盐场——长芦汉沽盐场。千年后的今天，它仍在坚持用"一粒盐"服务一方百姓。

　　记者于杨："盐，自古以来关乎民生，沿着我脚下的这条天津市滨海新区人民街一直走下去，就来到了长芦汉沽盐场。这家盐场已经有1100年左右的历史。在过去，盐场的每个角落里都能看到皮肤黝黑、挑着扁担、大汗淋漓的盐工，而现在我们看到的是现代化的传送设备，盐山也越堆越高，却没有看到一位盐工，他们去了哪里呢？"

　　在汉沽盐场的中控室里，58岁的盐工李军正在用电脑控制盐卤池的海水流量。在墙上的监控大屏里，盐场所有重要点位都一目了然地纳入他的视线范围。

长芦汉沽盐场

李军指着大屏上整齐排列着的大型智慧化盐田告诉记者："通过全自动的远程调控开闸门，大大减少了制卤工的劳动强度。工人的工作环境也提升一大截。人工成本减少了，我们的个人收入也提高了。"

汉沽盐场在2023年启用了智慧盐田管理项目，实现了智慧化生产运作，很大程度上实现了"降本增效"。以李军负责的近7万平方米滩田池上的闸门及泵站的开关工作为例，过去30多年，他每天仅仅是打开蓄水、蒸发、调节等环节之间的闸门这项工作就需要三个小时，而关闭又需要三个小时。如果遇到极端恶劣天气，盐工们更要和时间赛跑，还要承担人身安全风险。现在，智慧盐田系统让这些问题不复存在。目前，汉沽盐场的日晒盐年产量达50万吨、食用盐年产量达30万吨。

为满足消费升级和市场多元化需求，汉沽盐场在保持自己独特传统工艺的同时，还搭上了现代技术，研发推出了一系列与盐相关的产品，有洗衣液、香皂等日化产品，有畜牧农业使用的舔砖，甚至在电器电路板中都可以找到他们产品的身影。天津长芦汉沽盐场有限责任公司党委副书记、工会主席张士勇介绍说："它属于资源性的产品，所有的这种日常的电器电路板必须要用它，它耐高温，可以阻燃，是我们的支柱产品。"张士勇口中的它指的是四溴双酚A，是一种当前被广泛应用于阻燃剂、医药、农药、工业清洗、制冷等领域的原料。汉沽盐场发挥自身优势，看准四溴双酚A的巨大市场前景后，加快布局新赛道，现在仅四溴双酚A一项汉沽盐场每年就可以实现产值5亿元。

除了在盐及相关产业上做文章，汉沽盐场人也一直在探索绿色发展之路、可持续发展之路。

站在一眼望不到边的盐场里，随风转动的大风车格外显眼。汉沽盐场利用地处北纬39度，大风天气较多的优势，开发了"分散式风电项目"。汉沽盐场战略投资部副部长刘卿指着这些"大家伙"说："我们现在用的是风电，整体项目发电一年可以达到3000多万度，我们场子里面大概

1/3的电都能够实现绿色化了。通过咱们新能源项目的引入，汉沽盐场每包500克的'芦花牌'海盐可以做出17克的减碳贡献。"

长芦汉沽盐业展览馆

每年5月到10月，随着气温的升高，各种藻类和卤虫繁殖加速，盐池呈现出蓝、绿、黄、红等深浅不一的颜色。从空中俯瞰，宛如一个大型的"七彩"调色盘，蔚为壮观。汉沽盐场将两节老式绿皮火车的车厢打造成了一处景观区，与盐场工作区融为一体，吸引了不少游客到此观光。

为了呈现盐场的千年历史，汉沽盐场专门建设了400平方米的长芦汉沽盐业展览馆。汉沽盐场文旅公司副经理李双伟说："当初我们定的是'文工旅学'一体化。盐背后蕴藏着很多知识，这些也是我们的资源。我们每年接待科普研学人员4万多人次。在盘活老企业、讲述老字号新故事方面，我们也正在探索。"

一二三产业的深度融合、产业链的延伸让人民街上的天津汉沽长芦盐场这家"千年老字号"焕发出新的生机和活力，但他们始终没有忘记做好"老本行"，服务于民生。

天津长芦汉沽盐场有限责任公司党委副书记、工会主席张士勇说："提供更好更健康、更受老百姓欢迎的食用盐，是我们不变的初衷。"

（记者：王栋、张清森、陶微微、刘楠、刘铭洋、接婕。编审：刘承军、李志强。单位：天津经济广播）

淄博市人民路:
从爆红到长红

  山东省淄博市人民路始建于1959年,全长10.7公里,位于淄博市委市政府所在地张店区的中部。60多年来,人民路一直是淄博的城市主轴,承载着时代的发展变迁。2023年,淄博烧烤火爆出圈,慕名而来的游客摩肩接踵,人民路南的八大局便民市场也随之人气爆棚。短时间内急速增长的巨大客流、车流考验着这座城市的管理者。

淄博市人民路位于淄博市委市政府所在地张店区的中部，是中心城区的主干道，始建于1959年，全长10.7公里。60多年来，它见证着城市的发展，记录着岁月的变迁，也寄托着对未来的期待。

淄博市人民路南的八大局便民市场，被网友戏称为"超5A级菜市场"。2023年五一期间，每天从全国各地来八大局便民市场打卡的游客超过20万人次，早上8点，市场就要限流。

从一个北方小城普通的菜市场一跃成为名声大噪的旅游景点，八大局便民市场的转变发生在2023年春天。当时，淄博烧烤火爆出圈，让淄博这座不太知名的山东城市突然变成网红城市，慕名而来的游客摩肩接踵，八大局便民市场也随之人气爆棚。短时间内急速增长的巨大客流、车流考验着这座城市的管理者。

2023年4月上旬，坐落在人民路中段的淄博12345政务服务便民热线办公大厅里，电话铃声响成一片。12345接线员介绍："八大局便民市场是一条街，平日里就是周边小区居民买肉买菜的地方，不具备容纳大量游客的能力。火了以后，停车难、交通堵成为游客投诉最突出的问题。"

淄博市人民路

　　民众有所呼，政府有所应。72小时，这是一个让众多网友惊讶的数字，也是淄博修建750米城区道路所用的时间。2023年4月13日清晨，在淄博市政、交警、交通三部门昼夜不停、压茬推进的极限努力下，从淄博火车站通往八大局便民市场南门口的主干道——东一路正式通车。

　　路通了，游客的车往哪里停？2023年4月15日，淄博市人民政府选中距离八大局便民市场200米的东二路涝淄河畔，动工建设八大局停车场。13天后，356个停车位赶在五一假期来临前两天，全部建成并免费对外开放。而来到淄博的青岛游客于先生也感受到了停车的便利："这次是第一次过来，导航过来很方便，停车位也充足。"

　　对此，淄博市八大局市场管理办公室负责人告诉记者："除了停车场，我们还改造提升了志愿服务站，新建400多平方米高标准公共卫生间，同时开设'3127002'八大局市场投诉专线。从早上7点到深夜12点，市场里一直有市场监管工作人员，还有志愿者为大家服务。同时我们也会根据人流量情况，调整网红店的营业策略，以更好地服务游客。"

　　淄博市的这份真心和诚意，把"爆红"变成了"长红"。2024年春天，淄博市八大局便民市场不出意外地又火了，五一假期每天的人流量超过12万人次。

淄博烧烤

当你走在淄博市人民路南538米长的八大局便民市场，随着摩肩接踵的人群缓缓前行，左手拎着陶瓷琉璃，右手挂着马踏湖草编，嘴里还回味着紫米饼的甜糯和炒锅饼的酥脆时，夜幕来临，空气中开始弥漫着烧烤诱人的香气。"小饼、火炉加蘸料，烧烤灵魂三件套。"面对着全国各地，甚至从国外乘飞机前来打卡淄博烧烤的食客，越来越多的创业者选择经营一家烧烤店作为就业和创业的新途径。

"仅用20分钟整套营业手续就全办好了，烧烤店当天就能营业！"淄博市某烧烤店负责人李先生拿着新办理的营业执照和食品经营许可证十分激动。为了助力淄博烧烤抓住机遇，乘势而上，做大做强，2023年淄博市审时度势推出了烧烤行业一件事一次办专区，多种证照一窗通办，当场办结。淄博市烧烤协会秘书长傅莹表示："2023年，淄博市新注册烧烤店1707家，最高峰时，全市有2243家烧烤店。生产小饼的厂家也从最初的4家增长到102家。"

一串烧烤带火一座城。如何抓住这难得的机遇，淄博市委市政府给出了自己的答案：快速修路方便游客打卡，设立烧烤办证窗口方便商家投资兴业，成立烧烤协会规范行业标准，市场监管快速出手惩治"害群之马"，推出文旅产品和景点开放日等一系列活动……这一套为民解忧的组合拳让淄博烧烤的热度一波接着一波。2023年淄博餐饮业营业额同比增长25.8%，高于全国5.4个百分点；社会消费品零售总额同比增长9.6%，高于全国2.4个百分点。

人民路上为人民。淄博凭借烧烤出圈的背后，是淄博市上上下下为优化营商环境所付出的努力，是政府对"全心全意为人民服务"根本宗旨的坚定践行。

（记者：孙伟军、郝明霞、许彤童、岳峰、郭旺、史继磊。编审：牛长辉、张东。单位：淄博市广播电视台）

成都市人民路:
百里中轴线上的幸福之路

在四川省成都市,有一条全长150公里的世界最长城市中轴线,而成都市人民路就在其中。它一头连接历史,一头通往未来,见证着成都人民的努力与拼搏,喜悦和幸福。

在成都纵横交错的路网中，有一条贯通南北的人民路在地图上格外醒目。它所在的位置正是以天府广场为中心，北接四川德阳、南连四川眉山，全长150公里的世界最长城市中轴线。

这条中轴线上的人民路，一头连接历史，一头通往未来，见证着成都人民的努力与拼搏，喜悦和幸福。

成都市中心的天府广场，不仅是城市的中心，也是人民路的核心。很多时候，市民李瑾婷会带着女儿搭乘地铁来到广场西侧的成都博物馆参加"周末儿童博物馆"活动。

"周末儿童博物馆"活动志愿者袁剑介绍说："每个星期五和星期六的晚上，志愿者会引导小朋友去馆里参观，并根据参观的内容匹配一些活动，比如参观汉代的石刻，看完了之后可体验怎么做拓印、填色。有了这个平台引导，小朋友进入博物馆后就不再盲目了。"

成都市人民路街景

成都博物馆

看着4岁的女儿仔细涂抹着画像砖的图案,李瑾婷说道:"从观看到参与,这样一点一滴的浸润,让历史和文物都'活'了起来。孩子平时主要是从书里看到这些器物,现在能听到专人讲解而且可以上手体验制作过程,对这些历史文物的了解要透彻得多。"

"到成都必逛博物馆""这些都能免费看,各种展览让你沉浸体验"……从2022年开始,这类话语就逐渐在社交软件中频繁出现,成都博物馆推出的各大展览成为市民游客打卡的热点。

成都博物馆副馆长黄晓枫告诉记者:"我们希望在成都的人有更强烈的幸福感,即使足不出户也能观尽全世界的文明。"

人民路上的成都博物馆在收藏成都历史的同时,似乎也在导向着城市的未来。因为在这里我们看到无论是盛衰交替的古代,还是多元并存的现代,成都都以海纳百川的气度从容面对。这一点,从天府广场出发向北,可以看到它生动的实践。

1986年,成都专业化的消费品批发零售市场荷花池在人民北路附近落户。"要致富,荷花池弄商铺。"这里曾经是成都人缔造财富神话的传奇所在。

2013年2月8日,历经风雨的金牛区属荷花池市场正式关闭,开始提档升级,这个年交易额曾达数十亿元的市场按下暂停键。

如何让这个曾经的黄金市场焕发活力?探索多年的"北改"工程转型,有了结果。现在,荷花池已经从一个拥有53家批发市场的传统商圈,摇身一变,成为一个拥有不同业态的新型商圈。

荷花池街道一位负责人说:"街道会同相关部门研究制订了区域发展的规划,积极引入一些新的企业,打造了电商直播产业基地,在'北改'以来,进行了两次提档升级,同时加强了区域城市管理梳理,优化交通与物流秩序,努力打造荷花池新消费场景,培育了一批'荷二代''荷三代'主理人,不断提升对年轻消费群体的吸引力。"

如果说人民北路凝聚着成都人的财富梦想，那么一路往南，则可以看到创新发展的力量。

成都高新区，西部首个国家自主创新示范区，全国首批国家级高新区之一，"创新、科技、新质生产力"是它的标签。而这股科技的力量也在反哺这里的居民，那就是"科技让养老变得更简单"。

在高新区芳草街街道紫竹社区65号院，成都高新区秋语秋韵养老服务中心的巡防员张玉，正在进行针对空巢、独居老人每月两次的上门服务。2021年，高新区芳草街街道率先在全区试点开展老年人"智能居家安全监护支持"项目，夏成英老人的家成为该项目的首批100户试点家庭之一。

成都高新区秋语秋韵养老服务中心负责人俞锦华介绍说："有了这个智能设备之后，最主要的就是线下的响应，这个响应是全年全天无间断的服务。老人在家里求助之后10—15分钟，我们即可响应并完成救援。"

智能预警、主动发现、自动报警这些智能化设备、系统都来自高新区的科创企业，这些企业从这里发源，也用绝对的技术实力回馈这里的居民。这是成都全时云创始人兼CEO刘渝和小伙伴们一直想要实现的。

刘渝介绍说："我们真正要去做养老的科技公司。我们要真的把身子蹲下去，要真的按老人的认知水平去改造，然后通过我们的康养大模型，主动去把更好的服务推送给他们，把他们接入我们的互联网，接入我们的数字化生活体系。"

从原点到南北，成都城市的发展沿着人民路一步一步往前走，每一次变化都有难忘的记忆、收获的幸福和期待的未来。人民路上的繁华景象、温暖瞬间深深融入了城市的肌理，塑造着成都这座城市的独特风貌。

（记者：万斯佳、王欢、朱思洋、任秋虹。编审：张小兵、田乔飞、李岚。单位：成都市广播电视台）

赤水市人民路：
红色之城绿映红

贵州省赤水市人民路，一条老街见证着"红色之城"易地扶贫搬迁的成果，也带动着"世界旅游目的地"文旅产业的发展。人民路上看到的不仅是文旅融合发展带来的"绿水青山"，更是当地人民洋溢着幸福的如花笑靥。

　　1935年，红军经历了长征中最惊心动魄而又最精彩的一次军事行动——四渡赤水。今天，赤水作为黔北通往巴蜀的重要门户，通过老城改造、易地扶贫搬迁、旅游资源开发等措施，老城焕发新颜。生活在这里的赤水人民，也感受到了实实在在的幸福。

老城焕新——人民路上新生活

　　位于赤水老城区的人民路，始建于20世纪90年代。随着时代的变迁，越来越多的人聚集到人民路上生产、生活，罗吉伦就是通过易地扶贫搬迁来到人民路的。罗吉伦曾经居住在距离人民路70公里外的长期镇共和村白石岩小组，那里交通闭塞，基础设施薄弱，长期制约着当地的发展。

赤水市人民路

赤水市街景

2016年以来，长期镇启动易地扶贫搬迁工程，将贫困问题最突出、居住分散、搬迁意愿高的群众，集中安置到赤水城区、长期镇和石笋、箭滩安置点。

当年，罗吉伦就从生活了几十年的村子，举家搬迁到了赤水城区人民路上的滨西社区安置点。根据搬迁政策，每户搬迁户可分得人均面积20—25平方米的一套住房，贫困户每人额外补助3.5万元，算下来，像罗吉伦这样的搬迁户花不了多少钱甚至不花钱就可以搬迁到新居。

不仅如此，政府还在安置社区的广场上安装了体育健身器材，修建了休闲步道，给安置户营造舒适的生活环境。对这一切罗吉伦感到很满意："我搬到赤水滨西社区滨江一号，从人民西路到我家只要十五分钟，现在住的这里条件很好，逛超市、去医院都很方便，生活无忧。"

截止到2017年，长期镇完成易地扶贫搬迁571户2363人，彻底改变了"一方水土养不活一方人"的困境。

在政府的统筹下，罗吉伦有了自己的工作，在人民路上开启了自己的新生活。但是文化水平不高的他，经常会遇到各种生活难题，热心的社区工作人员赵小丽总会第一时间伸出援助之手。

和罗吉伦一样，赵小丽也是一个"新赤水人"。2010年，赵小丽随着爱人来到赤水生活，一待就是十多年。在赵小丽眼里，这些年的赤水不断发展，人民路也不断焕新。她说："我来赤水走的第一条路就是人民西路，后来在人民西路周边的社区工作，社区里居民的生活环境越来越好，城市建设也越来越好。"

这些年，人民路上聚集了越来越多像罗吉伦、赵小丽一样的新居民，有人在这里过上"老有所乐"的幸福生活，有人在这里搭上"脱贫致富"的旅游快车。

旅游发展——人民路上百业旺

赤水拥有"世界自然遗产"丹霞地貌，有长江流域最大的瀑布，有世界上面积最大、海拔最高的竹类国家森林公园……这些是大自然赠予赤水的瑰宝，是全国独一无二的特意性资源。

2023年，赤水市接待游客1087.38万人次，同比增长56.45%，旅游收入达123.71亿元，同比增长71.13%。近两年，赤水市紧盯资源要素，围绕特意性资源推进业态升级，定目标、出实招，推动旅游产品体系再上一层楼。

赤水市不仅有一流的旅游资源，还有完备的旅游基础设施和专业的服务。在去往赤水丹霞旅游区必经的人民路上，河景民宿成为一道新的风景线。和罗吉伦一样，人民路上的老百姓集体搭上了这趟"顺风车"，既获得了就业岗位，更增加了经济收入。红色之城的绿色产业，让人民路上的人民幸福不已。

赤水丹霞旅游区

　　通过文旅的发展，赤水吸引了全国各地的游客来到这里，拉动了消费和需求，也刺激了新的业态诞生。如今在赤水，除了民宿外，夜市经济、特色餐饮、变装旅拍等文旅产业的发展，促进了赤水旅游目的地城市消费体验聚集区的形成。搭建赤水文化和旅游营销联动体系，将传统单一的景区营销转变为多元的旅游目的地营销，联合共塑赤水世界级旅游景区的品牌，也为人民路上的老百姓大大增加了就业机会。

　　贵州历史悠久、文化多彩，赤水市人民路串起了贵州文化宝库中熠熠生辉的"文化富矿"。在人民路上，我们不仅欣赏到了文旅融合发展带来的"绿水青山"，还看到了当地人民洋溢着幸福的如花笑靥，赤水的"人民路"也因此而名副其实。

　　（记者：李逸、田娟、马俊江。编审：王子云、罗波。单位：贵州广播电视台音乐广播、交通广播）

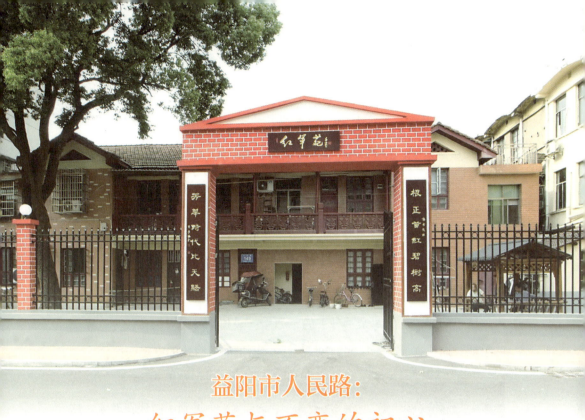

益阳市人民路:
红军苑与不变的初心

  湖南省益阳市资阳区人民路,新中国成立前为紫霞居巷。抗日战争时期这一带曾遭受日军飞机轰炸,新中国成立后形成一条南北向的马路,1967年被命名为"人民路"。

  这条路全长不过1.5公里,沿线建有人民医院、人民路小学等服务单位,临街铺面的油碗糕、白糖饺子、益阳麻辣烫等各色美食与熙熙攘攘的人流共同升腾起了老城区的烟火气。

　　在湖南省益阳市人民路上，有一处特别显眼的红房子——红军苑。这座红房子是1964年湖南省人民政府为安置老红军及其家属专门修建的红军宿舍。当年修建红军苑时，附近居民积极参加义务劳动，以实际行动表达对老红军的尊崇、敬仰之情。

　　红军苑中最引人注目的是一棵枝繁叶茂的香樟树。这棵树是1964年入住这里的四位老红军亲手种下的，如今已成长为参天大树，成为红军苑的象征。这棵香樟树不仅饱经风霜雨雪，更见证了时代的发展变迁。

红军苑陈列室

　　香樟树下，记者见到了向建安老人。这位老人已年过七旬，但精神矍铄。向建安老人的父亲向长生是一位德高望重的老红军，他16岁追随贺龙闹革命。1927年参加南昌起义，1935年参加长征，之后又参加了百团大战和人民解放战争。参战时曾多次负伤，新中国成立后，向长生被评为"二等甲级伤残军人"。1964年，益阳市安置老红军，包括向长生在内的四位老红军及其家属在红军苑居住，所在的小巷也定名为"红军苑巷"。

红军苑所在的资阳区人民路社区是一个重度老龄化的社区，60岁及以上居民占比达48%。长期以来，社区人居环境不优、老年人口众多、社区工作人员不足等问题尤为明显。如何让社区居民，尤其是老年人生活得更幸福？社区党委认为，要解决这一系列困难，必须让社区党员带头行动起来，让各界力量和社区群众参与进来。

为给老年人提供精细化服务，人民路社区共征集了68名红管家及志愿者常态化开展走访联系，解决了社区工作人员不足的问题。同时，带动一批有一技之长的热心居民加入红色驿站，为社区居民提供水电维修、裁缝、理发等公益服务。其中，社区党员毛庆喜就利用自己水电工的技术特长，长期义务帮社区居民维修水电，为楼道和巷子的路灯做维护，大家亲切地称他为"驱散黑暗的技术员"。

社区党员廖正安也是社区的志愿者，她持续照顾社区居民谢淑英老人瘫痪多年的女儿邓艳红20多年，每天给她端水喂饭、洗漱擦身。在这个过程中，她始终保持着尊重和细心，没有让邓艳红感到一丝尴尬和不适。

廖正安的行为，社区居民看在眼里、记在心间，大家纷纷称赞她是社区的"好心人"，是"全心全意服务群众的楷模"。廖大姐认为，这样互助式养老不仅满足了低龄老人参与社会实践的成就感，也能让有需要的老人获得贴心服务。

由于人民路社区60岁及以上老年人占比达48%，独居老人达到137人，就餐、养老的需求很大。人民路社区还在益阳市率先开办老年食堂，引进了益阳市民政局的益老食堂项目，通过项目资金保障食堂的可持续运转。同时，还组建了爱心服务团队，2名"爱心厨师"轮流掌勺，8名"爱心送餐员"负责订餐送餐，3名"爱心监管员"对食堂运营情况进行监督管理……目前，爱心食堂也实现了人力成本"零支出"，社区的老人们纷纷对爱心食堂竖起了大拇指。

人民路社区老人们在乘凉

　　如今，益阳市作为"全国第三批居家和社区养老服务改革试点城市"，出台了"基本养老服务清单"，明确从居家社区养老服务品质提升、居家社区适老化改造、老年助餐服务三方面发力，并对服务内容、服务标准、服务类型和牵头责任部门进行了要求。下一步，益阳市将继续优化城乡养老服务环境，"让所有老年人幸福美满地安度晚年"的期冀正得到一步步落实。

　　（记者：张智、曹蕾、吴小娟、刘涛。编审：李麟麒、陶黎莉。单位：益阳市广播电视台）

长兴县人民路：
守护碧水绿岸　滋养幸福生活

　　浙江省湖州市长兴县人民路原名"南大街"，位于雉城镇中部，纵贯全城，长950米，宽9米，1972年冬建成混凝土路面后被命名为"人民路"。它南起环城南路（即长泗公路），北至州桥。该路有服装、食品、医药等商店以及邮电局、电影院等，镇人民政府曾设于此地。该路是通往汽车站和火车站的主要通道。

　　长兴县的人民路拥抱着中心城区，依偎着护城河——长兴港，老百姓依水而居。晚上七点半，华灯初上，人民广场上，阿姨们跳起了广场舞，不少市民在一旁观看。孩子们在大人们的带领下来到这里玩耍，他们欢笑着、追跑着。年轻人三三两两地坐在广场边的长凳上休息聊天儿。

　　沿着人民路来到长兴港，河边很多市民在散步。70多岁的郭领娣老人家住人民路，每天晚饭后，她和老伴儿都会到河边散步。她告诉记者，小时候大人们在河边洗衣，孩子们下河抓鱼摸螺蛳。

长兴港

长兴县为浙江环太湖流域的县（市）之一，县域内的水最终汇入太湖。2003年6月，长兴县在全国率先实行"河长制"，全面构建县、乡、村三级河湖长工作体系，让每一段河流都有专人负责。金树云是长兴县第一任县级河长，负责的就是长兴港。"河长制建立了一个完整的体系，包括河道清淤、河道保洁、河岸绿化一系列措施、考核政策以及奖励措施，形成了一个河长负责、具体部门共同参与的全县全面共济的局面。"

河长制不断迭代升级，走出湖州，走向全省。2016年，河长制更是推向了全国。

郭领娣老人和老伴儿在河边散步时，正巧"90后"河长杨蓉在巡河。"一般岸边的白色垃圾这种小问题，我们自己就处理了。河道或者河面上的一些问题，我们会上传到联动治水的App，然后它会自动派发给相关部门，就会有专人来处理。"

杨蓉自小生活在人民路，在长兴港边长大。上小学时，她还曾为长兴港写过一篇文章——《家门前的小河》。杨蓉对这条路、这条河的感情很深。现在的她是长兴港的一名青年河长，每天巡河护河，关注着河道的动态。"现在我接过了守护长兴港的接力棒，我要通过我的力量来守护人民路上的街坊邻居，也守护好我们全县百姓的幸福生活。"杨蓉说。

寒来暑往，冬去春来，河长们接力传承，默默守护着一方好风景。从"没人管"到"有人管"、从"管不住"到"管得好"。长兴港沿岸变成了景观河道生态走廊。以人民路为中心的商圈快速崛起，郭领娣老人家的老宅区变身成了繁华的商业街区。

最热闹的地方是东鱼坊历史文化街区，这是浙江省首批高品质步行街。街区西傍人民路，东依"护城河"长兴港，走到正大门，低头可以看到地面上雕刻着明清时期的长兴地图；街区中有仿古门楼、牌坊、戏台，吸引着当地人和外地游客前来打卡，也吸引了餐馆、咖啡厅、甜品店等大量商家入驻。某家定位高端的火锅品牌连锁店，之前都在省级或者市级城

长兴东鱼坊历史文化街区夜景

市入驻，长兴店是其在浙江省内的首家县级店。店融于景，景衬托着店。入驻后，店铺在长兴县迅速站稳了脚跟，生意越来越火爆。店长张汗对发展越来越有信心。

看到家乡发展越来越好，回乡就业和创业的人也越来越多，2024年刚毕业的大学生潘凤璐毅然回到了长兴，在家门口找到了一份满意的工作。"家乡长兴的发展越来越好了，好的工作机会很多。"潘凤璐说。

如今长兴县的人民路，白天车水马龙，夜晚灯火通明。在这里，居民们享受着"可亲可近、可游可赏"的便捷舒适新生活。长兴市民魏梦竹说："平时我喜欢和家里人或朋友一起过来散散步，天气好的时候，也会出来拍照打卡。"市民徐国伟聊到现在的生活，也是幸福感满满："周边的环境越来越好了，老百姓的生活也越来越幸福了。"

（记者：黄碧云、许旭峰、王婷、徐伟宸。编审：王晓伟。单位：长兴县融媒体中心）

襄阳市人民路：
发展壮大集体经济，
提升群众幸福指数

　　湖北省襄阳市人民路，是一条长约3.5公里的主干道。襄阳市味都健康食品产业园是人民路上王寨街道辖区内的一个大型特色食品园区，目前已入驻数十家食品生产企业。园区的发展给人民路沿线的社区和居民带来了实实在在的福利。在探索转型的过程中，王寨街道不断践行以人民为中心的发展思想，发展集体经济与增进人民福祉双轮共进、双效叠加，不仅让基层治理有了新的突破口，更是让群众的获得感、幸福感更有保障、更可持续。

　　家住襄阳市人民西路的刘向南，几年前来到离家很近的襄阳市味都健康食品产业园，做了一名物业管理人员，几年中他亲眼见证了这座集体经济产业园的发展壮大。

　　2019年，襄阳市樊城区王寨街道党工委多次召开会议，经过充分调研论证，决定利用区位优势，采取由施营、七桥、王寨、前贾洼、后贾洼五个社区共同出资并吸纳国企入股的方式，以集体经济抱团发展的模式建设特色食品园区，再以园区收益反哺社区居民。

　　襄阳市味都健康食品产业园执行总经理李勇介绍："园区每年的收入根据入股的比例分配到五个社区，社区把这笔钱用于社区环境改造、老旧小区改造，还有居民医疗保障的补充，取之于民、用之于民，让社区居民享受到实惠。"

襄阳市人民路

　　襄阳市樊城区王寨街道党工委书记白凌表示："聚集襄阳市本地的一些中小食品企业，形成集群效应，对企业的发展是有很大帮助的。同时对周边群众来讲，在身边就能有一个可以就业的企业、园区非常好，十分便利，这样两方都反哺了。"

　　2023年年底，王寨街道居民卜学明入职园区里的湖北万和源豆奶制品有限公司，当了一名维修工。能在家门口的园区就业，他深感幸运："（我）家中有80多岁的父母，需要经常回来照看一下。以前看病还要到处跑，现在不一样了，进去了就有专人指导老人结账拿药。"

　　自己就近就业，家人就近就医。卜学明提到的这个医院就是王寨街道施营社区卫生服务中心。辖区签约居民在这里就诊和体检的费用在医保报销后，还可以再

居民就诊

减免5%—10%，而这些优惠政策也得益于社区集体经济收益。施营社区卫生服务中心工会主任李锐萍告诉记者："门诊的费用，凭着本人的发票，到我们这里进行登记后，就可以到财务报销减免了。辖区内社区居民可以每年进行一次体检，还有一年4—8次高血压、糖尿病等慢性病的随访。目前这部分的优惠费用来自社区的集体经济收益，我们觉得这个钱应该取之于民、用之于民。"

　　居民不仅在医疗保障上获得了实实在在的优惠和补助，在生活环境上，也感受到了切实的变化。84岁的黄志英和86岁的项祥贵老两口儿在前贾洼社区生活了大半辈子，黄志英老人深切感受到了生活的变化："我们这个社区原来公路以南全是沙包地，一刮风庄稼连根都被刮跑了。以

前住的是茅草房子，现在家家都是楼房。我们这儿50岁以后就发生活费，钱按时到账，基本上生活不愁。"

现在的前贾洼社区，4个以安居、宜居、乐居、雅居命名的口袋公园已陆续建好，还增设了健身器材。附近的居民步行10分钟就到了活动广场。前贾洼社区宣传委员贾晓萌介绍说："修建小广场、安装健身器材、道路刷黑、改造下水管道，大大改善了居民的生活环境。"

据了解，襄阳市味都健康食品产业园目前已引进了襄阳诚鼎牛味鲜食品有限公司、襄阳万和源豆奶制品有限公司等十多家企业，年产值超10亿元，新增集体经济收入1500万元，为王寨街道五个社区的建设和发展提供了坚实的保障。当前，如何让产业园健康良性地发展，保障集体经济稳步增长，是摆在王寨街道党工委全体工作人员面前的一道考题。襄阳市樊城区王寨街道党工委书记白凌对此表示："企业入驻后，怎么去帮助它们？我想这个问题既要考虑到企业的困难，也要保证我们集体经济的收入。第一，在融资方面我们帮它们对接银行，建立便利的融资渠道；第二，在租金方面，我们根据企业的需求，可以延缓或者分阶段地收，对企业进行灵活帮助。"

一条路见证城市的历史与发展。在襄阳市人民路上，王寨街道集体经济的不断发展与增进人民福祉双轮共进、双效叠加。在探索转型的过程中，王寨街道不断践行以人民为中心的发展思想，不仅让基层治理有了新的突破口，更是让群众的获得感、幸福感更有保障、更可持续。

（记者：王海青、李菲、刘向、井睿智、王晓。编审：张涛、蔡彦燕。单位：湖北省襄阳市融媒体中心）

洛阳市人民东路:
西工小街上的幸福生活

　　河南省洛阳市人民东路位于洛阳市西工区，始建于1956年，长290米，西侧原是洛阳市人民政府所在地，东侧是有着百年历史的商业小街——西工小街。随着时代的变迁，2019年起，西工小街开启提升改造工程。在高标准实施改造的基础上，注入洛阳地域文化元素，与周边商业连为一体，西工小街被打造成一个多功能特色文旅街区。

　　仲夏雨后，明月高悬，洛阳市人民东路灯火绚丽，人潮涌动。居民纷纷来到西侧的周王城广场纳凉、锻炼，而位于东侧的西工小街，经过半年的整修提升也已开街试运营。游客从西工小街西侧入口进入，一路向东边走边逛，尝小吃、观表演、购文创产品，沿途有中央商场、润峰商厦、天盛壹佰商场、中州万达广场等，消费场景更加丰富。据西工小街提升改造指挥部副指挥长郝凯介绍，此次提升改造是为了让市民游客能够沉浸式感受"民初印象风貌街区"的独特氛围。

　　人民东路西工小街原名营市街，始建于1914年，是洛阳最早的城市商业街区之一，也是人民追求美好生活的起点。

　　江西人周元真，20多岁时来洛阳投奔舅舅，在西工小街上摆了个摊位，开始修鞋的营生。30多年间，他凭借过硬的技术，勤劳的双手，善良的品性，在洛阳站稳了脚跟。2024年暑假旅游旺季，周师傅总会晚收工两三个

周王城广场

小时，一是为了赚钱，二是为了方便游客的不时之需。在周师傅的小摊前，时有拍照打卡的游客，时有快递小哥将一双双鞋子送来让他修。在享受忙碌而幸福的生活时，周师傅还经常提及当年刚到洛阳时的情景。

那时候周师傅的修鞋摊摆在小街一米多宽的小巷里。每当有人过往，他只能挪来让去的。慢慢地，来这里做生意的人越来越多，巷子里摆不下，商户们就直接将摊位摆到路上，不仅影响过往群众，还经常与城管"打游击"。

郜晓鹏是当年西工区城市综合管理执法大队一中队中队长，面对占道经营、路人投诉，他不得不驱赶违规占道的车辆，为此他的额头还被商户砸伤过。他虽然受了伤，但没有抱怨。他和同事们集思广益，最后在附近给这些小生意人设立了便民点，不收取任何租金和其他费用，摊位分门别类、规范摆放，在规定时间营业。

就这样，像周师傅这样的一群人，他们在幸福平淡的岁月里，赚钱娶妻生子，在洛阳买了房，安了家，扎了根。

2019年，因城市建设新的规划定位，西工区委区政府对西工小街及周边区域进行提升改造。周师傅得知这一消息后，整天愁眉不展、心事重重，他担心街区改造后，没有经营场地，一家人的生活没了着落。

让周师傅没想到的是，提升改造指挥部在寸土寸金的街区内专门开设了一条织补巷，供他们在这里修鞋、修补衣服。虽然当时有人想出高价租用这块地方，但政府认为小街改造不能只为经济利益，要实实在在为老百姓着想。

从人民的利益出发一直是洛阳市人民政府所坚守的准则。早在2005年，原人民东路的市政府办公大楼南迁时，房地产市场已有起色，有打算购买这块地盖商住楼的，也有打算在此建大商场的。对于这十几亩土地何去何从，老百姓有猜测，也有期许。半年之后，老政府大院变成了一个供老百姓活动的、开阔明朗的大广场——周王城广场。

改造后的西工地文商旅步行街（小街段）

　　周王城广场与天子驾六博物馆前后守望。当游客观看了天子驾六博物馆后，他们信步来到周王城广场，凉亭、长椅、绿树、青草，牡丹花香味扑鼻；当附近的居民结束了一天的工作，他们和家人一起缓缓来到这里，唱歌、跳舞、散步、聊天，温馨自在，其乐融融。

　　2023年11月，西工小街四期改造提升工程启动。新打通的步行街宽敞整洁，沿途的居民楼外立面和窗户也由政府出资进行了翻新。

　　2024年6月18日，西工小街四期改造完工开街，漫步在古色古香的"消费走廊"，走过"小街往事"文化墙，再搭配上霓虹灯带和拱形门头……沉浸式文旅场景的营造让人流连忘返。

　　一边是安心扎根的市民，一边是南来北往的游客，古韵新姿呈现出一幅幅幸福生活的图景。

　　（记者：崔振林、李晓烜、张栋林、景飒、张丽梅、姚雅娟。编审：郝杰、韩淏。单位：洛阳广播电视台广播传媒中心）

无锡市人民路：
最是小事暖民心

　　江苏省无锡市人民路是一条东西向的主干道，它穿越老城的东门和西门，连接大运河和惠山古镇，东林书院、崇安寺等古迹都在它的沿线。1955年，为了拓展城市发展空间，便利人民的交通出行，政府发动群众，填埋了几条小河浜，打通了城中的小街巷，才有了如今的无锡市人民路。这条为了方便人民才有的路，也是无锡城里最有故事的路，它传承了"为民服务"的基因，也见证了无锡人生活的幸福变迁。

及时对接群众所求，延伸拓展志愿服务

紧邻无锡市人民路的公花园，是中国第一个近代城市公园，也是中共无锡第一个支部诞生的地方。革命年代的硝烟已经散尽，但在同一面旗帜下凝聚起来的"为民、爱民"精神始终未曾褪色。属地街道在这里设立第一支部党建基地，经常性开展志愿服务。一大早，志愿者们来到无锡市人民路泰翔大厦，失独老人严老伯、邢阿姨夫妻俩就住在这里。八年前，老两口儿的独子去世。之后严老伯患上青光眼，视力急剧减退，邢阿姨也查出了恶性肿瘤，两人的日常生活都成了问题。属地街道党员们了解到情况后，与社区志愿者联动，共同照顾他们的生活起居。在大家的帮助下，夫妻俩逐渐走出失独的阴霾，重塑起生活的信心。

人民路地处老城中心，像严老伯、邢阿姨这样需要帮助的困难群众不在少数。街道、社区人手有限，但人民路沿线商铺林立、单位众多，用好这个力量，就可以打通服务困难群众"最后一公里"。街道、社区与沿线大东方百货等企业开展党建联动，及时对接社区所需、群众所求，开展党员和青年志愿者定期走访活动，实现"党建+"精准服务模式。

稳步推进惠老助餐，持续打造幸福"食"光

沿线单位"党建+"创新了为民服务模式，让人民路既有"颜值"又有"温度"。当然，有些社区服务的事项，光靠志愿服务是解决不了的，比如老人们的"一餐饭"。中午时分，在人民路崇安寺街道的东河"食"光社区智慧餐厅里，前来用餐的市民络绎不绝。这家智慧餐厅面

向所有人群开放，对不同年龄段的老人有不同的优惠价格，针对特殊人群还开展免费送餐上门服务。这样的优惠和服务，只靠爱心是无法持续的。人民路所在的梁溪区充分发挥财政兜

家门口的社区食堂

底作用，多元助力，资源共享，积极鼓励企业参与全龄社区食堂建设。目前无锡市梁溪区已经建设社区食堂110多个，一餐餐"暖心饭"温暖了全区25万老年人。

加速盘活停车资源，不断提升停车体验

如果你有机会到无锡市人民路上走一走，可以在西门桥上远眺绿树掩映的西水墩和中国工商业博物馆；继续往前，可以在阿炳故居和民国老图书馆钟楼里探访历史、追忆古人；如果时间充裕，还可以在崇安寺步行街里逛一逛，品尝一下传统小吃或潮流餐饮，或者沿路拐进对面小娄巷步行街，到访年轻人喜欢的网红打卡点；再往东，就是东林书院了，这也是一个休闲放松的好去处。

人民路上的历史文化和景点景区，吸引了越来越多的市民游客，为了解决老城厢里停车泊位少的问题，沿线多个部门联合推进错时停车，并对周边400多个路侧停车位进行智能改造。2024年，人民路沿线的智慧停车建设还有大手笔：小娄巷对面的大娄巷建起了一座八层停车楼，在寸土寸金的人民路，停车楼占地2200多平方米，一楼商铺，二到八层

无锡市人民路上的百年钟楼是无锡的
地标建筑，楼前为民间音乐家阿炳的
雕像

停车，容量为238辆。通过先进的智能系统，实现车辆全自动存取，人民路核心商圈的区域停车难现状得到了有效缓解。

回望初心，一切为民。无锡市人民路是一条为民铺就的幸福路，它见证了无锡城的风云变幻和世事变迁。"为人民"的服务宗旨和理念，也将伴随着这座新时代工商名城完成新的跨越，赋予城市生生不息的力量。

（记者：张巡天、蔡丽莎、姚烨、杨舒悦、杨芸嘉、孙超。编审：王帆、徐晓明。供图：无锡市梁溪区崇安寺街道。单位：无锡新闻综合广播）

吉安市人民路：
以生命守护生命

　　江西省吉安市吉州区人民路位于市中心城区，曾称"中正路"，1941年扩建成街道，新中国成立后改名为"人民路"。这条路起于井冈山大道，终于永叔路，长1500米，宽15米。

　　站在江西省吉安市吉州区的人民路上，如果你问当地老百姓："人民路消防救援站在哪儿?"人人都能马上为你指路。因为从1951年开始，它就一直在人民路上。一次次警笛骤响，一次次应急抢险救援，逆行的"蓝朋友"从这里出发，筑起了生命防线、守护万家平安。

　　两年前，一个炎热的下午，人民路消防救援站接到了人民群众的紧急求助。

　　2022年7月16日，在吉州区阳明天宸小区5栋1单元7楼，一名工人在装修时操作失误，导致墙体坍塌，他被压倒在阳台动弹不得。工友李静听到呼喊后，立即报警请求消防员营救。李静回忆："当时我听到有人在高楼上喊救命，我马上拨打了'119'，向消防人员求助。"

吉州区消防救援大队人民路消防救援站成功将被压住的工人救出

　　距离小区2公里左右的人民路消防救援队立即赶赴现场，开展救援。当时，被困者的身体被笨重的墙体死死压住，仅靠阳台护栏支撑。如果不及时救援，被困者很有可能会摔到楼下，后果不堪设想。消防员汪兆伟对当时的情景记忆犹新："我们到达以后，在楼下就看到被困者被一面墙压在阳台护栏上，阳台变形很严重，被困者随时有掉落的风险。"

　　时间争分夺秒，但正在装修的房屋中堆积了大量杂物，严重影响救援的速度。消防员不断寻找更好的办法，消防员汪兆伟说，他们尝试用液压千斤顶和现场砖头搭建支撑。"用千斤顶，在被困者跟墙之间撑起来，扩宽我们的救援通道。每顶开一点点，我们都会用砖头垫起来，以减少二次伤害，稳固救援空间。"

　　闻讯而来的群众也自告奋勇地加入，协助消防员进行救援。有的人牢牢抓住固定倒塌墙体和阳台护栏的绳索，有的人齐心协力一起将断裂的墙体进行搬移和清理现场杂物。很快，好消息传来！被困者得救了！消防员们小心翼翼地将他抬上了救护车，送往医院治疗。见证了整个救援过程的市民聂勇说，他打算让孩子成为和消防员一样的人："不管出现什么事情，都是他们冲在第一线，保护我们老百姓的生命财产安全。我们生活在这个社会，确确实实是很幸福的。我的孩子现在高考完了，我准备让他去报考这类学校，必须要一代一代这样传承下去，我们国家才会更加繁荣昌盛。"

　　到2024年，江西省吉安市吉州区人民路消防救援站已经在人民路上扎根了73年，它一直在这里，全心全意地守护着井冈儿女。73年来，人民路消防救援站累计接警出动1.73万余次，抢救被困人员5800多人，保护财产价值达221.7亿元。

　　从日常的社会救助到火灾扑救，从贴近人民生活的志愿者活动到突如其来的自然灾害救援，人民路消防救援站以生命守护生命，用一点一滴的实际行动让群众获得了满满的安全感。人民路消防救援站政治指导员李洪

吉州区消防救援大队在营区举行升旗仪式

伟表示："吉安市吉州区人民路消防救援站，建队70多年以来，一直在人民路守护着人民，指战员换了一茬又一茬，但我们始终为人民而战。现在科技不断发展，我们所面临的灾情也越来越多元化，我们能做的就是离人民再近一点，业务本领再强一点，做好人民的守护者。"

（记者：范小勇、莫春盛、陈梓斌、张珍珍、侯长发、郭小刚。编审：范小勇、莫春盛。供图：吉安市融媒体中心。单位：吉安市融媒体中心）

河口县人民路：
灯火里的"逐梦路"
中越人民的"连心桥"

　　在位于中越边境线上的云南省红河哈尼族彝族自治州河口瑶族自治县人民政府驻地河口镇有一条人民路，是国家一类口岸河口口岸的主干道，与中国最早、目前唯一仍在运营的米轨铁路——滇越铁路交会、相得益彰。这条路镌刻着滇南百年口岸第一个海关、第一个邮局、同盟会起义等历史印迹……进入新时代，这条人民路焕发青春，每天上演着中越进出口贸易、文化交流繁荣、两国人民相亲相爱的动人故事，成为跨境大通道中造福中越两国人民的"连心路""民心路"。

　　"呜……"随着一声汽笛长鸣，一列满载货物的火车从越南老街出发，跨越河口中越铁路大桥，经过河口口岸人民路抵达历史悠久的河口站。

　　边境城市河口，与越南老街隔河相望，是云南省最大的对越贸易陆路口岸和面向南亚东南亚的开放前沿、窗口。位于河口县城核心区的人民路连接着历史和未来，见证着路相连、民相亲、心相通，也让中越两国的深厚情谊不断在人民路上延伸。

中越铁路大桥上驶向越南的火车

搭建中越人民的"连心桥"

"我爱你中国，我爱你中国……"清晨8点，嘹亮的歌声从河口人民路上最高的大楼里传出，爱唱红歌的谭杰红用歌声开启了新的一天。"正是先辈的流血牺牲才换来了今天的生活。每当我唱起那些红歌，脑海里就会浮现出先烈们奋斗的画面，让我备受感动和鼓舞。"谭杰红是河口三元商贸有限公司的董事长，年逾七旬的他见证了河口口岸的繁荣与发展。

拨动时间的指针，时光回到24年前，年近半百的谭杰红辞去铁路系统的工作，与另外两名股东在河口创建了三元商贸有限公司。他说，随着中越贸易的日渐繁荣，很多人都扎根在河口，把贸易方向主要定在越南，他的梦也在这里。

2002年，河口三元商贸有限公司抓住越南面向国际招标采购机车的机遇，利用自身优势，与国内知名企业合作，以其雄厚的资源优势做坚强后盾，中标了价值736万美元的10台新型米轨内燃机车项目。回忆起中标那天，谭杰红依然很兴奋："当时我们和四川资阳内燃机厂联手，击败了德国、印度等8个国家的企业而中标，我感到十分荣幸。"

中国首批10台新型米轨机车出口越南，创造了河口口岸历史上的"三个第一"（即大中型机电产品一次性出口数量第一、机电产品中的技术含量第一、一单贸易为国家创汇额第一），从此奏响了中国机车进入越南市场的旋律，并拉开了谭杰红在河口奋斗不息、为中越两国贸易交往作贡献的序幕。

20多年来，谭杰红将国内百余家企业的铁路机车零配件、建筑材料等持续销往越南市场，不遗余力地协调组织中方商务部门和技术人员到越南考察、参展，组织越南企业到中国交流、学习。

除了对接到越南考察的中国企业、安排联络促进双方交流，谭杰红还积极吸纳越南边民到中国务工，加深两国人民的友谊，罗氏林莺就是其中之一。

"三元公司是我在中国的家，在这里不分国籍，大家相处和睦，而且离我越南的家很近，来中国工作是我非常正确的决定。"罗氏林莺告诉记者。

从无到有、从小到大，河口三元商贸有限公司始终坚守初心，致力于铁路基建的贸易和服务工作。"我想要为两国人民服务，竭尽所能搭建起中越贸易交往的'连心桥'！"这是有着40年党龄的谭杰红多年来的心愿。

逐梦人成为筑梦人

近年来，中越两国友好关系不断深化，特别是中越两国《关于进一步深化和提升全面战略合作伙伴关系、构建具有战略意义的中越命运共

河口滨河大道

中国（云南）自由贸易试验区红河片区

同体的联合声明》的签署，更是推动着边陲小城河口从"百年商埠"向"开放之城"转型升级，"口岸经济""园区经济"助推着沿边地区产业、企业、就业三业联动，更加促进了双边经贸的互惠良性发展、人民的交往交融。

如今的河口人民路，灯火辉煌，热闹非凡。奶茶店、汽修店、超市等吸引着越来越多的越南人慕名前来打卡消费和创业就业。干净整洁的路上几乎每家商铺里都有越南员工。"在这里工作是件很幸福的事。工作稳定，收入也不错。"小娟来自越南老街，她在河口人民路上的一家中国服装店里工作，每天往返于中越两国之间，早出晚归、跨境务工的工作方式让她感到很充实也很幸福。

在人民路8号，有一处红色地标建筑——国门新时代文明实践中心，这里是专供中越两国人民休息、阅读、沟通交流的便民服务爱心驿站，也是展示中华文化的窗口。谭杰红凭借自身经验和经历，常常在这里为需要帮助的两国人民提供服务，曾经的逐梦人如今已变成边陲筑梦人。

为了让越南游客体验到悠久丰富的中国文化，2019年，作为河口三元商贸有限公司驻越南老街商务代表处顾问的谭杰红提出，让越南人员持边境通行证在红河州（含自贸区）内旅游的建议。"现在，越南边民持边境通行证可以在红河州内旅游了，大家都盼望着跨境旅游红火起来，让中越两国民众走动得更勤，心也贴得更近。"谭杰红说。

2024年以来，每到周四和周五，大批越南旅游团队通过河口入境旅游，在人民路上的旅游公司采取错峰出游的方式，分批次带领越南游客到红河州内旅游。

跨山越海　共向未来

从简单的边民互市到大规模的进出口贸易，中国与越南的贸易和投资自由化、便利化水平不断提高。越南的咖啡、榴莲、燕窝、百香果摆上了中国人的餐桌，中国的日用品进入越南的千家万户，中越两国经贸往来体现在两国民众日常生活的方方面面。

在陌贝（云南）跨境电子商务有限责任公司直播平台，建水紫陶、农特产品的销量一直不错，该公司依托河口的区位优势，以彩宝、建水紫陶、保税产品、农特产品等优势产业带，开启河口产业带"直播＋短视频＋产业"的模式。得益于跨境物流通关便利化，该公司不仅在河口设立了边境仓，而且在越南设立了海外仓，并与越南老街金城物流及越南本土快递公司合作，加快发展面向"RCEP"（"区域全面经济伙伴关系协议"的简称）市场的跨境电商出口海外仓业务，探索"边境仓＋海外仓"的联动机制，以拓宽海外市场。陌贝（云南）跨境电子商务有限责任公司董事长陈达金说，中越两国关系高位运行，给从事跨国贸易的企业吃下"定心丸"。

中国国门河口

　　"河口虽小，却装得下两个国家的故事。"随着出入境政策的不断优化调整，河口进出口贸易、跨境旅游居云南首位。河口边检部门发布的最新数据显示，2024年1月至4月，河口口岸出入境人员达258万人次，进出口货物达187万吨，同比分别增长79.1%和35.9%。下一步，在打造"国内国际双循环"的大背景下，河口县将继续深化边境贸易发展，全力为构建具有战略意义的中越命运共同体贡献河口力量。

　　2024年是新中国成立75周年，像谭杰红一样爱追梦的中越两国人民在河口人民路上，为追求美好生活，以信相交、以利相融、以谊相亲、以诚相待，手牵手心连心，共筑"一带一路"繁荣发展之路。

　　（记者：蔡云翔、沈娅洁、张耀方、杨幼媛、王相博。编审：龚建国、万雪松。供图：河口县委宣传部。单位：红河州融媒体中心）

杭州市萧山区人民路:
奔向热辣滚烫的生活

　　浙江省杭州市萧山区城厢街道人民路，东起通惠南路，西至萧金路。1967年起由原朱家弄中段、董家弄南段等弄巷改建而成。1973年更名为人民路，1981年改称人民大道，1989年复称人民路。作为萧山城市化起步的原点，这里是萧山第一批商品房推出地，也是萧山第一个城中村改造试点诞生地。萧山县人民政府、电影院、青少年宫等是老一辈萧山人对城市根脉的记忆符号。萧山区临浦镇人民路上有着改造升级的临浦体育馆，2004年这里举办了世界杯乒乓球赛，开创了"小镇办大赛"的先河。2023年，这里又成为杭州亚运会柔道、柔术、克柔术以及杭州亚残运会盲人柔道的比赛场馆。

　　杭州萧山有两条人民路，一条见证了民营企业的蓬勃发展、基层治理的暖意融融；一条见证了"小镇办大赛"的前世今生。时光流转，生活在这里的人们用行动拥抱着热辣滚烫的幸福。

　　杭州萧山近1000平方公里的土地上，孕育了26万家市场主体，其中有两家登上《财富》世界500强排行榜、10家登上中国民营企业500强排行榜。

　　饮水思源，勇立潮头、敢为人先的民营企业为萧山经济注入持续动能，经济的蓬勃发展加快了城市化发展的脚步，也为社会基层治理提供了助力。

　　城厢街道人民路上有着萧山第一批商品房。随着时间的推移，这里的小区开始面临停车困难、外立面老化、线路凌乱等问题。眼下，萧山区人民路上的小区正迎来新一轮更新改造。

　　"城厢楼长"萌发于20多年前萧山的城市化黄金时期。20世纪末，很多开放式小区没有物业，小区治理主要靠社区来托底。幸运的是，萧山区人民路上的一些热心群众主动为社区承担起联系居民的工作，于是社区按照区块划分设立了"小组长"。后来，"小组长"逐渐和楼幢相关联，变成了"楼幢组长"。2023年，大家有了共同的名字"城厢楼长"。

　　小事不出楼道、大事不出小区。如今，"城厢楼长"的队伍正在逐渐壮大，在城厢街道的人数就有1900人之多。人民路上，"城厢楼长"深得民心。

　　在萧山区临浦镇还有一条人民路，道路两侧建筑既有欧派风情，又有中式典雅，一步一景，备受瞩目的是改造升级的临浦体育馆。

　　它是杭州亚运会柔道、柔术、克柔术以及杭州亚残运会盲人柔道的比赛场馆，被当地人称为"柔立方"。而最让当地人自豪的是这座体育馆曾在2004年举办过世界杯乒乓球赛，临浦也因此成为全国首个举办世界性赛事的乡镇，开创了"小镇办大赛"的先河。

萧山临浦体育馆

　　现在，从赛事状态抽身出来的临浦体育馆，又成为市民运动休闲的好去处。不少运动爱好者来到这里享受场馆惠民开放带来的运动乐趣。市民乐程菊说："我比较喜欢打羽毛球，原来开车去其他体育馆都要很久，现在在家门口就能锻炼，很方便。"

　　临浦镇文化站站长邵威告诉记者："我们将利用场馆的现有资源，打造临浦体育IP，开启文化＋体育＋旅游模式，积极举办引进各类赛会和活动，助力临浦经济建设。同时，我们也将做好场馆的惠民开放，开辟全民健身场地，为临浦的十分钟品质生活圈提供最佳场所。"

　　蓬勃的经济发展、丰富的文体活动、暖心的基层治理，在杭州市萧山区的人民路上，我们看见了市民开心地拥抱着热辣滚烫的生活。市民俞小璐表示："人民路现在变成一个地标，人民的幸福指数也越来越高。"

　　［记者：章凯静、郑媛、冯一骅、陈瑞。编审：金波、于海涛。单位：杭州人民广播电台综合广播（杭州之声）］

南宁市人民路:
"改"出来的小巷清风和老街烟火

广西壮族自治区南宁市人民路是市区东西主干道,定名于1979年。西起新阳路与北大路交叉路口,东至人民公园正门。全长2800米,宽40米,双向四车道。因该道路起自人民公园正门,故取"人民"二字为名。人民路分为三段,分别为人民东路、人民中路、人民西路。人民中路与朝阳路交会,穿过南宁繁华的老商业区,见证着城市的变迁和发展。

　　南宁市人民路旁的兴宁区人民北二里社区小有名气。在这里，不管大事小事，凡是居民关心的事，社区都会举行"老友议事会"，由社区干部、居民小组长共同协商，为居民排忧解难。在小区生活了近30年的何燕就是一位"热心肠"，她在社区启动背街小巷改造时当起了大伙儿的代言人，帮忙反映小区人行道改扩建问题。人民北二里社区流动人口聚集，自建房多，管理难度大，又加上道路狭窄、坑洼不平，卫生环境差，治安状况堪忧，何燕也曾因不堪忍受而无奈地选择离开。

　　让小区真正获得新生的是国家启动城市背街小巷整治改造提升行动，由各级政府出资对老旧小区进行改造，这也让重新回到小区的何燕有了新的期待。可是，要让居民心往一处想、劲往一处使并不容易，大家都不愿自家门前的"地盘"被占用。在改造启动之后，只有约60%的居民表示同意进行改造。于是，社区干部带领居民小组长走街入户，从群众关心的问

改造后的人民北二里社区街景

题入手，把这项惠民政策的好处讲深讲透。人民北二里社区居委会副主任杜玲介绍："这次改造之后，人行道扩宽了，居民也可以在这里乘凉。我们只要真心对待居民，居民也会给我们正向的反馈。只要居民有所反映，我们都会尽最大能力解决。"

在人民北二里社区党总支书记、居委会主任李黎看来："普通井一般是一个出水口，双孖井却是两个出水口，像双胞胎一样，这很像政府跟居民之间紧密相连。我们愿意更好地为居民服务，当好群众的服务员。"延续宋代名将狄青开掘双孖井方便周边军民用水的传说，在背街小巷的改造中，从方案设计到建设施工，从小区绿化美化到双孖井文化元素的融入，社区干部都广泛听取居民意见，充分尊重并考虑群众需求。小区改造后收获的满满幸福感，让何燕主动加入社区志愿服务队，参与社区的建设管理工作。

走在南宁市人民路上，如果说人民北二里社区的干净清爽让人感到"清风自来"，那么人民中社区的西关夜市带给人的则是"热辣滚烫"。傍晚时分，沿街的商贩早早地摆起摊位，生蚝、烤串、炸鸡、老友粉等热气腾腾的美食小吃，在热情的叫卖声和"噼里啪啦"的油爆声中，传递出诱人的香气，让人垂涎欲滴。

从小在人民路上长大的人民中社区党委书记、居委会主任蓝冬玲记得，从20世纪八九十年代起，人民路和平商场一带就是南宁人购物的首选，服装鞋帽、五金百货等各种商品几乎满足了南宁人所有的日常生活需求。然而，白天繁华的人民路到了晚上却是另一番景象。蓝冬玲告诉记者："以前傍晚6点以后很寂静，人很少。那时候这一带的老居民，晚上出来散步都没有可去的地方。"

如何在夜晚延续人民路的繁华，让街市亮起来、经济火起来、人气旺起来？通过对居民进行问卷调查，听取群众呼声，社区决定打造西关夜市一条街。蓝冬玲介绍招商引资政策时表示："创业的居民，符合条件的困

南宁市人民路西关夜市

难户，可以首年租金直接减半，半年也只收50%的租金；大学生创业，我们实行'零元'创业政策，还提供帮扶启动资金、日常运营辅导。"

目前，西关夜市共设置400多个摊位，解决了1000多人的就业问题。特色夜市的打造，也较好地提升了片区的营商环境，实现了片区夜间经济多元化发展。西关夜市固定的摊位和稳定的收入给在南宁人民路上做了近20年牛杂生意的凌伟一家带来了满满的幸福。他说："以前就盼着有个固定的摆摊的地方，现在夜市各种各样的小吃都有，到处都热闹了。"年轻人张雄辉曾经向父亲借了5000块钱白手起家，在外创业遭遇挫折后，来到南宁市人民路西关夜市延续创业梦想。短短一年时间，她不仅承包了3个奶茶摊位，还在全国招收了1000多名学员。在她心里，南宁市人民路就是她梦想启航的地方。

老街小巷是一座城市的"毛细血管"，既延续着一个城市的历史文化，也连接着柴米油盐的生活日常。南宁市人民路上的"清风自来"和"热辣滚烫"，实现的是人民群众对美好生活的向往。

（记者：阳炭、蒙剑媚、彭龙、梁銮、范凡、邓俊宇。编审：阳炭、蒙剑媚。单位：广西广播电视台综合广播）

郑州市人民路：
"人"字路上"郑"青春

　　河南省郑州市人民路，连接金水路与解放路，与紫荆山路共同组成一个大大的"人"字。人民路穿越金水河，途经商城公园、郑州商代遗址、河南中医药大学第一附属医院、郑州市民体育场、二七纪念塔……道路两边栽种着一排排法桐，到了夏季叶冠相接，为来往市民撑起一片绿荫。这条人民路承载着这片土地千年文明的浩然气度，也见证了烟火人间的繁华，描绘了人民奋斗的足迹，凝聚了时代与人民的共同记忆。

河南省地图院党委书记房玉华告诉记者，1954年10月，河南省会由开封迁至郑州，开始修建人民路，它是当时的主干道之一，也是当年郑州市最宽的道路。

郑州市人民路，北起人民广场，以45°角向西南方向延伸至二七广场，与南北向的紫荆山路共同组成一个大大的"人"字。从人民广场到二七广场，人民路满载着党为人民的坚定承诺，同时也寄托着人民对党的信任与期待。

郑州市民阴大爷一直住在人民路上，在他的记忆里，这条路从黄沙漫天到绿树成荫，经过了几代绿化人的努力。如今的人民路，夏季时，道路两边参天的法桐叶冠相接，撑起一片片绿意。阴大爷说："我记得以前，这片都是黄土地，一刮风都看不到路，好像在一九七几年，这些法桐就已经长得很茂密了，这条路散步可凉快了，我记得差不多是那个时候郑州开始叫'绿城'嘞。"

1972年，《人民画报》以"绿满郑州"为主题，刊登了郑州法桐成荫的市景之色，而后每每提及"绿城"，说的也是郑州。目前，郑州市法桐种植量已超过180万株，人民路上这批20世纪50年代种植的法桐胸径已达到40—60厘米。郑州市园林绿化发展中心植物保护科科长、正高级工程师郑代平介绍："最早的时候做郑州市绿化，前面拉着板车，板车上搁着水桶，纯人工去挖、去栽，那时候义务植树是全民参与，真是'前人栽树后人乘凉'。"

郑代平在园林局工作已经有38个年头了，园林绿化对她来说，是一份事业，更是一份价值的体现。郑代平告诉记者："看到自己栽下的树一点点长大，给人们带来绿荫，改善了环境，我非常高兴。"

沿着郑州市人民路一路向南，途经商城游园，杜岭一号方鼎的雕塑矗立于此，与有着3600年历史的商代城墙遥相呼应。

历史文化学者阎铁成介绍："20世纪70年代，在人民路旁的杜岭，我们发掘出了商代的青铜窖藏坑，并在其中找到了两件商代的青铜重器。这两件青铜重器是中国目前发现的最早的青铜重器，这两件青铜重器的出土奠定了郑州作为中国八大古都的重要地位。"

杜岭方鼎的出土解开了中国商代都城的悬案，填补了商代文化的一段空白，同时也是郑州厚重历史文化的重要篇章，让郑州商城之名由混沌逐渐走向清晰。

"商城"，是郑州的另一个名字，源于3600年前的商代都城，而从另一个层面来讲，也与曾经爆发的"中原商战"不无关系。

"中原之行哪里去？——郑州亚细亚。"20世纪80年代末90年代初中央电视台黄金时段播放的这支广告让人印象深刻。时尚、洋气的现代化百货商场以一种全新的面貌登上电视，在当时的商业领域激起千层浪。

1989年5月6日，郑州亚细亚商场开业，当天柜台上九成以上货物被抢购。在中国商业史上，它是百货零售业改革的一座里程碑。它经历了从

郑州二七纪念塔——为纪念1923年京汉铁路工人运动而建的纪念性建筑物，也是郑州市地标建筑。京汉铁路工人运动是中国共产党领导的第一次工人运动高潮的顶点

2023年重新回归的亚细亚商场

繁荣到衰落，当所有人都以为一代商业传奇就此退出历史舞台的时候，它又重新回到了群众身边。2018年，郑州市人民政府公布《郑州市第一批历史建筑保护名录》，亚细亚商场入围。随后伴随着民众的呼声，商场的升级改造逐步开始。2023年，《中共中央 国务院关于促进民营经济发展壮大的意见》正式发布，指出要持续优化民营经济发展环境，加大对民营经济政策支持力度等。这为亚细亚商城开业提供了强大的政策支持。亚细亚卓悦城企划总监刚云鹏介绍："商场在2018年年底被郑州市人民政府纳入了历史建筑保护名录，2019年之后，政府对二七广场进行整体升级改造，亚细亚商场也是其中一部分，我们也想经过业态提升后再呈现给市民，因为'亚细亚'这三个字对郑州市民来说分量是非常重的。"

2023年年底，在各方的支持下，亚细亚商场焕新登场，部分曾经在亚细亚工作过的员工重新回到这里工作。开业当天，新老郑州人齐聚于此，人头攒动，火爆程度不减当年。刚云鹏介绍："亚细亚商场里面设置了将近500个休闲座椅。因为我们这个位置正对着郑州火车站，它是陇海铁路和京广铁路的交会处，很多游客会到商场来停留，所以我们设置了一个免费行李寄存处，还有免费的直饮水、免费的充电宝，以方便来到郑州的全国和全世界的游客。"

亚细亚商场原址重开，文、商、旅融合发展，创新打造消费新场景，更好地提升了郑州城市商业新活力。

历史文化学者阎铁成介绍："郑州是一个非常特殊的城市，从3600年前建成之后，它的城址没有迁移过，文明也没有中断过。"

这是一座来了都说"中"的城市。郑州市人民路链接着3600年中原文明的厚重与深邃，凝聚着郑州人民的坚毅与果敢。它承载着追梦者的理想，描绘着烟火人间的希望。郑州人民用最质朴的灵魂、最坚韧的信念、最纯粹的初心在天地之中谱写百折不挠、勇毅前行的奋斗诗篇。

（记者：郭应巍、张曙君、毛佳楠、阴卓慧、贺琰、马钊。编审：李铭、崔巍。单位：郑州广播电视台交通广播）

三亚市人民街:
疍家渔民歌声多

　　在北纬18°的南海边，美丽的热带滨海旅游城市三亚市辖区内有一处由人民街一巷至人民街十一巷的围合区域，这里就是海南省三亚市吉阳区红沙社区居民委员会人民街街区，也是祖国最南端一条以"人民"命名的道路。这条街一面连着祖国广袤的南海，一面连着安居乐业的人民，这里的干部群众正不断书写着新时代奋斗的美好画卷。

　　7月丽日蓝天下的三亚红沙社区人民街上，绿荫婆娑、海风轻柔，这里集中居住着许多从岸边迁移到这里的蛋家渔民。他们过去常年漂泊在海上，以捕鱼为生，而今伴随着三亚城乡的快速发展，蛋家人告别"海上漂"，上岸"陆地走"，融入当地城镇经济生活中。

　　记者到人民街采访，忽然听到街边传来一阵朗朗的歌声——"海南人民真幸福，感谢呀中国共产党……"一打听才知道，原来是蛋家阿婆苏桂花正用《咸水歌》表达自己对社区为她在这里安家的感恩之情。

　　俗话说"安居才能乐业"，居住在人民街上的蛋家人郑勇其在南海边开了一家蛋家渔排。他告诉记者，每天晚餐，这里的客人特别多。郑勇其的渔排一开业，三亚市吉阳区红沙社区居民委员会宣传委员王政就多次上

三亚市人民街主路

门向他讲解环保的重要性，还协调红沙社区在渔排边上设置了分类垃圾桶，教渔民如何进行垃圾分类。王政一次次的上门服务让郑勇其明白了"绿水青山就是金山银山"。郑勇其带领员工自觉保护环境。环境好了，来看风景的人多了，生意自然越来越红火。

疍家人喜欢用歌唱的方式抒发感情。家住人民街9巷的疍家阿婆陈月清对记者说起自己的养老生活时，兴奋地唱了起来："社会主义好，社会主义好，社会主义国家人民地位高……"陈月清阿婆说："我总是唱这首歌，因为有国家养我们，居委会领导也很好，跑上跑下地帮我们做事，照顾我们。"

陈阿婆年近80岁，现在每月有3100元的养老金。每年一次的养老金认证，王政和同事们都坚持上门为老人办理，让阿婆感受到了被关爱的幸福，王政还经常前去看望阿婆，给她送去自己包的饺子。

在人民街，享受关爱的可不止陈月清阿婆。针对人民街区有不少独居老人的情况，由社会组织、爱心商家、社区居民等组成的志愿服务队热心组织开展"一顿饭的陪伴"志愿活动。志愿服务队每月至少一次到独居的老人家里买菜做饭、打扫卫生、陪伴聊天。

母亲节当天，党员吴平焕和"一顿饭的陪伴"志愿服务队，来到人民街80岁的独居老人徐兰珍家中包饺子、打扫卫生，还邀请徐阿婆的邻居86岁的陈向前阿婆、71岁的吕保兰阿婆和59岁的庄石引阿婆一起吃饺子。四位阿婆特别开心。

幸福的笑脸是为人民服务最好的诠释。笑脸的背后，是持续提升的民生温度，是为老百姓生活不断增加的幸福厚度。吴平焕说："我们希望通过温暖的陪伴，为独居老人提供情感慰藉，让他们感受到人间真情。"

一顿饭，既是千万普通人的日常，更是感情的纽带。现在，越来越多的爱心志愿者加入"一顿饭的陪伴"志愿服务中。吴平焕说："我是做餐饮的，老人想吃什么，我都可以做给老人吃。能用微弱的光照亮身边的一些东西，我自己也很有成就感。"

"一顿饭的陪伴"志愿服务队陪独居长者过母亲节

在南海之滨的人民街上，我们看到的是比南海更加澄澈的一颗为人民服务的心。三亚市吉阳区精神文明服务中心负责人对记者说："精神文明建设是一个城市的内核，真正推动为民服务文明实践活动'热'起来、'实'起来、'活'起来，将有助于提升社区居民的精气神和凝聚力。"陈向前表示："在人民街上为人民服务，彰显了我们党的初心和使命，我们要千方百计做到让人民安居乐业、享受晚年，把人民的获得感、幸福感、安全感落到实处。"

在海南，自由贸易港建设如火如荼，美好生活的画卷正徐徐展开。三亚干部群众激情满怀共同携手，筑梦圆梦奋楫争先，凝心聚力共创璀璨未来。

（记者：吴跃超、孙聪、文东。编审：卢巨波、纪华。供图：文东、吴雯雯、孙聪。单位：三亚传媒影视集团有限公司）

吴忠市红寺堡区人民街:
团结花开别样红

　　宁夏回族自治区吴忠市红寺堡区人民街，是城区一条东西走向的次干路，东起太阳山路，西至康济路，双向两车道，沥青混凝土路面，全长2.2公里，2011年被命名为"人民街"。道路周边建有体育馆、医院、学校、公园等。红寺堡区人民街命名含"民族团结和谐"之意。

　　作为全国最大的易地生态单体移民扶贫安置区，吴忠市红寺堡区自1998年开发建设以来，20多年间已累计接纳宁夏南部山区8个县移民群众23.5万人。多民族社区也是各民族和谐聚居的生动缩影，红寺堡区以人民街为中心的各个社区通过开展形式多样、内容丰富的活动，促进各族群众互嵌共乐，在和谐家园共享美好生活。

　　紧邻红寺堡区人民街的罗山社区成立于2014年10月，下辖8个居民小区，总人口4215户，是多民族聚居的大型社区。红寺堡区罗山社区党支部书记买晓玲告诉记者："罗山社区是一个由汉族、回族、蒙古族、苗族、东乡族居民组成的多民族社区，为了辖区居民更加和睦相处，罗山社区2024年探索以党建为引领，以铸牢中华民族共同体意识为主线，精细化、精准化地为居民服务，以促使居民认同感和幸福感不断提升。"

　　为了更好地服务社区的老年居民，罗山社区试点建立了"老年微网格"。志愿者们每月进行入户走访，排查安全隐患，解决老年人的需求及困难。住在罗山花园的80岁回族老人马学花，多年独居，生活困难。志愿者们经常到马学花老人家里，打扫卫生、与老人聊家常，为她送去精神慰藉。

吴忠市红寺堡区人民街

为有效解决群众诉求多元、社区资源匮乏、社会需求和服务供给不匹配等突出问题，罗山社区探索构建了"合伙人+家"工作模式，凝聚辖区内企业、社会组织和热心个人等多方力量，推动社区多元共治格局形成，实现"双向奔赴"。

红寺堡区罗山社区党务工作者雷芳感慨地说："我们社区基层治理就是为人民服务，与老百姓近距离接触，帮助他们解决困难。"

社区通过"做实为小服务、做细为老服务、做好为弱服务、做优五心服务"等措施，进一步提升社区服务质量。社区设立为老年人服务的爱心理发屋、诚心裁缝铺以及贴心维修店等。马清华因残疾无法务工，但他有维修的技能，社区为他免费提供维修场地。他通过维修店实现了就业，每月有固定的收入，对生活充满信心。

作为一个移民社区，如何让生活在这里的居民有更实在的获得感、幸福感、安全感？罗山社区不断更新社区建设理念，改变服务模式，发挥党员的模范带头作用，实现了零距离为居民服务。63岁的老党员陈永胜2020年被推选为罗山花园小区业主委员会主任、楼栋"红管家"。他每天穿梭在小区的楼栋之间，及时收集社情民意，对社区发展提出建设性意见和建议，帮助群众解决实际困难。

"我为群众办实事"，不仅是一句口号，更是一份承诺。红寺堡区人民街周边的各个社区从关乎民生的小事出发，围绕群众急难愁盼问题，办好民生"关键事"，解决群众"烦心事"。红寺堡区新民街道党工委委员、组织委员华婧举了几个最近发生在他们社区的例子。鹏胜社区，居民反映车位紧张，社区党组织积极和小区物业对接，提供新的停车位；创业社区，物业服务公司不愿意进驻老旧小区，小区党组织牵头成立红色家政服务公司……各个社区通过精准推动解决热点难点问题、常态化开展各类志愿活动和惠民服务等途径真正凝聚了社区居民的心。

红寺堡区委宣传部负责人说："红寺堡区人民政府以人民为中心，坚

红寺堡区人民街上，正在举行节庆活动的民众

持规划引领，实现各民族在空间、文化、经济、教育等各方面的全方位嵌入，推动'城市移民'向'城市居民'转变，让民族团结之花开得更艳更红。"

此心安处是吾乡，对移民群众而言，居安、业安、身安、心安的地方就是家。以前有人问他们家是哪里的，移民群众会说："我是同心县人""我老家是隆德县的""我南边山上的"……而现在他们的回答是："我们是红寺堡人！"

一句"红寺堡人"，让人真切地感受到心手相连"石榴情"，一条人民街，见证了23.5万名各族群众和睦相处、和衷共济、和谐发展的幸福历程。

（记者：汪聪、张可萌、刘颖、徐昕、高丹、裴彦仁。编审：陈大志。供图：吴忠市红寺堡区融媒体中心。单位：宁夏广播电视台广播节目中心）

绿色发展

鞍钢矿业

鞍山市人民路：

百年矿山的绿色蝶变

　　辽宁省鞍山市人民路位于鞍山市工业产业最为集中的工业城区铁西区。1949年，位于人民路北侧的鞍山钢铁公司全面恢复生产，那一年，新中国的第一炉钢水、铁水相继出炉。如今，鞍钢从人民路出发，落实企业责任，不欠生态账，边生产，边修复，将真正的"金山银山"留给子孙后代。

早上6点刚过，家住辽宁省鞍山市铁西区人民路南侧的赵景龙大爷就装好水、背上包打算出门了。今天，他和老同事吴权贵约好，要去趟大孤山铁矿。老哥俩同在鞍山市人民路北侧的鞍钢退休，在生产一线干了大半辈

记者齐旭（右二）、雨璐（右一）、董昱良（左一）与鞍钢退休职工赵景龙（左二）在鞍山人民路边合影

子，虽然退休了，却依然关注着与鞍钢有关的消息。这次他们就是要去看看披了"绿装"的矿山。

记者跟随两位老人从鞍山人民路出发，坐车半个多小时，就到了大孤山。赵景龙望着眼前的景象说："你看，全是树了，原来都是裸露的岩石！"吴权贵笑着说："这哪是矿山啊，就是景区啊！不次于公园了！"

置身于植被繁茂、鸭鹅嬉戏成群、鸟鸣声声回荡的大孤山生态园，老哥俩连声赞叹。见过20年前大孤山矿区的人都能理解老哥俩的感慨！

大孤山铁矿位于鞍山东郊，是鞍钢在鞍山地区的六大矿山之一。大孤山矿区原本并没有山，它其实是由废弃的矿渣和岩石堆积而成的。被称为"亚洲最深露天铁矿"的大孤山铁矿自1916年开始挖掘，经过100多年的开采，地上300米的山丘变成了如今地下400米深的矿坑，这矿坑能容纳20多个鸟巢体育场。连年的开采深刻影响了周边生态环境，排岩场、尾矿库成为矿区造型奇异的"疤痕"。

不到20岁就在鞍钢矿业工作的胡猛见证了企业的发展，也真切感受到矿山开采给周围环境带来的创伤。他说："过去，我们在矿山附近住的，

春秋两季从来不开窗户，因为一开窗户灰尘全刮进去了。"

2000年，时任鞍钢矿业公司生活协力中心第一任经理的胡猛接到任务，从鞍山人民路出发前往大孤山，负责矿山复垦工作——要让灰突突的矿山披上绿装！胡猛说："当时矿业公司按照国家要求，落实企业的责任，你把山破坏了，你就需要治理。"

在大孤山第一代复垦人、原鞍钢矿业公司生活协力中心绿化分公司党总支书记魏利的记忆中，当时的大孤山排岩场放眼望去都是大大小小的石头。就是在这样的荒芜之地，大孤山的集中复垦复绿工程开始了。

栽树有季节，过了日子树就栽不活。春寒料峭，黄沙漫天，踩着冰与土相融的大地，近千人的复垦建设大军风风火火地上山了。平时寂静的排岩场一下子热闹起来。推土机铲斗与沙砾石块的碰撞声好似复垦行动的号角，场地一块块平整、一片片覆土、一个个挖坑、一棵棵栽下树苗。排岩自然形成的坡面角度不一，给岩石的覆土施工及后续栽树带来很大困难。

现任鞍钢资源生产服务中心绿化服务区副主任李辉说："有的偏坡能达到五六十度，站着都费劲儿，工人在顶上系个绳，大伙拽着绳，一个传一个，把绿植栽进去。"第一代复垦人胡猛说："工人是有智慧的，怎么干活，大家都明白。这个路与其他土路不一样，这里石头是活的。人往上走的时候有重力，石头往下滚，人也容易掉下来。工人有了这个绳作安全带，就不会掉下来了。"

为了保证树木成活，通常需要在岩石上覆盖一米多厚的土，但矿山全面复垦，这种覆土量显然是无法保证的。施工人员经过反复琢磨想到一个办法，把大面积覆土改为给单株树苗做小"摇篮"。胡猛介绍："为了节约土，我们就把木筐或竹筐放入石头坑，然后装上土，再栽树苗，这样土不会流失，树苗活了以后就可以扎根了。"除了这种固坑栽植法，在没有任何经验可以借鉴的情况下，复垦建设者们反复试验，还研发出粉尘覆盖剂、保水保肥树袋种植法、树种优化等科学的绿化复垦方法。

景色秀美的大孤山生态园成为市民休闲出游好去处

　　年复一年地坚持复垦，终于有了成果。如今的大孤山生态园里，桃、李、杏、枣、苹果、山楂、梨……二十几种果树有序列队，实现了两季结果、三季观花、四季常绿。生态园里采摘的瓜果摆上了矿工们的餐桌。

　　目前，在大孤山矿区，绿地仍以每年20万平方米的速度增加。二十几年间，人民路上，被誉为"共和国钢铁工业的长子"的鞍钢累计完成矿山修复3800多公顷，复垦率达91.6%。

　　一代又一代鞍钢人从鞍山市人民路出发，让大孤山这座百年矿山披上了青绿，这是留给子孙后代真正的"金山银山"！

　　百年矿山的绿色蝶变，离不开一代又一代鞍钢复垦人的坚守，目前，"绿色矿山"已成为鞍钢集团绿色低碳发展的重要路径之一。昔日寸草不生的废弃排岩场已成为集旅游、休闲健身、生态农业开发等多功能于一体的生态休闲观光园。鞍钢矿业安全环保部总监李论说："我们历时二十多年，把排岩场变成生态园，实现了与周边环境的高度和谐统一。鞍钢矿业

大孤山矿山生态园一隅

就是一代人接着一代人去干，我们要把不可能变为可能，还自然一个更美的绿色，让更多的绿化复垦成果惠及人民！"

［记者：齐旭、宋楠、雨璐、董昱良、陈晋晋、蒋晗。编审：赵文进、李占军。单位：辽宁广播电视集团（辽宁广播电视台）经济广播］

桂林市人民路:

防洪排涝护漓江　只此青绿为人民

　　广西壮族自治区桂林市人民路地处临桂新区。该区是桂林市人民政府驻地,有着深厚的历史文化底蕴和丰富的自然资源,也是桂林市重要的工业基地和交通枢纽。

　　坐落于临桂老城区主干道上的人民路为双向四车道核心主路,北起人民路大圆盘,南至瑞宁路路口,全长约8公里,1984年被命名为人民大道,2006年更名为人民路,一直沿用至今。这里每日车水马龙,人流如织,尽显一座新城的繁华。

在山清水秀的桂林城西面，有一座十年间崛起的新城——桂林市临桂新区，它的境内贯穿着美丽的相思江。作为漓江的重要支流，相思江通过北面的桃花江和南面的古桂柳运河直接与漓江相连，千百年来，她们就像一对不可分割的亲密姐妹一般紧紧相依，带着"千峰环野立，一水抱城流"的美景和韵味，绘就了桂林山水的全新画卷。

在这个洋溢着活力与朝气的临桂城区内，有一条重要的交通中轴线：人民路，它看似波澜不惊，却与一个总投资近80亿元、涉及27个子项目的桂林新区相思江防洪排涝提升工程血脉相通、紧密相连。这项真正为人民造福、为山水添彩的大手笔工程，地位可是非同小可，它是国家发展和改革委员会第一批政策性开发性金融工具支持项目和广西第一个"绿灯"项目，是凝聚着广大干部群众心血与智慧的"圆梦工程"，更是贯彻落实习近平总书记"保护漓江、保护桂林山水"重要指示精神的务实之举。

作为27个子项目中的组成部分，人民路上的老城片区防洪排涝综合治理工程与百姓的生活息息相关。原来，相思江流域一直属于广西三大涝区之一，在临桂有多个内涝堵点，尤其是人民路大圆盘附近，常年饱受洪水之患。今年38岁，从小住在人民路的邓秋菊告诉记者，她家住在人民路体育馆附近，每年下大雨的时候雨水就倒灌进家里，大家叫苦连天，看到下雨天就开始发愁。

频繁的水患给人民生活带来严重影响，制约了城市的升级发展，对相思江流域进行治理，是民生所需。

2022年8月15日，承载着55万余临桂人民殷切期望的桂林新区相思江防洪排涝提升工程正式开工建设。人民路成为共产党为人民服务的亲历者和见证者。为了高质量完成项目建设，工程涉及的水利、城建、自然资源、住建、林业、环保等各个部门上下一心，全力攻坚，确保项目的推进实施。

　　负责排水设施管理维护的胡息友，入行已经40年了，2022年项目立项开工时，他还有4年就要退休了，但听说这个大工程需要一批资深的专业技术人员全程跟踪，他二话没说，一头就扎了进去，在他看来，这份每天都跟垃圾粪水打交道的工作虽然辛苦，但保证"地下静脉"的畅通非常重要，它关乎城市环境的提升，一定要百分之百地投入，确保精细化工作，全面提升管养水平。

　　无数的建设者在自己的岗位上夜以继日、全力以赴，从2022年10月到2023年10月，历时一年，途经人民路沿线的防洪排涝综合治理、管道修复、污水管道治理全部完工。工程实施后，不仅有效消除了城区的内涝堵点，更是避免了漓江二次污染的隐患，迈出了保护漓江的坚实步伐。2024年7月，桂林遭遇连续强降雨袭击，这项民生工程发挥了重要作用，昔日逢雨必涝的临桂城区及人民路沿线，依然是道路畅通、秩序井然。

大皇山再生水厂建设场景

桂林市人民路街景

　　为了全面提升雨污水收集处理能力，切实筑牢"保护漓江"生态屏障，近年来，桂林市还新建及改扩建了多座污水处理厂和自来水厂，位于人民路延长线上的大皇山再生水厂就是其中一座。它是桂林市第一座下沉式污水处理厂，地面层全面绿化成公园，污水经过提标处理，就近回用，作为环城水系的生态补水。与传统的地面污水处理厂相比，大皇山再生水厂更充分地体现用地集约、环境友好、资源回用的特点。

　　34岁的梁月利就是污水处理厂的一名普通工人，他入行9年来，每天早上7点半上班后，都要首先检查箱体里面的氧气浓度是否达标。因为是下沉式的构造，所以工作的时候他要一直弯着腰在相对狭窄的空间内进行管道、设备安装，整个操作难度很大。但他的脸上没有疲惫，反而充满活力，那句"我还年轻，做好我分内的事情，就是自己价值的最大体现"掷地有声、充满力量。

　　人民城市人民建，建好城市为人民。我们从人民路上的项目改造，看到了共产党人全心全意为人民服务的精神内核，党的二十大精神和习近平生态文明思想正绽放着巨大的光芒，照耀着人民前行的路。在城市规划和建设中，临桂新区始终坚持人民至上的理念，努力完善污水、环卫设施建设，让生活在新区的人民，拥有一个健康舒适的生活环境，增添人民的幸福感！正如临桂新区管委会规划部副部长商昌进所说，人民群众急难愁盼的问题，就是他们工作的方向和重点。

　　绿水青山就是金山银山。如今，"桂林山水甲天下"的金字招牌被持续擦亮，山清水秀、白鹭成群、鱼翔浅底的桂林山水画卷正徐徐展开，桂林人民正向着世界级旅游城市的目标坚强迈进。

　　（特别鸣谢：桂林新区相思江防洪排涝提升工程指挥部）

　　（记者：孟妍、李霞、刘栩贝。编审：陈清、李晨。供图：刘栩贝、桂林新区相思江防洪排涝提升工程指挥部。单位：桂林市融媒体中心）

禹城市人民路：
治水兴水为民路

　　山东省德州市禹城市人民路，作为这座城市最长、最繁华的南北主干道，始建于1976年，起初名为"经二路"，1985年更名为"人民路"。多年间，一代代水利专家、农业专家从这里出发，治水患、改盐碱，不断延伸和拓宽着这条"为民路"。沿着禹城市人民路和行政街的交叉口，一路往北5公里，就看到了气势雄伟的禹王亭博物馆。它因纪念大禹治水而建，自隋唐至今，屡经修建，绵延千年。近几年，禹城市人民路又拓宽并南延北拓，还修建了许多景观和打卡点。一桩桩、一件件，都干到了老百姓的心坎里，老百姓的日子也越来越幸福。

　　山东省德州市禹城市人民路始建于1976年，起初名为"经二路"，1985年更名为"人民路"。多年间，一代代水利专家、农业专家从这里出发，治水患、改盐碱，不断延伸和拓宽着这条"为民路"。禹城市委党史研究中心工作人员马建介绍："新城修建时，当地企业和百姓，有钱的出钱，有力的出力，和政府一起，完成了道路的改造，因为当时县委县政府搬迁于此，故更名为'人民路'，寓意为'全心全意为人民服务'。"

　　沿着禹城市人民路和行政街的交叉口，一路往北5公里，就看到了气势雄伟的禹王亭博物馆。它因纪念大禹治水而建，自隋唐至今，屡经修建，绵延千年。站在禹王亭上南望，能看到一条蜿蜒曲折的河流，名叫徒骇河，是3000多年前大禹疏通的九河之一。

　　"眼前的这条河道，是徒骇河，是鲁北地区三大干流之一，也是省级管理的河道，我们是代管。"给记者介绍情况的聂鉴太老人，住在徒骇河东岸、人民路附近的一条巷子里。他被誉为"禹城的水利活地图"。老人从20世纪70年代开始从事河道清理、桥涵闸修建、抗旱排涝等水利工作，一干就是40多年。耳濡目染之下，他的女儿聂永静也选择了这项事业，接过了治水的接力棒。她告诉记者："从小受父亲的影响，感觉干水利是一项为人民造福的事业。在工作中，我给自己定的目标，就是把好每项工程的质量关，把国家的每一分钱花在刀刃上。"

　　聂永静听着大禹治水的故事长大，小时候经常跟着父亲巡河。工作中，聂永静"巾帼不让须眉"，严谨细致，一丝不苟。连日来，她和工友们正在对2024年新建成的中庞桥等4座桥梁，进行验收前的自测。她说："每座桥需要检测的指标有200多项，大到桥梁的抗震性、稳定性，小到桥梁的具体尺寸、长宽高、桥孔、接头处理等，一个项目从施工到竣工验收的每个环节，我们都要反反复复地测量，确保既要质量过关，更要惠民利民。"

新建成的中庞桥，实现了村庄直通农田，解决了附近多个村村民"进地干活绕远道"的难题。禹城市安仁镇中庞村村民庞吉革欣喜地表示："这个桥修得非常好。从设计到施工，质量都非常好，也修得非常及时，给我们带来了很大便利。"

沿着禹城市人民路南行10多公里，我们来到了中国科学院禹城综合试验站。新中国成立初期，禹城80万亩农田中，盐碱涝洼地就有30多万亩。从1966年开始，中国科学院专家开始入住这里进行"盐碱地改造"。1979年，中国科学院禹城综合试验站成立，一批又一批从北京来的科研专家扎根禹城，开启了半个多世纪的科研接力。中国科学院禹城综合试验站负责人介绍说："禹城位于黄淮海冲积平原，传说是大禹治水功成名就之地，然而禹城长期以来面临盐碱、风沙、涝渍等问题，影响着农业生产，长期农业歉收。1966年以来，中国科学院专家前往禹城，开展旱涝碱综合治理工作，1979年建立中国科学院禹城综合试验站，建站40多年来，一直坚持开展科学研究，保障国家粮食安全。"

中国科学院的专家们和当地政府齐心协力，经过几十年的土壤改良，不仅把"不毛之地"变成了"沃野良田"，还破解了黄淮海地区乃至全国的粮食安全问题，带动了全国农业的大发展。这位负责人介绍说："1993年，禹城经验推广到我国8个中低产地（市），当年粮食增产显著，为我们国家的粮食安全提供了解决方案，被誉为'农业战线上的科技大会战'。"

随着国家对农业扶持力度的不断加大，越来越多的高标准农田项目和水利工程建到了田间地头，粮食产量持续增加。从2008年起，禹城连续多年实现粮食平均亩产过1000公斤，成为响当当的"吨粮市"。这个来之不易的成绩，也让聂鉴太颇为自豪，他表示："改善农业种植条件，提高粮食的农业单产，才能确保咱们中国人的饭碗牢牢端在自己手中。"

禹城市徒骇河景区悬索桥

　　党的十八大以来，国家推动实施黄河流域生态保护和高质量发展战略，德州借助黄河和大运河交汇的优势，打通辖区水系，建成130多公里长的水、路、网连通工程，打造出更多的利民惠民工程。聂鉴太老人说，他每天都会在宽敞平坦的禹城市人民路上走走看看，看看曾经的付出，更展望着美好的未来，"时代发展了，国家富强了，但是我觉得，政府全心全意为人民服务的使命和职责没有变。近几年，禹城市人民路又拓宽并南延北拓，还修建了很多景观和打卡点。一桩桩、一件件，都干到了老百姓的心坎里，我们的日子也越来越幸福了"。

　　（记者：范峰、吕秀华、曹鹏飞、周蕾、董文娟、吕栋。编审：金栋、范峰。单位：德州交通音乐广播）

宜昌市人民路：
老城存记忆，新城向未来

　　宜昌位于长江"黄金水道"中上游分界点，是"世界水电之都"，长江大保护"立规之地"。湖北省宜昌市人民路位于宜昌市西陵区学院街道东部，新中国成立前称"民意路"，新中国成立后，因民意路北口有人民广场改称为"人民路"。近年来，为了改善人民群众的居住环境，宜昌市启动了老城区的人民路、献福路、环城南路片区棚户区改造项目，人民路上的"老旧破小"变成了新模样。

董大英是宜昌市人民路上的老居民。1969年，21岁的她在人民路上的宜昌市服装厂门店从事营业员的工作。董大英老人说："人民路原来是窄街，青石板路，沿街都是老铺子、药店、米店。"1972年，董大英结婚后，一家三口挤在16平方米的大通间里，一住就是30多年。

2013年，为了改善人民群众的居住环境，宜昌市启动了老城区的人民路、献福路、环城南路片区棚户区改造项目，人民路上的"老旧破小"变成了新模样。董大英老人挑选了一套电梯回迁房，实现了"以小换大，以旧换新"的安居生活。

天宸府是棚户区改造项目的组成部分，位于人民路南侧。2018年起，宜昌深入推进全市智能小区建设，天宸府在2022年被列入"宜昌智能小区首批示范点"，为未来城市更新提供了一个样板。

一大早，80多岁的易大爷坐着电动轮椅从幸福菜场买菜回到小区物业服务中心，管家上前帮着易大爷提菜，送他回家。易大爷说："小区环

记者采访易大爷

境蛮好的，果树、花树都不错，光桂花树就有几十棵，物业管理也蛮有秩序，上下都有无障碍的电梯，我坐轮椅可以直接回家。"

宜昌中心住宅项目负责人陈亚辉介绍，小区建设初期就从规划角度进行引导，构建一个更有安全感、更有体验感、更有幸福感的未来新型社区共同体，建设中同步配套居民公共活动空间，居民在五分钟以内可以享受到全方位的共享场景服务。陈亚辉说："我们为居民设置了共享书屋、青创中心、健康小屋、小区党群服务站、禅茶文化馆、安心托幼堂等，所有业主都可以通过'刷脸'来开门、点亮电梯楼层，小区公共区域监控全覆盖，功能房的Wi-Fi、空调也是全覆盖。居民还可以办理社保参保登记、缴费凭证打印、公积金查询等政务事务。"

小区的禅茶文化馆是老年朋友的专属空间，68岁的居民焦成芳常常和邻居们在这里吃茶雅聚、博弈静思。这里也是小区的老年大学，社区通过问卷调查，个性化为老年朋友们设置了他们需求的课程，如智能手机的使用、八段锦等。西陵区学院街道中书街社区党委书记钟泽阳介绍说："我们社区为老年朋友们开设了点课服务，他们在课程点单表上填下对课程的需求，我们根据他们的需求，邀请老年大学的老师们为他们授课，最大程度地满足老年朋友们学习多样化的需求。"

小区的共享书屋展示了人民路、环城南路片区改造前后的老照片，包括征收前的老街老巷、老百姓签约后的喜悦笑脸，每一张都是满满的回忆。居民焦成芳说："我们住在这儿非常满意，出门就有药店，旁边有菜市场，还有超市、幸福食堂，非常方便，住在这里真是蛮开心的。"

近年来，宜昌市依托城市大脑建设，推动大数据、物联网、人工智能等现代信息技术与小区的规划、建设、管理、服务深度融合，有效提升了社区治理服务智慧化、智能化水平。

老城存记忆，新城向未来。今天，我们通过宜昌市人民路上的故事，看到了城市的更新与提升，更看到了发展为民理念的生动实践。未来几

人民路南侧的大南门历史文化特色风貌街区

年，人民路南侧的大南门历史文化特色风貌街区将还原墨池书院、尔雅台、中书坊、楚汉戏台、天宫牌坊、县府署衙、吊脚楼、钟楼等"宜昌古八景"，保留宜昌城市历史文化记忆，打造"老夷陵底片，新宜昌客厅"。宜昌市西陵区相关负责人说："大南门历史文化特色风貌街区整体建成后，将真正成为宜昌集文化遗产保护、经营创新于一体的城市人文会客厅，形成集观光旅游、娱乐消费、城市配套服务于一体的商业新业态，实现文化繁荣、百姓受惠。"

（记者：陈灿、黄冬生、梁晓明、符琳、简婕、李正超。编审：费新洋、陈灿。供图：宜昌市西陵区学院街道墨池巷社区、宜昌市西陵区学院街道中书街社区。单位：宜昌三峡融媒体中心）

咸阳市人民路：
"让路" 换来 "新路"

　　陕西省咸阳市人民路位于市区中部，是横贯市区中心的主干街道，东起陇海铁路渭河铁桥北端，西至西站路南端，全长7.5公里。20世纪50年代末期，由苏联专家规划设计三板块结构、四车道、40米宽，名为"和平路"。1965年，全线拓宽改造后，更名为"人民路"。沿街驻有6个纺织厂，伴随着纺织机器的轰鸣声，人民路发展成为咸阳市的第一个商圈。近年来，咸阳市纺织工业另辟"新路"成功实现了产能升级、产业链延伸，更促成咸阳市人民路焕发生机。

在咸阳市人民路小广场，记者看到咸阳纺织集团一分厂第十四任"赵梦桃小组"组长王丹正带领小组成员来缅怀老组长。作为全国先进班组，这是新组员加入的第一课。

2014年，咸阳市人民路上的纺织服装企业通过"退城入园"实现了升级改造。王丹所在的咸阳纺织集团从人民路搬入咸阳新兴纺织产业园区。"赵梦桃小组"负责着40台进口全自动智能化细纱机，棉花在这里被纺成细纱，这是整个纺织厂最复杂、最重要的工序。

针对新型细纱机操作法，王丹反复钻研摸索出一套时间短、上头准的接头及换粗纱方法。接头比标准时间缩短了20秒，换粗纱比标准时间缩短了35秒，还实现了三位一体操作法，每年能为企业节约用工成本201.6万元。王丹说："我们过去值车是值车工，换粗纱是换纱工，落纱是落纱工，

"赵梦桃小组"新成员加入第一课：缅怀老组长赵梦桃

这三个工种相互制约，对此我们摸索出三位一体操作法，集值车、换纱、落纱于一体，就是由一个人操作完成这三项工作，人员从28人优化到现在的18人。"现在咸阳纺织集团一分厂，可年产纱线2.34万吨，坯布1.37亿米，还有"风轮""秦岭"等自主品牌，产品远销国外。

同样经历"退城入园"，离开人民路的陕西咸阳杜克普服装有限公司，在苦练"内功"之后，回到人民路上开设了杜克普生活馆，为的就是让咸阳的老百姓能穿上本土品牌服饰。

杜克普生活馆里陈列着高档西服、衬衣、运动衫等服装。顾客安冬走进生活馆，打算定制一套西服。工作人员通过数字化"VR在线量体"应用，只用了7秒钟的时间就完成了19个部位、22项尺寸数据的自动采集。安冬告诉记者，之前在店里定制的西服，面料、版型和工艺都让人满意。这次想再定制一款商务套装，咸阳的本土品牌值得信赖。

经过数十年的发展，杜克普服装有限公司已蝶变为智能化制造工厂，拥有西北地区唯一的服装大数据中心，可实现高效的个性化设计。

在公司的高定生产车间，投入使用的智能裁床平均4分钟完成一套衣服，效率提高75%，还有吊挂生产线，工人们工作起来更加省时省力。

"一套完整的西服有360道工序，我们每一件衣服都有一张物料卡，就相当于一个人的身份证。每位员工拿到衣服后，直接在工位上刷卡，就能知道要用什么样的工艺，甚至要用什么颜色的线缝制，一目了然。过去做一套西服需要15—18天，现在我们只需要5—7天就可以交到客户手里。"公司高定组组长王春玲说。

如今，公司已成为陕西省服装自主品牌龙头企业，创立的"劲松"品牌获得"陕西老字号"称号，并入驻商务部老字号数字博物馆。2023年，公司实现产值6840万元，实现营收6500万元，同比增长21%。

纺织工业另辟"新路"成功实现了产能升级，产业链延伸，更促成咸阳市人民路焕发新生机。

杜克普服装有限公司高定生产车间

　　“近年来，我们紧扣‘人民城市人民建、人民城市为人民’的目标，坚持高标准规划、高品质建设、高水平管理，道路沿线相继建设了医院、学校、酒店、商场、公园、广场等，对人民路进行了交通环境、街景容貌、基础设施等方面的升级改造，为市民群众提供了一条出行环境更舒适、服务设施更便捷、城市景观更美丽的路，也极大地提升了市民群众的获得感、幸福感、安全感。”咸阳市住建局相关负责人介绍说。

　　家住咸阳市人民路的市民秦薇薇告诉记者：“现在出门就是小公园，上学、就医都很方便，购物环境也挺好的，周边还有古渡廊桥、咸阳湖等景点，作为一个咸阳人，我感到很幸福，很自豪。”

　　（记者：丁芝茜、张瑜、杜晓文、徐冬。编审：付银安。单位：陕西新闻广播）

拉萨市宇拓路（原人民路）：
现代教育托起多彩梦想

　　拉萨市人民路建于1965年西藏自治区成立前夕，是全西藏第一条标准意义上的街道，而后改名为宇拓路，并逐渐成为拉萨，乃至西藏最繁华的商贸大街之一。

　　在西藏自治区首府拉萨市有一条家喻户晓的路——宇拓路，这条路位于布达拉宫和八廓古城之间，建于1965年西藏自治区成立前夕，当时起名叫人民路。人民路上为人民，为方便群众出行，促进城市发展，这段道路配套了上下水道，种上了成排的行道树，铺就了石板的人行道，成为全西藏第一条标准意义上的街道。自此，当时拉萨市最大的百货商店、西藏迎宾馆、新华书店等相继开业，同时，各类商铺、饭馆也逐步兴起。这条全长920米的路见证着商业的发展，更见证了雪域高原上人民教育事业的突飞猛进。

　　说起宇拓路，就不得不提到一座桥，这座桥叫琉璃桥，藏语叫宇拓桑巴（意为宇拓桥）。这座桥顶部是碧绿的琉璃瓦片，桥体是白色的石头。

见证汉藏民族团结的历史文物琉璃桥

这座桥曾是进出拉萨的重要通道，也是通往布达拉宫的必经之路。后来为了纪念这座具有历史意义的汉藏建筑，宇拓桑巴所在的人民路改名为宇拓路，继续见证着各民族的交往、交流和交融。

说起宇拓路，在拉萨市第一小学任教31年的央宗老师感触很深，因为对她来说，这条曾经的人民路不仅见证了她的成长，也开启了她的人生之路。央宗小时候就在拉萨市第一小学学习，后来作为第一批考入内地西藏班的学生，先后到上海、陕西等地求学，毕业后又分配到拉萨市第一小学工作。知识改变了她的命运，她也用自己的所学改变着无数孩子的命运。

拉萨市第一小学是1951年西藏和平解放后，党和政府在拉萨地区创办的第一所公办小学，经过一年多的筹办于1952年8月15日正式开学。学校的校史馆里一幅幅老照片、一个个奖杯、一张张奖状，记录着西藏和平解放70多年来党和政府对西藏教育事业的关心关怀和一代代教育工作者艰苦卓绝的奋斗历程。

在拉萨市第一小学的校史馆里，学校负责人指着照片给记者讲起了学校的历史。她说："早期办学条件非常艰苦，教学楼是用石头堆起来的房子，都是平房，教材都是老师自己编的，就这样一步一步发展起来。"

这些年，拉萨市第一小学无论是学校基础设施、管理水平，还是师资素质、教学质量等都得到了长足发展。从2014年开始，拉萨市第一小学开始探索名校办分校，成立了第一个分校拉萨海淀小学，随后在2021年、2022年先后成立了教育城分校和江苏路分校，现在是一校四址，集团化办学，目前在校生共计5000多人。

70多年来，校园里的软硬件环境一步步改善，教育的发展给西藏人民群众带来了实实在在的获得感、幸福感。

行走在宇拓路步行街上，街面宽阔平整，树木绿意盎然，各民族和谐相处，这里的每一个人也都有着属于自己的故事。在宇拓路上吃着"旅游饭"的王菡，就是跟随丈夫从河南来到拉萨的，她的孩子也从拉萨市第一

学生正在上德育课

小学毕业，系好了"人生的第一粒扣子"，王菡说是国家的好政策让她的孩子享受到了良好的教育，有了更加光明的未来。

　　和宇拓路隔着拉萨市第一小学相望的是北京路，北京路东西贯穿拉萨城区，也见证了援藏工作30年来京藏心连心，共同团结奋斗，共同繁荣发展的动人诗篇。郭田银是北京市密云区冯家峪镇中心小学的一名老师，2017年他曾作为"组团式"教育援藏工作队的一员来到拉萨市第一小学工作。两年的援藏工作中，郭田银老师将北京的成功经验和拉萨教学实际相结合，注重学生行为习惯养成，优化课堂教学结构，为孩子们搭建起了多元化、个性化的发展舞台。他也在心中暗暗决定，有机会要再回到这片淳朴的土地上。

　　时光流淌，故事依旧。如今的拉萨道路四通八达，纵横交错；今天的雪域高原上，座座学校环境优美、书声琅琅。拉萨市第一小学作为西藏第一个新教育示范学校，始终为"办好人民满意的教育"贡献力量，也述说着各民族团结互助，建设美丽幸福西藏的动人故事。

　　（记者：张拴宝、韦明红、何银松、王继勇、容忠泽机、卓玛措姆。编审：东力。单位：西藏广播电视台）

武汉新城人民西路：
基层治理的软实力，
社区服务的硬提升

　　湖北省武汉新城人民西路横跨武汉东湖高新区和葛店新技术开发区，承载着武汉都市圈发展交通"硬联通"的功能，也是武汉新城建设的一个缩影。2023年2月，湖北省发布《武汉新城规划》，纵深推进以武鄂黄黄为核心的武汉都市圈发展，高标准启动武汉新城建设。人民西路旁的葛店老街社区居民由此也成了武汉新城建设发展的见证者。新城建设加上老街情怀，给葛店老街社区的治理注入了全新动力。

　　牛俊是一名"80后"社区党总支书记，她所在的葛店老街社区，紧邻武汉新城人民西路。沿着这条路，武汉新城葛华片区中心地带呈现在人们面前。

　　2023年2月，湖北省发布《武汉新城规划》，纵深推进以武鄂黄黄为核心的武汉都市圈发展，高标准启动武汉新城建设。葛店老街社区居民由此也成了武汉新城建设发展的见证者。新城建设加上老街情怀，给葛店老街社区的治理注入了全新动力。

　　说起社区和老街，牛俊像导游介绍景点似的，如数家珍。她说："之前老派出所这栋楼对面都是一些住房，有的空了很久成了老旧房子，我们做工作（拆完）建了这个停车场，目前有60多个车位。"

　　老街环境洁净了，口袋公园变多了，人们的生活也更方便了。牛俊和同事们又在思考，如何让社区里的老人们老有所乐。她介绍道："我们这边的老年人活动中心是2023年9月正式挂牌营业的。一楼是幸福食堂。二楼是老年人活动中心，唱楚剧、唱红歌、拉胡琴、下棋、打牌，老人们都聚过来休闲娱乐。"

　　在推进社区治理过程中，牛俊和同事们最放心不下的是社区孩子们的安全问题。她告诉记者："葛店第一小学年头很久了，周边道路有不同程度破损，我们把学校周边的道路做了硬化。学校后面的池塘做了两米多高的院墙，彻底解决了溺水的安全隐患。"

　　张海泉老人退休前一直在葛店高中教书，是武汉新城人，也是人民西路的老居民。说起社区这些年的变化，老人的欢喜之情溢于言表。老人告诉记者："现在街上非常卫生，房子外面刷的漆很漂亮，我们觉得生活在这个地方非常好，幸福指数很高。"

　　改造环境靠硬功夫，搞好治理则要看软实力。武汉新城人民西路上

武汉新城人民西路上的智苑社区

的智苑社区是一个国有棚户区改造的还建小区。为了进一步提升社区治理水平，改善居民的生活质量，这些年，智苑社区根据居民意见，利用楼道空间打造楼栋"共享客厅"。在一个个细微处，体现着社区治理的"软实力"。目前，居民无论是聊天谈心还是休闲娱乐都有了好去处，文化展馆、托管班、便民理发室等也相继落地。

随着入住人员越来越多，居民对食堂的需求也越来越大，这也让智苑社区幸福食堂的负责人廖群英忙起来就停不下。廖群英说："中午我们为老人提供的菜是20个品种，荤素搭配，以老人的口味为主。"社区居民邵有棉反馈道："咱们食堂的卫生、菜的口味都很好，搞得很不错。"

智苑社区共有2604户，其中65岁及以上的空巢独居老人有845户。为此，社区在居家养老上也不断升级，智苑社区党委书记胡云告诉记者："我们配套了康养区、医养区。康养区是我们的老年活动中心，定期开展义诊。医养区就在养老院的楼上，非常方便。在我们智慧养老系统中，如果老人在家里遇到紧急情况，可以按一键呼叫，工作人员会第一时间赶到老人家里。"

武汉新城人民西路上的小区花园

在家门口就能享受便利的生活，智苑社区居民邵奶奶觉得，自家小区就是幸福宜居的温暖家园。她说："这个房子建造起来，我在这里住了六七年了。社区都办得蛮好，对群众都蛮好。"

花园、共享儿童乐园、共享客厅全覆盖……这两年智苑社区变得更美了。胡云告诉记者："我觉得我就是一个社区的大家长，我要把每个成员、每个家人照顾好，服务好，和居民一起奔向更加美好的生活。"

武汉新城人民西路上居民的美好生活，也是武汉新城可见可感的发展与变化。沿着这条路往上走、往下行，中国药谷、大健康产业园等指向未来的高新产业映入眼帘。一手牵着浓浓的老街烟火，一手指向以光电和生物科技为代表的新质生产力，如同把未来连到了千家万户，让美好就发生在家门口、发生在每一天。

（记者：吴娴、吴靖、孙成、范晨曦、路小龙、汪智。编审：王雷、李筠。单位：湖北广播电视台音乐广播部）

西宁市人民街：
汇聚微光　爱满街区

　　青海省西宁市人民街位于城区西南隅，这里曾被称为"赵家井街"，1949年新中国成立，人民当家作主，这条街道更名为"人民街"。这条古老的街道，是西宁市最繁华的商业街区之一。岁月流逝，老街变新貌，街道上邻里之间和乐共融，幸福满满。

　　刘永祥和老伴儿刘吉英都80多岁了，已经在西宁市人民街生活了近60年。近两年来，只要老人有需要，社区志愿者严永新总是将热腾腾的午餐送到他们家里。这是人民街道水井巷社区老年幸福食堂提供的送餐服务。

　　在全长632米的人民街上，水井巷社区13位工作人员默默守护着像刘永祥老人夫妇一样的全体社区居民。清晨7点40分，水井巷社区党总支书记、居委会主任宋桂秀已经开始安排新一天的工作任务了。

　　宋桂秀：小薛，刚才初心小院的杨哥打电话，3号楼2单元的王奶奶家好像停水了。你们现在在那边不？

　　薛灵芝：书记，我们这会儿不在。

　　宋桂秀：那你这会儿过去看一下，她好像最近一直一个人在家。

　　薛灵芝：好的。

　　人民街8号院，就是宋桂秀提到的初心小院。五年前，这个院子还属于"三无"楼院。无人管理，居住环境差，许多人开始陆续搬离。继续居住在人民街8号院的居民无奈之下不断地向社区反映各种状况。居民杨剑峰是大伙儿推选出来的业主代表。那段时间，他和居民时不时就要到社区去反映问题。

　　经过近半年的努力，在水井巷社区工作人员一次又一次的协调和帮助下，人民街8号院发生了不小的变化。大伙儿给自家楼院儿起了个新名字——"初心小院"，邻里之间相互关照，小院里满是欢声笑语，就连院里的凉亭也成了所有居民共同商议解决自家问题的"和美亭"。杨剑峰等新推选出的9位业主代表积极投身于小院的各项管理当中，人民街老旧楼院熟人自治的新模式就这样开启了。

西宁市人民街初心
小院和美亭

　　据水井巷社区党总支副书记、居委会副主任薛灵芝介绍，半年的时间里，他们在初心小院安设了门卫、监控，划定好了车位，组织党员、楼栋长、单元长和热心的居民把楼院儿管理起来。初心小院变样儿了，住在这里的每一户人家都为如今温馨、舒适的居住环境感到高兴。

　　杨剑锋兴奋地说："社区把院子全部改好了之后，现在好多人家都回来装修了，又想在这儿住了。最近想回来住的，想在院子里停车的，又登记了七八个。"

　　多年以前，李华因腿部受伤导致重度残疾，她的丈夫张留成也是个残疾人，夫妻俩住在人民街9号院。在这套不足60平方米小屋的墙上，贴满了女儿从小学到中学的各种奖状。尽管日子里有着种种艰辛和不易，但他们一家人都非常乐观、开朗。

　　入户探访是社区工作中最基础的服务之一，李华一家更是社区工作人员经常到访的对象。说起水井巷社区，李华感到无比温暖。2023年，李华因为多次头晕前往医院就诊，被医生诊断为脑动脉瘤，需要尽快进行手术治疗，13000多元的医疗费用对于李华一家来说是个不小的负担。在水井巷社区的帮助下，李华申请领取了重度残疾人临时救助金，顺利完成了手术。

社区商户王奉良是一名辞职回乡创业的年轻人。五年前，他创办了西宁乐学教育科技有限公司。在回乡之前，他已在北京工作生活了20多年。阔别西宁多年，回乡创业真可谓千头万绪，招生成了他最大的难题。王奉良回忆："社区为了帮助我们，跟我们一起做过很多活动，给了我们很大的支持。"当公司运转逐步迈向正轨时，疫情来临，这对刚刚回乡创业不到两年的王奉良来说，真是当头一棒。王奉良说："有一段时间，我们在资金方面遇到很大的困难。水井巷社区给了无私的帮助，政府贴息贷款全程陪我们跑手续。校区的位置也是水井巷社区魏老师给找的，我们走到今天这一步，离不开社区给我们的支持和帮助。"

社区是服务群众的神经末梢，为及时了解辖区居民和商户在日常生活中的需求，水井巷社区的13位工作人员几乎每天都穿梭在居民楼院和商

西宁市人民街道水井巷社区工作人员安排家庭医生上门为辖区老人体检

铺之间。每天一万步打底的计步数据，仿佛述说着每一位社区工作者的辛劳与忙碌。张海萍已在水井巷社区工作了8个年头，记者见到她时，她刚刚从居民楼赶回社区，额角和鼻尖满是细细的汗珠。面对如此紧张的工作节奏，已身患乳腺癌10个多月的张海萍从未请过一天假。除了琐碎的社区工作之外，她还默默照顾着辖区里一位因遭受生活打击而引发精神疾病的独居男子。

张海萍很欣慰地讲述着这个双向奔赴的故事："刚开始谁去他都不开门，就不让人进去，非常抗拒。他又行动不便，我就不厌其烦地去给他送饭，尽我所能去帮助他，后来他慢慢就接受了。我生病了以后，没想到他有一天给我打电话，问我身体怎么样，他说他要来看我，我特别感动，自己也觉得所有的付出很值得。"

无私奉献、润物无声，全心全意为社区居民谋求点点滴滴的温暖和幸福。70多年来，家住西宁市人民街的居民和社区工作者之间有着太多太多感人的故事。这些故事里，有义不容辞的使命，有无私付出的真情，有诚挚美好的关怀，更有双向奔赴的温暖。

人民街街道党工委负责人说："我们会全心全意为辖区居民办好事、办实事，这也是我们人民街街道的宗旨'为群众办好事，让群众好办事'。用我们可能微小但很真诚的行动服务大家、守护大家。"微光虽小，却灿若星河。在新时代、新征程中，这些平凡的社区工作者们会把更多便民、利民、惠民的社区服务送到群众的身边，用他们汇聚成的点点微光，在人民街上守护人民的幸福。

（记者：金玲、彭扬、韩占春、李涛。编审：朱春媛、周娅娜。单位：青海广播电视台交通音乐广播）

宁波市人民路:
桑梓情深　薪火相传

　　浙江省宁波市人民路位于宁波市江北区，北起环城北路，南至中山东路，长约3公里。1928年，建成沥青路面；1961年，为纪念人民群众填河筑路的壮举，定名为"人民路"。人民路曾分别于1964年、1977年进行过两次拓建，并于1981年全线建成。人民路居于甬江、奉化江和姚江三江汇流之地，坐拥老外滩、美术馆等城市地标，是宁波最重要的商业街道，更是早年宁波人出海闯天下的启航地。

在许多宁波人的心目中，人民路有着特殊的意义。

市民魏女士："我们宁波人都知道人民路呀！就在甬江边上。沿着甬江一直出去就是大海了。"

市民梁先生："我从小就在人民路上长大。那时人民路上最有名的就是老外滩，老外滩上宁波人最熟悉的就是原来的轮船码头。"

在那个出门主要走水路的年代，宁波人坐一夜船，就能到上海十六浦码头。以严信厚、包玉刚、邵逸夫等为代表的甬商从宁波市人民路的轮船码头走出宁波走向世界，让"无宁不成市"的宁波商人名闻天下。

宁波市人民路

曹其东（左）参加节目

　　宁波永新光学股份有限公司是宁波首家由在港宁波籍人士投资的制造业上市公司。公司董事长曹其东笑称自己已是"创二代"，1997年他的父亲曹光彪先生投资创建了永新光学。"他是一位思想非常超前的成功企业家，在香港有'毛纺大王'之称。早年他就想到，中国要真正做到强大，高精尖的制造业必须要在世界上占有一席之地。光学属于新兴行业，父亲希望有朝一日'永新光学'能成为令人尊重的世界光学企业。"

　　20多年间，永新光学从一家只能制造中低端显微镜的小企业，成长为光学显微镜行业的国家标准制定单位。作为国家级制造业单项冠军企业，近几年，永新光学的名字屡屡与大国重器紧密相连：由它制造的光学镜头伴随"嫦娥"系列卫星飞天揽月；由它承制的显微镜入驻中国空间站"天和"核心舱，成为我国首台太空显微实验仪。公司董事长曹其东感受最深的是，在家乡这块沃土上，永新光学总能感受到源源不断的活力，助推企业向阳而生。曹其东说："宁波的营商环境不能说是第一，但绝对是最好之一。我觉得宁波是做实体经济最理想的地方。"

目前，宁波高新技术企业已达7014家。近年来，宁波持续强化政策激励，在浙江全省率先提出实施政策"事前补""免申即享""全生命周期扶持"等举措，全速推动高新技术企业、科技型中小企业"后备军"转型"主力军"。据宁波市科技局统计，仅2022年度，宁波就为1万余家企业减免高新技术企业所得税和研发费用加计扣除优惠近200亿元。2023年前三季度，高新技术企业减免所得税金额同比增长达17.3%。2023年，宁波超过1700家新申报企业认定前即获得首笔5万元申报成本补助，大大增强了企业的获得感，也有效反哺了企业的研发创新。

一代代宁波人从老外滩走出去，又从四面八方回归故土投资兴业，在宁波经济社会发展中留下了浓墨重彩的一笔。据宁波市侨商会统计，近三年来，宁波侨商在智能制造、医疗健康、先进装备、科技金融等方面新增投资超180亿元，完成生产总值达2185亿元。

宁波甬港联谊会原常务副会长张建明在侨联工作期间也见证了宁波籍海内外人士爱国爱乡、造福桑梓的优良传统。张建明介绍说："投资环境不断改善，也吸引了更多的人回到家乡，他们不但要捐资更要投资。许多在外的宁波籍人士纷纷带着子女来家乡考察投资环境，家乡政府、人民也很热情，渐渐就有很多招商引资的项目在宁波落户。"

甬江水静静东流入海，宁波市人民路"最时尚、最宁波、最国际"的步行街上人来人往。百年老外滩还是一如既往，默默欢迎着走遍千山万水、永怀"爱国心桑梓情"的弄潮儿。

（记者：梁瑾、沈弘磊、赵文博、林玲、黄育莉、王秋萍。编审：戴洁敏。单位：宁波交通广播）

呼和浩特市人民路：
从小奶站到中国乳都的甜蜜之路

　　1976年，内蒙古自治区呼和浩特市以凸显着时代色彩的名称命名了一批新建设的道路，人民路由此诞生。在很多呼和浩特人的记忆中，这条人民路是飘着奶香，有点儿甜的。20世纪80年代的清晨，这条路上的几家奶站前，总会排着长长的队伍。这些奶站正是世界乳企伊利集团最早的奶站之一。

　　被誉为"中国乳都"的呼和浩特是全球唯一同时拥有两家世界乳业十强企业的城市，其中，伊利集团位居全球乳业第五，蒙牛乳业位居第八。

早晨6点多，家住内蒙古自治区呼和浩特市人民路街道富兴社区奈伦和兴园小区的丁阿姨开始准备早餐，每天一杯牛奶是她和老伴儿的必备早餐。

1976年，内蒙古自治区呼和浩特市以凸显着时代色彩的名称命名了一批新建设的道路，人民路由此诞生。在很多呼和浩特人的记忆中，这条人民路是飘着奶香，有点儿甜的。20世纪80年代的清晨，呼和浩特市人民路上的几家奶站前，总会排着长长的队伍，在那时，想要买一罐醇香的牛奶并不容易。在呼和浩特的伊利集团乳业博物馆里至今仍收藏着一张"月份付奶卡片"，在凭票供应的时代，奶票是最难得的几张票证之一，两张奶票甚至可以换一辆当时主要的交通工具"二八杠"自行车。奶票的稀缺和当时国内奶业基础薄弱分不开。有数据显示，1949年我国牛奶产量仅20万吨。到了2023年，这个数字变成了4197万吨，增长了约210倍。

新中国成立70多年来，奶制品已经从当初的稀罕物，变成了老百姓生活中的寻常物，改善着中国人的营养健康结构。这个变化与呼和浩特市的人民路有着密切的关联。中国人每喝六杯牛奶，就有一杯来自内蒙古自治区。呼和浩特市是全国重要的乳业主产区，良种奶牛存栏量、牛奶产量、人均牛奶占有量、牛奶加工能力等常年稳居全国首位。被誉为"中国乳都"的呼和浩特市是全球唯一同时拥有两家世界乳业十强企业的城市，其中，伊利集团位居全球乳业第五，蒙牛乳业位居第八。但大多数人不知道的是，呼和浩特市人民路上的奶站正是伊利集团最早的奶站之一。

一杯小小的牛奶背后有着大大的科技力量。现代化乳业的高质量发展，离不开科技的驱动。在与呼和浩特市人民路相交的大学西路上，内蒙古大学教授李喜和带领他的研究团队屡创佳绩。李喜和介绍说："从2000年前后的奶牛养殖和乳品加工产业来看，呼和浩特在龙头企业的带动下，乳业发展特别快。当时市场严重缺奶，大量地从国外进口母奶牛。当时奶牛的遗传水平偏低，年产奶量不到四吨。我们利用新技术来快速地繁育良种奶牛，改善遗传的品质。"

李喜和教授带领团队成功培育出按照同期美国基因组排名的数据排序第35名、国内排名第一的种公牛，创造了中国种牛在国际舞台上的历史性突破。

一杯牛奶的背后是呼和浩特市从"一棵草"到"一杯奶"的千亿级全产业链。除了持续开展的技术攻关，政府层面的政策扶持也在乳制品企业的发展中起到了至关重要的作用。2021年5月起，呼和浩特市先后出台了《呼和浩特市乳业开发区招商引资优惠政策》等，涵盖支持企业以商招商、

《中国乳都》宝鼎城市雕塑

给予项目贷款贴息、支持企业提升品牌质量等内容，针对重大项目，还采取"一企一策""一事一议"的办法，给予更加优惠的政策。

从呼和浩特市人民路上的小奶站到"中国乳都"，通过几十年的接续奋斗，呼和浩特市奶业取得了跨越式、突破性的发展。呼和浩特市乳业链上市企业达11家，2023年乳业全产业链营收2560亿元，带动50多万人就业。

这些大大的数字背后，是呼和浩特人小小的骄傲和甜甜的生活。晚上8点，一场呼和浩特市人民路街道文艺惠民演出正在进行。居住在人民路上的市民李喜元正带着孩子一同欣赏演出。在他的感受中，呼和浩特是一个幸福感满满的城市。

呼和浩特市人民路上的甜蜜生活是呼和浩特市发展的缩影。2023年11月24日，呼和浩特市成功入选"2023中国最具幸福感城市"。呼和浩特市委相关负责人说："我们将继续坚持把事关群众的每一件小事都当作民生大事，解决好群众的每一个难题、回应好群众的每一个期盼，让城市更有温度、人民更加幸福。"

（记者：董云静、王荣、那仁满都拉、侯爱文、焦洁、红叶。编审：和岩、董云静。供图：内蒙古广播电视台。单位：内蒙古广播电视台）

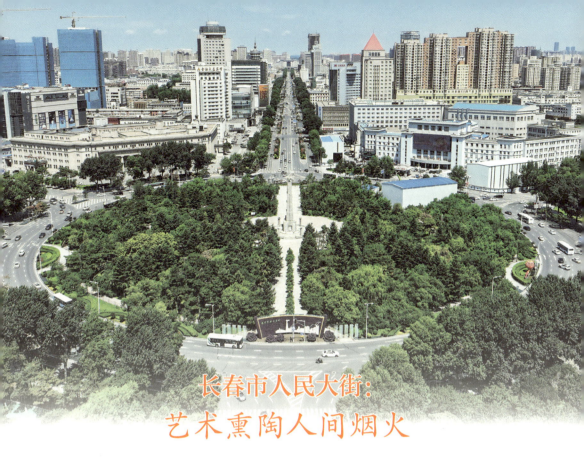

长春市人民大街：
艺术熏陶人间烟火

　　吉林省长春市的人民大街宽54米，长13.7公里，贯穿城市南北，是长春市的中轴线。人民大街上随处可见的雕塑作品，成为吸引市民驻足的一道亮丽风景。它们是第二十届中国长春国际雕塑作品邀请展入选作品，将永久展陈在拥有百年历史的人民大街上。在人民大街上还有一座长春世界雕塑公园，是第一批国家重点公园。园区集自然山水和人文景观于一体，融合了当代雕塑艺术，同时，展示了世界雕塑的艺术流派。

长春市的人民大街宽54米，长13.7公里，贯穿城市南北，是长春市的中轴线。长春拥有着众多美誉，比如森林城、电影城、雕塑城等。每一个名称都可以在人民大街上找到最直观的注释。

长春市人民大街沿线串联着十多个在几条小河和低湿地基础上修建的亲水公园。其中最为独特的是长春世界雕塑公园。这是一个融合当代雕塑艺术，同时展示世界雕塑艺术流派，集自然山水和人文景观于一体的5A级景区，也是首批国家重点公园。园内有程允贤老先生创作的《铁马金戈》、陈云岗的《大江东去》、德国雕塑家迈希亚斯的《平安》等著名作品。来这里参观的外地游客田蜜说："我们是从湖北宜昌专程过来的。这里面的很多艺术雕塑品都是世界有名的雕塑家的作品，感受特别好。"

长春之所以能成为有名的雕塑城，是因为已经连续成功举办了22届中国长春国际雕塑作品邀请展。作为长春雕塑文化的第一代倡导者，长春市原市长宋春华告诉记者："到目前为止，已经有216个国家和地区的雕塑家的400多件作品矗立在这个公园里面。因为长春是一个很年轻的城市，与其他特别是一些历史文化名城相比，我们的历史遗存是比较少的。在这样的大背景下，我们长春的文化建设，恐怕更多要着眼于现代的手段。"

长春世界雕塑公园里的松山韩蓉非洲艺术收藏博物馆是国内收藏马孔德木雕数量最多、品种最全、艺术水准最高的博物馆。馆内的数千件马孔德艺术品，是旅居坦桑尼亚的长春籍华侨企业家李松山及夫人韩蓉倾注数十年心血，耗尽精力财力，想方设法，不远万里带回祖国的，由此，中国收藏的具有极高文化价值的达斯塔尼黄金时期马孔德雕塑精品数量居世界之首。博物馆开馆时，时任坦桑尼亚总统姆卡帕亲自为博物馆撰写前言。临近花甲之年，李松山夫妇二人把多年收藏的艺术品全部捐赠给了祖国和人民。

长春市人民大街

　　为了让市民能更好地欣赏雕塑作品，从2008年开始，长春市推出了"万人看雕塑"大型公益文化活动。近距离的观赏，细致深入的讲解，使雕塑这门艺术走出殿堂，融入普通百姓的生活里。长春世界雕塑公园副园长曲宁浩告诉记者："近些年，长春世界雕塑公园晋升到5A级景区之后，尤其是'诗和远方在一起'的文旅融合之后，我们采取了很多举措，让市民更好地了解雕塑艺术。我们通过引进名家名作，让老百姓能够欣赏到世界雕塑大家名作，原来书本上的东西和远在海外博物馆、艺术馆的遥不可及的作品，现在能够面对面地近距离欣赏。"

　　伴随着市民对于雕塑艺术的渐渐接纳，长春市城市空间各种主题性、趣味性、纪念性的城市雕塑作品不断涌现。长春市雕塑协会副理事长刘天府告诉记者："现在雕塑已经引入商业空间了。人们购物的同时还可以欣赏作品，提升审美素养。"

长春市人民大街雕塑

2022年8月15日，5A级景区长春世界雕塑公园开始免费向公众开放。雕塑公园副园长曲宁浩说："从文化惠民的角度，实施预约免费入园的政策，目的就是让市民共享文化成果，让雕塑这种小众的艺术能够真正地飞入寻常百姓家，让百姓喜闻乐见。"市民赵先生说："这些很好地提升了城市的艺术品位，对于我们普通人也是很好的精神享受。"

如今，雕塑艺术正以不同方式和途径渗透到长春市民的生活中，长春也成为一座名副其实的雕塑之城。

雕塑艺术从公园走向了街区、更广泛地进入市民生活。拥有百年历史的长春市人民大街成为24小时开放的雕塑艺术大街，也成为吸引市民、游客驻足的一道亮丽风景线。

（记者：李雨楠、刘超、林迪、冯欣、陈月佳。编审：罗春雷、赵英敏。单位：吉林广播电视台新闻综合广播）

大连市人民路：
百年人民路上的美好生活

　　辽宁省大连市人民路是这座城市开建最早的一条主干道，是一条自东向西的道路，始建于1900年。"北方明珠"大连因海而生，依港而兴，以老码头为基点，以人民路为轴心，托起了一座城市的繁华。居住在大连市人民路沿线的居民用他们的亲身经历，讲述着在百年人民路上的美好生活。

居民代表邹心爱："我是大连市中山区人民路街道兴和社区居民，我叫邹心爱，今年已经70岁了，我在这儿住了45年，原来老旧不堪的小区现在变成了一个先进的现代化社区，我心里特别敞亮，我们可以说实现了质的飞跃。"

居民代表由丽华："我叫由丽华，今年72岁，过去那个社区什么样历历在目，现在发生了翻天覆地的变化，你看院里头花草树木啥都有，再待10年我就80多岁了，我没住够，我还要在这里玩儿，还要在这里好好地生活。"

仅仅一间房，那只是个落脚地儿。有完善的配套、优美的环境、贴心的服务、亲切的邻里，这才叫家，才叫生活。把社区环境建设好之后，大连市人民路街道兴和社区党委书记刘昌杰和同事们，一直在努力，只为更好地解决居民生活中的困难和问题。帮助社区里大龄失业者谋份工作，让他们的小家越过越好，是刘昌杰一直挂在心上的事。社区党委书记刘昌杰说："当时派出所要招巡防队员。有位居民迫切希望找到工作，我们就帮他登记报名。一个月以后得知，他真的被录取了，还领到了第一个月的工资。"

处处有人管，事事有回应。老街坊因老城焕发新生而感到幸福，新居民则在新城新貌中寻得美好。新时代，大连市人民路继续向海延伸，做强"海文章"——不仅直抵海边，还要到海的那一边。2023年5月，大连湾海底隧道的通车，让人民路沿线居民的生活实现了"穿隧过海"。大连湾海底隧道有限公司副总工程师、运营管理部经理赵世龙说："大连湾海底隧道是我国北方首条大型跨海沉管隧道，南起大连市的中山区人民路，向北以沉管隧道下穿大连湾海域，连接北岸城市主干道，并且延伸到201国

大连湾海底隧道

大连市人民路延伸到东港商务区

道，有效缓解了主城区南北向的交通压力，对于拓展城市发展空间，优化城市功能，推动大连湾两岸一体化的建设具有重要意义。"

交通便利，出门看海。回家温馨，处处舒心。居民于女士和孩子们的生活，就因为大连湾海底隧道的通车而变得更加便捷。她说："我们小区门前就是人民东路，现在出门特别方便。2023年5月，海底隧道开通之后，去新体育场看球，10分钟就到了。自从搬到这里，我的生活方式发生了改变，也有了更多时间可以陪陪孩子。"

在大连的这条百年人民路上，居民幸福地生活着，这也是社区"当家人"的不懈追求。人民路街道东日社区党总支书记梁芳，正和同事们致力于为社区居民打造更加完善的生活配套与供给，让居民的生活更加多彩与美好。梁芳介绍道："手工课、书画课、国学课……我们都在进行全面开设。另外，我们还创办了共享自习室，以及共享直播间网络平台。我们想把好的政策带到老百姓身边。"

（记者：李萌、李宗侠、邰治、王华、朴峰、李婧。编审：姜云飞、高峰。单位：大连新闻传媒集团）

贵阳市人民大道：
人民路上，民生是"路标"

  在贵州省省会贵阳市，老城区有一条新大道——人民大道。这条2017年开始修建的道路，是贯通贵阳城区南北6.47公里的城市动脉，承载了人们对城市出行、经济发展和文化提升的美好愿景。基础设施建设的背后折射的是时代发展，是民心呼应。

　　清晨6点半，贵阳市人民大道旁的二妹饭店迎来了第一拨客人。此时的后厨一边忙碌一边等待，蔬菜批发商刘沁鑫将会载着最新鲜的蔬菜在8点半到达，六年来日日如此。不同的是，随着人民大道的贯通，运输时间压缩，刘沁鑫的客户从3家增加到了6家，即便是在城市早高峰送货，他也能从容不迫："以前贵阳城区交通拥堵还是比较严重的，堵车三四十分钟是常事，现在每天都能按时到达。"二妹饭店老板田维芬说："我们规定的是每天9点钟之前所有的食材要到位、要保持新鲜。人民大道方便，不堵车，保证了新鲜食材的供应。"

　　贵阳是一座山城，老城区的南北向交通压力大，堵车是城市一大痛点。近十年来，贵阳市加强道路基础设施建设，多条主次干道相交联通，新建九座立交桥，建成的人民大道成为贯穿城市南北、联通各条道路的新动脉。城区路网更加立体高效，加上大数据、新技术加持，贵阳市全天拥堵指数下降了7.06%，曾经排名全国第二的"堵城"，2023年排名退出了全国前二十。

　　贵阳市民钟洋洋的工作单位就在人民大道附近，前后对比他深有感触："原来每天早上至少50分钟才能到单位，现在走人民大道只要15分钟，多顺畅！"

　　设计修建之初，人民大道就被赋予了景观大道的期待。人民向往的美好生活，既是能亲身体验的安全便捷，又是能够看得到的整洁美好。

　　付琴云老人在贵阳市人民大道旁的岳英社区居住了32年。提起过去这里的居住环境，付奶奶直摇头："当时我住在这里，人员比较杂乱，摩托车、汽车都停在这个背街小巷，灯光也不太明亮，我家都被盗过。"伴随着人民大道的开工建设，贵阳市加快推进沿线棚户区、老旧小区和背街小巷改造的民生工程，如今的岳英社区环境整洁有序、人民生活安全便利，付琴云的晚年生活也变得更加舒心。她说："我们现在岳英街建设得非常好，有地铁1号、2号线，有公交。下水道、煤气管道全部都检修了一遍，我大门口本来停车的挺多，现在都没有了。门口有了照明，还有监控。看病就在贵州中医药大学第二附属医院，七八分钟的路程，买菜有市场，还有花园、广场，地下通道有电梯，我觉得晚年还是挺幸福的。"

岳英社区老旧小区居多，在这里工作了30多年的岳英社区党支部书记葛金凤说："环境的优化也潜移默化地推动着居民素质的提升，现在岳英街改造好了，我们的重大决策都要听取居民意见，我们把居民的事当成自己家的事去办。"

在同样位于人民大道沿线的贵阳市地矿社区，社区党总支书记欧润告诉记者，和硬件同步提升的是社区服务能力，他们把社区划分为12个网格，分配给专人负责，确保每个居民都在"格"中。她说："现在辖区常住的6200多人都纳入了网格化管理。老弱病残孕、孤寡等特殊人群，我们都能够很精准地掌握他们的动态，帮助他们解决困难。"

贵阳市朝气蓬勃的少年

　　在贵阳市人民大道起始路段附近的金仓社区，马路边、小区里常能看到不少中老年人正在下象棋、锻炼身体，文化休闲区、健身活动区、微型消防站、便民停车棚等设施齐备……在贵阳市自然资源和规划局建设管理处副处长王剑看来，城市建设规划应该以人为核心。他说："三年来，我们共征求群众意见200余万人次，收集汇总有效信息4万余条，新建、改扩建便民服务设施3000余个，贵阳贵安140个15分钟生活圈已全面建成。"

　　位于贵阳市人民大道东侧的太平路，是不少游客来贵阳必打卡的网红街区，好玩有趣的同时，颜值和"食力"同样在线。这里不仅受到广大外地游客的喜欢，而且也是本地人的心头好。太平路街区是贵阳市推进城市更新、优化城市品质的一个缩影。

　　改造前，这里虽然繁华，但设施陈旧、道路狭窄、停车不便等问题突出。充分征集群众意见之后，2023年3月，贵阳市启动了太平路城市更新改造项目。如今游客来到这里，感受到的是一个新潮时尚与国风古韵相结

贵阳市太平路夜景

贵阳市城市夜景

合的文旅地标。贵阳市城市更新中心党组书记、主任李发军说："太平路这个项目改造了4.5万户，引进和整合商业78户，改造以后可以实现每年3000万元的收益，真正让老百姓享受到城市更新改造的成果。"

　　华灯初上，人民大道车流不息，"夜经济"继续讲述着贵阳的包容与活力。这条记录了近十年贵阳城市发展变迁的人民大道，连起了这座城市的晨昏，连起了过去与未来，更连起了党心与民心。从小小的监控摄像头，到城市街区形象改造，从柴米油盐酱醋茶，到文旅业态提质升级，民生无小事，件件映初心。来自人民，为了人民，依靠人民，造福人民，这就是我们中国所走的"人民之路"。无数为人民服务的初心交织在这条大路上，变成了新一轮正在酝酿的希望，擦亮了市民幸福生活的底色。

　　（记者：蒲亚南、魏玉玺、杨智桦、石凯丞、纪宗楠。编审：侯莹。单位：贵州广播电视台全媒体新闻中心、贵州广播电视台综合广播）

上海市人民路:
一座公园里的"人民"故事

上海市人民路位于上海中心城区黄浦区，是围绕上海旧县城的环形马路的北半圈。这条路起于方浜中路（小东门），止于方浜中路与方浜西路衔接处（老西门），长2262.88米，宽14—62米。路基原为旧上海县城城壕（护城河）。

1949年上海解放后，这条路被正式命名为"人民路"，沿途经过豫园、老城厢、外滩，与浦东陆家嘴隔江相望，这条路记录着上海的过去、现在和未来。

上海市人民路呈半圆形，是100多年前上海拆城填壕后所修筑的道路。在紧邻外滩的路口处，有一座特别的公园叫"古城公园"，这里有上海最早的一段古城墙和护城河，见证了城市的历史变迁。这里曾经是大片的棚户区，后来拆掉4100多户居民住宅、100多家单位建筑，才腾挪出这个钻石地段建成一座免费公园。就在2024年7月1日，古城公园实行24小时开放，让市民、游客能够自由自在、随时随地享受生态绿色的普惠福祉。

晚上9点多，热浪散去、晚风习习，古城公园里不时还能看到市民和游客。他们中有的刚从热闹的豫园走出来，在这里歇脚，准备再去看看华灯初上的外滩建筑群；有的就在旁边的写字楼里工作，结束加班后来享受片刻的独处和宁静；还有的是住在公园附近的居民，每天到这里散步早已成为一种习惯。

人群中有个身影来回出现，他叫赵喆，是古城公园的专业园长。公园24小时开放后，晚上增加的这一次巡逻成了赵喆的新任务。他带着记者里里外外走了一圈，对公园里的每个角落都如数家珍：宽阔的大草坪、健身步道全天开放；出于安全考虑，公园内的丹凤楼高台和部分栈道，晚上10点到第二天5点清场封闭……

"不关门"的公园，不仅是开放时间的延长，更是各种边界的打开。当原本被隔开的公园内外有了交流，管理、安全、人员、成本都成了要考量的因素。黄浦区绿化所公园管理科科长臧军坦言，此前大家反复讨论，甚至有不小的争论。要不要全天开放？有没有必要？万一出事怎么处理？每个问题都没有标准答案，但最终都找到了同一个落脚点——公园为"人"而建，要回归公共空间的根本属性。臧军表示，我们的巡逻工作需要在人防和技防方面对原有工作要求进行升级。实行24小时开放并非易事，它涉

古城公园内景

及公厕服务、人员配置，以及地方公安力量整合参与公园管理。这一开放的实现来之不易，各方面都付出了巨大努力。然而，大家达成了共识，目的是为有需要的人们敞开"公园之门""城市之门"和"便利之门"。

"把最好的资源留给人民"，这样的城市理念一直镌刻在古城公园的建设基因中。与外滩隔街相望、与豫园咫尺距离，这里可谓是上海中心城区的"钻石"地段。2002年，为改善当时老城厢的整体环境，整块区域拆迁旧房近17万平方米，动迁居民4100多户，但寸土寸金的地方没有进行商业开发，反而建起了一座免费公园。臧军说，至今公园里还保留着一块特殊区域来还原当年的居住环境。"一个水池上十几个龙头代表十几户合用。这个是我们当时拆迁以后特意保留下来的一块，上海人叫灶头间。我们想告诉大家当时这个地区是一个什么样的生活状态。"

拆迁后的居民早已搬去了新家，居住环境有了翻天覆地的变化。11路公交车司机门红杰，每天行驶在人民路上，也和这条公交线路一起见证着一个区域的变化与发展。门红杰说，现在不少老居民还会常回来，坐

上海市人民路

着11路"兜一圈"。"他们回来很客气的，因为经常坐我们的车，像老朋友一样，大家都很融洽。这变化确实是日新月异，对这一部分老居民来说，肯定是提升了他们的生活质量。"

　　不仅是古城公园、11路公交车绕人民路的"这一圈"，如今有更多区域被纳入旧改，其中不少区域都将继续打造城区居民家门口的街心花园、口袋公园。这样的规划理念不是用孤岛式的公园"点缀"城市，而是让城市"生长"在公园之中。臧军说："从公园城市到城市公园这样一个理念转换，包括人民城市人民建，在黄浦区这样一个寸土寸金的地方，通过政府前期这么大的投入建设出来这样一块绿地，所有这些目的都是为人民。"这既回应了城市建设"以人民为中心"的发展理念，也展示了"城市，让生活更美好"的现实图景。

　　（记者：胡旻珏、李彦豪、高嘉晨。编审：秦川、魏雪雯。单位：上海广播电视台东方广播中心）

湖州市人民路：
从"有感"到"无感"的守护

　　浙江省湖州市人民路原来是老百姓家门口的一条运粮河，1958年，为满足城市发展、百姓生活、水系治理等需要，填河道为路基，修建人民路。

　　1999年太湖特大洪水暴发后，湖州市总投资约115亿元，结合太湖流域水环境综合治理，构筑了以人民路为核心的城市防洪工程，此举对浙北、长三角地区整体水系行洪、防涝能力起到了重要的提升作用。

　　浙江省湖州市是世界丝绸之源。近两年，许多湖州当地丝绸行业的企业家们借助世界级赛事、国际传播的大船实现了品牌出海的梦想，而他们的梦，正是从人民路上开启的。

　　朱敏华是湖州鸿锦丝织厂厂长。2024年巴黎奥运会期间，欧洲许多国家刮起了"新中式"的时尚风。这让紧盯"新中式"风口的他跃跃欲试。朱敏华说："目前研发出的新中式产品在国内的销售量已经达到了30万米，进一步迭代后，很快可以销往欧洲。"

　　"山从天目成群出，水傍太湖分港流。"古湖州城便是生发于纵横水网的一座"水城"，自北向南穿城而过的主干河道被当地居民叫作"运粮河"，是东苕溪的一条重要支流，也是湖州人民路最早的样子。

　　"人民路以前是条运粮河，许多人在河边生活，临水建房，之后河道被渐渐蚕食，慢慢就填河成路了……"蔡忍冬曾在人民路上担任影院负

湖州鸿锦丝织厂

责人，研究湖州地方文化多年，谈到人民路由填河道而来的那段历史，他说："当时的湖州每条街的正中都有一条河，街道很窄，百姓要生活，产业要发展，'填河'是适应时代发展的必然选择。"

据湖州市水利局水利专家王旭强介绍，当时对湖州核心城区内部分河道采取的填河道为路基的改造，实际上是一项水利工程的重要部分。"东西苕溪是浙江省八大水系之一，是湖州的母亲河，在整个水利、交通，甚至整个湖州港总体规划里地位和作用举足轻重。"

原来，历史上的东苕溪上游是暴雨中心，下游河道行洪能力不足，在很长一段时期内都是浙江省洪害严重的河流之一。20世纪50年代，东苕溪上游兴建起了大中型水库，中下游采取截弯取直、加固围堤、开挖导流港等措施，湖州市人民路由此诞生。随之，由湖州市7家布厂合并改制而成的湖丰绸厂落户在人民路，湖州丝绸产业开始迅速发展。

姚忠英18岁进厂的时候，正赶上20世纪八九十年代湖州纺织行业发展的一个黄金时期。但是，一场洪水改变了人民路上人民的生活。

1999年6月，太湖流域遭遇百年未遇的特大洪水。降水为期45天，杭嘉湖平原一片汪洋，湖州市人民路上积水深度超过1米，许多企业的大型设备完全泡在水里，直接经济损失达65亿元人民币。

姚忠英记得，那场洪水之后，许多纺织厂停工休整了很久："影响很大，水漫到洗手台那么高，家具都泡烂了。以前也发过水，但没这么大。"

洪水过后，浙江省水利厅牵头，加速谋划太湖流域城市防洪工程建设。2000年起湖州两年内投资3000多万元，建设一期城防，而这3000多万元中，有一半是来自政府机关、企事业单位的自筹资金。

2003—2020年，结合太湖流域水环境综合治理，湖州又陆续投资115个亿，进行市政管网改造、电力保障、河网疏浚，构筑了以人民路为核心，周边主干道为主线，交叉河道为焦点的即涝即排的湖州城市防洪工程。湖州市水利局水利专家王旭强说，从数据上看，2020年和1999年的总体雨量很接近，但同样的强度，2020年的降雨对人民群众造成的影响很小，经济损失也大大降低，这得益于湖州在人民路周边建立了以人民路为核心的强大的防洪排涝体系。

对这一点，亲身经历过1999年洪水的朱敏华也有体会，他说，在他的印象里，1999年之后就没有发生过大规模洪灾了，雨量大的时候路段上产生的积水很快就能排掉。

"有一次一个老支书跟我讲，原来下一点儿雨发一点儿水，他就很担心，就要带着老百姓去抢险。现在就不用太担心了，我们的水利工程确实发挥了应有的效用，"湖州市太湖水利工程建设管理中心副主任郑鱼洪说，"河流安澜、企业发展、老百姓从'有感'变'无感'就是水利工程本身的意义。"

湖州市人民路街景

湖州市人民路附近小市河段

　　与大多数湖州百姓一样，80岁的钟彦老爷子与河流相息相生大半辈子，他说："在我们这些老住户心里，河比路重要。现在风景越来越美，还能听到水声，'涛声依旧'，这是湖州人心里永久的记忆。"他还说，希望东苕溪始终以保卫的姿态守护着人民路，始终拥有滋养湖州人民的奔涌力量。

　　（记者：张丹丹、潘增培、章晓瑛、高汇哲。编审：韩刚、李雨佳。单位：湖州市新闻传媒中心）

淇县人民路：
服务迭代，平安升级

　　河南省鹤壁市的人民路位于鹤壁市淇县，东起比干路，西至朝歌路，全长2.4公里。沿途及周边有淇县人民政府、人民法院、公安局、财政局、社会治理综合服务中心、人民医院、学校、住宅小区等。

　　鹤壁市淇县的人民路作为县城的主干道，道路宽阔。路旁的"封神""朝歌"灯牌装饰很容易让人们想到经典神话《封神演义》，淇县古时候正是殷商最后一个都城——朝歌。但不同于朝歌时期的风云诡谲，如今在这片土地上，社会和谐、人民幸福。淇县曾经先后两次荣获"平安中国建设示范县"称号，连续十一年被评为"河南省平安建设工作优秀县"，这背后有着怎样的平安密码？我们一起到淇县社会治理综合服务中心寻找答案。

　　位于淇县人民路上的淇县社会治安综合治理中心是淇县平安创建、基层社会治理的指挥平台，下设的淇县社会治理综合服务中心，是淇县创新打造的一站式矛盾纠纷化解的综合体。

　　2021年9月，着眼于县域平安大局和为民服务的宗旨，淇县建成了2300平方米的社会治理综合服务中心。按照"整合资源、务实管用、便民诉求、运行流畅、保障有力"的原则，社会治理综合服务中心成立之初采取"12+6"入驻模式，即信访、公安、法院等12家单位和6个功能室，实现群众"走进一扇门、事务一站清"。这也是淇县社会治理综合服务中心成立的1.0版。

淇县社会治理综合服务中心

　　走进社会治理综合服务中心的服务大厅，在导引台我们见到了一位从事信访工作多年的基层工作者——淇县信访局信访科科长关晓勇。9年的时间，他见证了信访工作模式从传统方法到一站式解决矛盾的跨越。据关晓勇介绍，中心成立以后，推动矛盾化解比较快。中心成立以前是单独一个信访部门在做接待工作，中心成立以后变成多部门，需要哪个部门处理问题当即可以找到，当场就可以对矛盾进行化解。

　　关晓勇在服务大厅的导引台接待来访群众，就像是医院的导诊台一样，将来访群众指引到相应的部门窗口。"我感到这是老百姓有困难、有心里话，来说理的地方。"正在服务大厅咨询的群众孙先生告诉记者。

　　除了整合各单位的力量，社会治理综合服务中心里的"郭老调"金牌调解室、妇联向阳花工作室、培红未成年人工作室等6个特色功能室也分别担任着重要角色。

　　记者采访时，"郭老调"金牌调解室正在调解一起纠纷案件。因开发商做活动承诺的预交车位费后期返款迟迟未能落实而引发了业主与开发商的纠纷。调解员郭福礼通过与双方沟通协调，最终使双方当事人达成和解。郭福礼是一位在审判岗位工作了30多年的退休法官，也是河南省高级人民法院评定的"金牌调解员"。谈到诉前调解的意义，郭福礼告诉记者："诉前调解践行了'共建、共治、共享'理念，诉前调解应用到民事案件中很受老百姓欢迎，并得到了全社会的认可。"

　　淇县地域广，群众居住分散，大多数乡镇和村组距离县城

远程视频调解

较远。群众办事跑县城费时费力成本高。对此，社会治理综合服务中心提档升级 2.0 版，新建了直通乡镇的远程视频会议室。利用视联网系统将远程视频调解延伸至村镇级，让群众反映诉求更便捷，把矛盾化解在基层。

中心借助一面屏幕、一支话筒，推行"天涯若比邻、服务零距离"远程视频服务模式，坐班律师、法官、心理咨询师和金牌调解员通过专业的服务，就能让群众小事不出村、大事不出镇，大大提高了效率。

如今，淇县社会治理综合服务中心正在实现由 2.0 版本向 3.0 时代的跨越，持续推进社会治理的数字化。在中心二楼，有一块数字化大屏，这便是正在打造中的"淇县矛盾纠纷化解信息化平台"的显示端。淇县社会治理综合服务中心主任李军海介绍说："从 2023 年下半年开始，经过分析研判，我们开发了一套淇县矛盾纠纷信息化调解平台，群众可以足不出户，通过微信小程序或者扫描二维码反映自己的诉求，同时我们把各行业部门，县、乡、村所有的调解员全部纳入平台，真正实现了群众诉求解决横向到边，纵向到底。"

在淇县人民路上，通过科技赋能服务迭代，架起了更便捷联系群众的连心桥。"要做好人民群众的矛盾调解工作，就要根据时代的要求，不断创新工作方式和方法，真正把群众的诉求解决好，把群众的利益维护好。"李军海说道。

在走出淇县社会治理综合服务中心时，记者看到墙壁上有两行标语："赵钱孙李百家姓，矛盾调解一家亲。"从不同角度看过去，"矛盾"二字呈现出深浅不同的金色光泽，其实有时矛盾的产生也许只是看问题的角度不同，多一些沟通，多一些包容，多一些办法，调解就容易达成共识。

（记者：张英豪、刘梦缘、王蕾、李奥冉、朱贺。编审：张英豪、刘梦缘。单位：鹤壁市广播电视台）

广州市人民路：
路桥相通引潮流

　　广东省广州市人民路是位于老城区的一条主干道，全长4562米、南北走向，分为南、中、北三段，是广州古今商业发展和对外贸易的见证地。古代"海上丝绸之路"的源点——十三行就位于此地。距离人民南路仅500米的东亚大酒店是广州第一面五星红旗升起的地方。人民中路上的西瓜园是中国第一个城市苏维埃——广州公社所在地。人民路北端则是有着"中国第一展"之称的广交会流花展馆和全国交通枢纽——广州火车站。人民路记录了广州乃至全国历史发展的重要时刻。

　　20世纪八九十年代，广州市人民南路汇聚了南方大厦、爱群大厦、白天鹅宾馆等高端百货、酒店，是当时广州最繁华的商圈。激增的人流和车流形成巨大的交通压力，再加上1987年，第六届全国运动会在广州举办，广州的交通系统面临着史无前例的严峻考验。于是，广州市人民政府决定，在全运会开幕前，在人民路上修建一座高架桥，打通南北交通大动脉，缓解交通压力。

　　由于工期紧，广州市人民路高架分五个标段由五家单位同时建设。交通部四航局二公司负责从人民南路西濠路口至大新路口的修建任务。

　　作为交通部四航局二二公司工程总负责人的吴源华仍然清晰地记得项目建设中的一点一滴。他说："这个任务是为迎接全运会，把它修好，也是造福下一代的事情。大家都很兴奋，在工作中也是热情高涨。"

　　从1986年11月破土动工至1987年8月15日全面竣工，交通部四航局二公司用时10个月，提前15天零事故完成了施工任务。施工人员在羊城8月顶着酷暑热火朝天地挥洒汗水，目标只有一个：保证质量，尽快完工！

　　在当时，对于广州市民来说，人民路高架桥的落成是一件新鲜事。一位市民向市政府写信建议：希望大桥通车前能允许市民上桥参观体验。这个建议得到了广州市人民政府的批准，人民路高架桥通车前三天向市民开放。1987年9月20日，广州市数万

广州市人民路高架桥通车剪彩仪式

修建中的广州市人民路高架桥

名市民纷纷走上人民路高架桥，争相目睹这座雄伟"长虹"的身姿。时任《羊城晚报》记者的朱穗风在高架桥旁的新亚酒店天台上俯瞰：两侧引桥和主干道共同组成一个大写的"人"字，他按下快门记录下了这难忘的瞬间。

对这个当年轰动全城的大事件，在广州市人民南路居住了40多年的街坊君怡大姐也是记忆犹新。作为城市发展的见证者，君怡大姐挺自豪。人民路立交桥的通车对周边经济的发展、民众的生活提升及交通优化有着很大的促进作用。

作为中国内地第一座城市高架桥，广州市人民路高架桥开启了广州城市交通的"立体化时代"，成为中国城市现代化交通的起点。随后，全国各地许多城市相继建起了城市高架桥。

2001年8月，完成了历史使命的广州市人民南路高架沿江路引桥被拆除，拆除后极大地改善了该地区的城市景观和环境。"人"字高架桥保留左边继续发挥贯通南北交通的作用。

有着源远商埠历史的人民路既是传统历史文化街区，也是商贸重镇，沿线遍布各种商品批发市场。2000年前后，广州市人民路一度成为市民游客的购物胜地。然而，由于批发市场商户挤占市民的出行空间，用作仓库的老旧房子存在严重消防隐患，转型升级、宜居宜业成了沿线居民对人民路的新期待。

用"绣花"功夫对传统街区进行微改造，让老城市焕发新活力，成为广州近年来城市历史文化遗产保护的新路径。

广州市人民南路所属的岭南街道综合执法队的杨远彬队长介绍，街道通过安装非机动车隔离带、拓宽人行道、新建停车场、对老旧社区进行微改造等一系列举措改善辖区的环境。

在人民路街道工作22年的金花街道党工委委员、综合行政执法办公室主任李富荣近年来一直主导辖区内的社区微改造工作，效果明显。他说："我们桃园社区有很多20世纪八九十年代建成的9层楼，都没有物业管理。我们进行社区微改造以后，把消防设施、游乐设施、排水改造等公共服务项目做好，现在整体面貌有很大改善，房子的价值也提高了。"

有着厚重商贸基因的广州市人民路如何重新焕发生机？岭南街道党工委副书记王勇波表示："激活千年商贸这个优势，聚焦历史建筑的活化。希望引进一批符合现在年轻人需求的国潮国风类文化企业，实现文化建筑功能置换，将沿江西路一线打造成一个集文化、潮流、时尚于一体的新业态。"

走在广州市人民路上，过去的熙熙攘攘归于老城区的平淡烟火气。人民路见证了广州的社会发展与变迁，也记录下广州人民的创新与实干，为人民服务始终是人民路不变的注脚。

（记者：谢彩雯、罗浩天、李智珊、郝蕊、胡玮、孙建国。编审：黄建伟、梁健波。供图：广州交通电台。单位：广州市广播电视台）

金华市人民路：
织密物联网 通海达四方

　　人民路是浙江省金华市贯穿东西的主干道，分为人民东路和人民西路两段。在金华市人民西路的尽头是金华火车站；在人民东路延伸段的尽头则坐落着金华南站，"义新欧"中欧班列金东平台的班列从这里发车。依靠这两座火车站，金华高铁网越织越密、越通越远，金华也因此成为"一带一路"和国内国际双循环的重要战略枢纽。

位于金华市人民西路上的金华站站台上，金华"两头乌"生鲜猪肉正搭乘G1665次列车，从金华站驶往深圳站。当天，深圳的食客们就能品尝到它的美味。高铁运输不仅运费低，而且速度快，更有利于食品保鲜。畅通、便捷的物流网更是确保物流快速的重要保障。

与金华站一墙之隔、同处人民西路上的是金华市邮政同城转运中心。一辆辆邮政快递车将大大小小的包裹运到这里，通过自动化的快递传送带分拣后又装车运往各地。

记者跟随一辆邮政快递车辆，来到了金华市锦林佛手文化园。这里正在进行邮件打包等待装货。锦林佛手销售总监项慧强说："今天有12棵佛

金华站

手要运到杭州、云南、甘肃等地。"金华邮政东关揽收部经理祝昊军说："针对这些农户的生鲜农产品都有一个绿色通道，都是上门去收的。"

佛手是金华市的特色农产品。近几年，电商销售逐渐兴起，佛手的价格也是节节攀升，曾经5块钱一斤的佛手现在最高的卖到168元。2023年，金华市佛手实现了全产业链产值1.5亿元。锦林佛手文化园总经理张锦林告诉记者，这都是依托金华市便捷的物流。他说："我觉得物流是我们发展的底气，我们的政府机构很给力，也是政府帮我们，推动我们走的。"

借助路网优势和"百亿物流产业"政策扶持等，目前，金华市已与国内320个大中城市开通了货运专线，物流网络覆盖全球。金华市的佛手、葡萄、蟠桃等特色农副产品纷纷走了出去，实现了从田间到舌尖的极速送达。

当锦林佛手文化园的12棵佛手到达人民西路的金华邮政同城转运中心时，一批从新疆运到金华的新鲜葡萄也到达了位于金华市人民东路的新疆名优农特产品店。金华市快递协会会长徐湘辉说："现在大部分地区我们都能做到次日达快递，新疆、西藏一般3—5天也能到。我们整个金华的快递收寄量占全国的10.36%，2023年的快递量达到139.6亿件。"

从金华站往东，在人民东路延伸段终点是金华南站。它因中国国内第一条合资铁路——金温铁路的修建而落成。

金温铁路原常务副总指挥杨守春说："那时候这条铁路就是靠大家一畚箕一畚箕这么堆上去的。人民的铁路人民造，造好铁路为人民。"

如果说金华站让金华物流布局全国，那么金华南站和金温铁路的建成不仅结束了温州没有铁路的历史，也为金华留下了不断为民造"路"出海的精神。

2017年8月31日，"义新欧"中欧班列金东平台班列在金华南站首发，金华中欧班列迈入"双平台"时代。2023年12月31日，甬金铁路开通运营，实现了世界第一大港宁波舟山港与金华的互联互通，也让金华融通四海成为现实。

铁路金华南货场，班列相互交错，一派繁忙的景象。向东，通过"义甬舟"开放大通道，数不清的商品货物经宁波舟山港出海；向西，"义新欧"中欧班列穿过亚欧大陆，奔赴欧洲、中亚等国家和地区。

金华市交投集团浙中国际物流公司常务副总经理罗建源告诉记者："最早的时候中欧班列还是以金华本地的一些货源为主，像生活日用品、电动工具、服装等，经过这两年的发展，现在通过中欧班列发出去的货物已经有64类，2万多个品名。"

从人民路到铁路南货场，是盛铭经常走的路。他从小就有一个出海的梦，读大学选择了航海专业，毕业后入职上海远洋公司，上船出海跑货运。几年后，他下船回到了金华，开办了一家物流公司。伴随着金华物流枢纽城市建设的日渐推进，盛铭的物流公司也是越做越大。盛铭说："没有政府为人民服务的意识是做不起来的，因为公司是面向社会的，没有地方政府的支持，没有一路的'为人民服务'的思想是走不到今天的。"

依托金华便捷的物流通道，盛铭搭建了国际物流平台，组建了进口木材交易市场。盛铭出海的梦越做越大。金华出海的路越来越宽。

金华市人民路

金华市人民路东西两头的两座火车站，将物流网越织越密，海陆铁联运，金华市一跃成为"一带一路"和国内国际双循环的重要战略枢纽。截至目前，中欧班列金华双平台已开通26条线路、覆盖50多

"义新欧"中欧班列金东平台

个国家和地区、通达160个城市，成为全国开行线路最多的中欧班列。"金华—宁波舟山港"海铁联运班列也保持着强劲的增长势头，2024年1—6月发运56700多标箱，义甬舟大通道成为全国最繁忙的海铁联运线路之一。

目前，金华已与233个国家和地区建立了贸易关系。2024年上半年共实现外贸进出口总值4236亿元，增长贡献率居浙江省第一。

金华市浙中公铁联运港有限公司总经理姚晓华说："金华国际港站就是开放的门户，物流的门户，也是自由贸易区改革试点的实验地。我们一直在迭代，核心就是为企业降本增效，为老百姓的生活提供快捷和便利。"

（记者：钟原、李静、吕欣、余凯琦、钱旭升、许日华。编审：杨亚初、徐定华。单位：浙江省金华市新闻传媒中心）

福州市金峰镇人民路：
与共和国同龄的人民之路

　　福建省福州市长乐区金峰镇上的人民路与共和国同龄，是当地主干道之一。人民路的历史可追溯到20世纪30年代，被当地人称为"老街、旧街"。新中国成立初期人民路商铺林立，客商云集，是当地水陆商贸往来的重要枢纽，人民路也成为当时福建乃至省外传统商贸往来繁荣的地方。改革开放后，这条繁华的人民路，使得金峰镇一度有了"小香港"的称号，跻身福建省首批亿元镇行列，成为"中国草根工业"的发祥地，也创造了"无棉之乡筑千亿纺织之城，无矿之地铸千亿钢铁之城"的商业奇迹。

　　"文坛祖母"冰心在《繁星》中写道："我只知道有蔚蓝的海，却原来还有碧绿的江，这是我父母之乡！"冰心笔下的"父母之乡"指的就是福建省福州市长乐区金峰镇。这座"百货随潮船入市"的福建古镇有一条人民路，它与共和国同龄，是当地的主干道之一。新中国成立后不久，人民路上商铺林立，是水陆商贸往来的重要枢纽，也是当时长乐区乃至福州市传统商贸往来的重要街镇之一。改革开放后，一次次嬗变的轨迹深深地融入金峰的大街小巷，得益于人民路的繁华，金峰镇也一度被称为"小香港"。

　　长乐文史专家陈茅是土生土长的金峰人，从小就在人民路上感受到了浓郁的商业气氛。这里的人们天生头脑灵活，会做生意。商业理念在他们心里已经深深地扎下了根。他说，金峰镇人民路附近走出了好多著名企业家，人民路的人民在改革开放大潮中没有落伍。

金峰镇人民路

人民路上机杼声声的织造经纬见证着金峰从家庭作坊到乡镇企业的一路驰骋。1984年，著名社会学家费孝通教授在长乐考察时，将金峰经编业这种快速蓬勃发展的现象誉为"草根工业"，金峰镇也成为"中国草根工业"的发祥地。

在经历了"草根工业"快速发展期后，自20世纪90年代开始，以人民路为代表的金峰镇民营企业开始向纺织、钢铁产业转型，涌现出许多在全国排名前列的纺织与钢铁企业。金峰镇也成为福州历史上第一个亿元镇，创造了"无棉之乡筑千亿纺织之城，无矿之地铸千亿钢铁之城"的奇迹。

福建"纺织巨擘"、福建省金纶高纤股份有限公司董事长郑宝佑正是从金峰镇人民路38号走出的杰出企业家。1983年，当时38岁的郑宝佑创办了一家只有十几人的化纤厂，在政府的引导和大力扶持下，到了2012年公司产值突破101亿元，成为长乐市首家超百亿元企业。2023年公司以539.57亿元营业收入同时入围"2023中国企业500强"和"2023中国民营企业500强"等榜单。郑宝佑说："我从人民路出来，每次遇到困难都会迎难而上，40年来从未停步。"

进入新时代，除了金纶高纤，金峰镇还涌现出了均和集团、恒申控股、永荣控股等中国民营企业500强企业，这一张张金峰名片都和人民路承载的商贸渊源息息相关。

从金峰镇人民路上走出的纺织企业家和钢铁企业家，骨子里自带"爱拼才会赢"的福建精神，他们将企业布局全国，走向世界。据不完全统计，在国内"金峰系"钢铁企业就有100多家，企业产值占据全国钢铁总产值30%左右。随着中国融入全球经济一体化，金峰纺织业、钢铁行业积极调整产业结构，一大批优秀企业应运而生。

金峰镇人民路上的历史变迁和高质量发展，离不开政府多年来坚持人民至上的初心。近年来，福州市着力建设"马上就办、真抓实干"的

"便利福州"，为福州高质量发展提供有力支撑。只要企业提出问题，就有对应部门马上跟进研究，及时解决，从问题收集、问题受理、问题处置等三个方面建立工作机制，打通服务企业"最后一公里"，以前所未有的速度促进新质生产力的发展。长乐区金峰镇党委副书记李春林说，他们每周都要定期到企业走访，帮助企业解决实际的困难和问题。持续优化营商环境，为群众提供便民服务，为人民服务永远没有终点。福建国惠企业副总经理、总经理助理朱加勇对此深有感触，企业经过38年的努力，从人民路的街边小店发展成为拥有近20家分店的综合型酒店餐饮企业，这也得益于当地优良的营商环境，原来要十天半个月的事情，现在不到一个星期就能办完。广西德源冶金有限公司总经理陈勇也深有感触，他说，从金峰到广西，镇里对出去创业的金峰人还会给予帮助和指导。

福建是民营经济大省，为促进民营经济进一步发展壮大，福建省委省政府提出实施新时代民营经济强省战略，从战略高度专题部署民营经济工作，推动民营经济高质量发展。在推进中国式现代化的进程中，引导民营经济提质增效、转型升级，支撑民营经济高质量发展的关键之一是打造适合民营企业发展的沃土，营造一流营商环境。长乐区金峰镇党委副书记李春林认为："关键在于要坚持为人民服务的理念。全心全意为人民服务一直是我们党的宗旨，人民路是我们的出发点，也是落脚点，为人民服务永远在路上。"

如今，金峰的"草根工业"已载入了中国改革开放的史册，声名远扬的金峰镇已经成为民营企业的"金摇篮"，是名副其实的中国纺织、钢铁之乡。与共和国同龄的金峰镇人民路见证了金峰的繁荣发展、壮大辉煌。

（记者：邱伟军、唐龙波、杜思思、陈宇、翁沁彤、田阔。编审：张剑、王俊俊。供图：金峰镇人民政府、福州广播电视台新闻广播。单位：福州广播电视台）

漠河市人民路：
让冷经济热起来

　　黑龙江省漠河市人民路是我国最北边的一条人民路，也是漠河市最热闹的一条路，古老的俄罗斯风情建筑与现代商铺在这里交相辉映。这是一条让冷经济热起来的人民路，人民路上鼎峰广场的街边市集热闹非凡，来自大兴安岭深山里新鲜的山珍、黑龙江里刚出水的活鱼、黑土地上刚摘下的玉米和瓜果，受到不少市民和游客的青睐。夏天来避暑，冬天来赏冰雪，来这里体验神州北极风情的游客络绎不绝。

　　在神州北极——漠河市的人民路上，远望群山如黛，层峦起伏，近处绿树如茵，郁郁葱葱。在人民路旁边，有一家非常简朴的东北菜馆。正是用餐时间，店里人头攒动，老板王洪峰忙得不可开交，他高兴地告诉我们："店里天天爆满，能给天南海北的游客做家乡的特色菜，累也高兴。"

　　铁锅炖、锅包肉……一道道东北特色菜让客人们大快朵颐、大呼过瘾。而让来自浙江的游客吕女士赞不绝口的是漠河的冷水鱼，吕女士说："老板说这里的鱼是只有北方才有的冷水鱼，本来我是不怎么吃鲤鱼的，吃了之后觉得非常好吃。最令人兴奋的是我居然看到了极光，虽然夜里很冷，但是极光太美了，好像童话世界！漠河真是一个值得来的地方。"

　　到漠河看极光可能要看缘分，但是吃冷水鱼却是随到随吃。漠河市有古莲河、大凌河、大林河等大小河流，非常适合发展冷水鱼养殖业。十年前，漠河市林业局开始发展冷水鱼养殖项目，从资金到技术为养殖户提供

漠河市人民路

全方位的支持和帮助。目前，冷水鱼养殖已经成为带动当地百姓增收致富的重要产业。吕女士吃的鱼就来自距离漠河市区不远的一处活水冷水鱼养殖池塘，这里每年出产草鱼、鲤鱼、鲫鱼等优质冷水鱼上万斤，极大地丰富了游客和当地居民的餐桌。鱼塘老板孙海波告诉记者："刚开始养的时候，市林业局提供了无息贷款，鱼苗、饲料、增氧机都是市林业局帮忙采购、运输的，技术员也经常过来给我们做指导。我的鱼塘上下都是活水，养殖条件接近自然水域条件。所以我这些鱼基本不愁卖。"

漠河特殊的地理位置和气候，成为国内外游客的理想目的地。夏天来避暑，冬天来赏冰雪。"找北"、追极光，来体验神州北极风情的游客络绎不绝，漠河市委市政府趁热打铁，多措并举全力助推旅游业发展。越来越多的漠河人也端起了"旅游饭碗"。仅一个小小的北极村就有民宿近200家、饭店44家。在优惠政策的吸引下，嗅到商机的北极村村民韩雪婷和丈夫结束在外打拼的日子，回到老家，将公婆之前经营的家庭宾馆扩建、升级，还为它取了一个非常好听的名字——时光之旅客栈。客栈吸引了许多年轻游客入住。韩雪婷说："现在条件好了，更多的人想到北极村来旅游打卡。我想让每一位来北极村玩的人都记住'中国北极'这个神奇的村庄。来了就不想走，来了就没有遗憾，来了还想再来。"

据统计，2024年上半年，来漠河市的游客突破110万人次，同比增长1倍还多，旅游收入10亿元以上。漠河市的旅游市场正呈现冬季、夏季均衡发展的态势。

到冬季，当游客们兴致勃勃来漠河体验呵气成霜、滴水成冰的感受时，漠河市寒地测试服务中心的工作人员开始了一年中最忙碌的时候。

当寒地试车产业刚刚进入国内的时候，漠河市委市政府紧紧抓住"冷"里掘金的独特机会，多方联系国内大型车企，成功建成服务多个大品牌的寒地测试服务中心，并吸引汽车厂商和合作伙伴170多家。2023年11月到2024年4月，漠河市共接待测试车辆700台（次）。

　　寒地试车产业给漠河人带来了就业创业的机会，周天柱就是其中的一个，他是一名专职试车司机。他告诉记者："来到公司后，我才知道极寒和低压条件测试能检验出一辆车的性能。每天驾驶着各种车辆在雪地上飞驰，让我感受到前所未有的成就感。在我的影响下，两个好朋友也成为试车司机，还有一位朋友负责公司的汽车维修。现在大家的日子都好起来了，挣的都比过去多很多。"

　　走在人民路上，看着来来往往的游客说着、笑着，漠河市文体广电和旅游局原局长程海山格外高兴，他说："下一步漠河市在旅游产业上将按照'全域发展、四季皆游'的发展思路，充分发挥'最北、最冷、毗俄'三大核心优势，让北国边塞风光、冰雪旅游为乡亲们带来源源不断的收入。新中国走过75年辉煌历程，我们愿为中国生态文明建设、实现中华民族伟大复兴，继续贡献智慧和力量。"

　　（记者：郭亚洲、孙宏顺、丛志成、唐丹、杨越、孙立昊。编审：范光来、张兆阳。单位：黑龙江新闻广播）

常州市人民路：
财富路、宜居路、科技路

　　江苏省常州市武进区人民路全长 10.2 公里，西起牛塘镇，东至遥观镇，横穿经济重镇湖塘镇，是城区东西向的一条主干道。从空中俯瞰，人民路两旁绿树葱茏，高楼鳞次栉比，双向八车道的大道笔直向前。

　　一条人民路，半部城市发展史。从砂石路到沥青路、从菜田到CBD、从村镇公路到交通大动脉、从过去到未来，这条因民而生、为民而兴的人民路是一条财富路、宜居路，更是一条科技之路。

　　财富的起点始自1988年，时值改革开放十周年，市场经济的大门徐徐打开。在常州，昔日的"东风路"改称"人民路"，位于其核心地段的湖塘供销社以满足人们日益增长的物质需求为出发点，升级改造成湖塘人民商场，8500平方米的营业面积、超过10000多款的经营品种，是当地第一家大型商场。时任总经理白其春回忆道，当年办人民商场的时候，他问当时的分管领导，商场叫什么名字好？对方说，就叫"人民商场"，为人民服务。人民商场为市民百姓们带来了前所未有的购物体验，在人均月工资只有几十元的90年代，就实现年销售额破亿元，连续多年蝉联常州零售十强企业。

江苏省常州市武进区人民商场

作为常州市武进区最早的商业街，人民路以其无与伦比的人气，带动引领形成了以时代家具城、针纺市场等为代表的传统商圈，以富克斯流行广场、吾悦广场、万达广场等为代表的新兴商业模式，从沿街小商业到现代商圈，多元业态让百姓"近"享便利。

三十多年过去了，武进人民商场依旧没有忘记"为人民服务"的初心，现任总经理周文金说："在最核心的二楼保留了供销社的元素，开设了500平方米的供销驿站展厅，在另外一边还增加了助农馆，让家门口的'诗与远方'更加精彩。"

2023年，常州高质量迈入GDP万亿之城，人民路所在的武进区GDP占据万亿之城的三分之一，这三分之一中服务业撑起了半壁江山。

人民路不仅是一条财富路，更是一条宜居路。全长11公里的BRT11号线穿过人民路，将沿江高铁武进站与老火车站南北相接，伴随着路网的延伸，人们的出行越来越便捷。门口的百年名校湖塘实验小学、湖塘实验中学和三甲医院——武进中医医院隐匿在繁华与静谧之间，出行、上学、就医一站式解决。

每当夜幕降临，离人民路不远的新天地公园就成了健身市民的乐园。在公园的浅水区，种植着一种矮生苦草，用来改善湖底水质、提高水体的自净能力，这是当地正在进行的一项水生态修复工程，为的就是给百姓提供一个"水清、岸绿、景美"的开放公园。2024年，武进区新增4个口袋公园，其中3个都在人民路附近，"推窗见绿、出门进园、转角见美"将成为人们的生活常态。

这条人民路还是常州科技创新、产业发展的一个缩影。在这里诞生了江苏省首家省级高新区——武进高新区，这里也是理想汽车常州基地所在地。仅2023年，理想汽车共交付新车超过30万辆。2024年这个数字将突破80万辆。

作为新晋"万亿之城"，近年来，常州紧跟国家战略，以"新能源之

长沟河公园

都"建设引领绿色低碳转型，通过前瞻布局和吸引龙头企业的进驻，不断强链延链补链，形成了"发储送用网"产业生态全链条。

为了解决新能源车主的"续航焦虑"，常州加快织密充电基础设施网络，着力提高居民小区等场所的充电设施"见桩率"，让充电桩连通产业与民生。

在老旧小区的改造中，充电桩的安装与小区绿化、外立面翻新和地下管网改造一样成为标配。常州市新魏花园建于2005年，是一个老旧安置小区，常住人口6000余人。这里的车位都是临时停车位，车主们既没有产权也不能长期租用固定车位，无法安装私桩。社区、物业管委会等通过调查研究、实地勘察后，最终选定一块荒地，把它改造成新能源汽车共享充电区。居民王伟虎说："没有安装充电桩之前，要到小区附近商用充电桩充电，很多时候要排队等候，不但充电费用高，还很不方便，现在家门口有了充电桩，方便多了。"

　　此外，常州市2021年发布文件《关于加快常州市新建居民住宅小区电动汽车充电基础设施建设的通知》，明确了新建居民住宅小区配建停车位应100%具备充电设施安装接入条件，在全市实现新建小区所有车位"开门接桩"，居民购买新能源车就可实现充电桩的"即插即用"。中国工程院院士樊明武对此评价："常州在新能源方面抓得非常好，从生产到输送、使用，这些方面在全国是一个表率。"

　　75年日新月异，常州的城市版图不断南拓北进、西联东扩，一条条比人民路更宽阔平坦的新道路不断出现，但武进区人民路依然紧随时代的步伐续写着繁华，它承载着人们难忘的记忆，也寄托着民众期待的未来。

　　（记者：马凌云、金晖、高玉、潘建炜、高劼、裴玲。编审：马凌云、金晖。单位：常州广播电视台）

运城市人民路:

"文化传承"飞入寻常百姓家

　　山西省运城市人民路位于盐湖区中部,该路于1979年在土路基础上拓宽建成,被命名为"人民路",至今已经四十多年了。现在,人民路是运城市中心城区的一条南北主干道,道路两旁坐落着人民路学校、盐湖区党群服务中心、河东书房等单位。人民路上浓郁的文化气息扑面而来。

运城历史悠久，人杰地灵，是中华民族的重要发祥地之一。这里的国家级文物保护单位多达102处，是全国国保单位数量最多的地级市，被称为"国宝第一市"。如此厚重的文化，如何传承赓续？这是摆在运城人面前的一个时代命题。运城人对此有着自己的理解，那就是"文化传承要服务百姓生活"。

运城市人民路位于盐湖区中部，该路于1979年在土路基础上拓宽建成，被命名为"人民路"，至今已经四十多年了。现在，人民路是运城市中心城区的一条南北主干道，这里的文化氛围格外浓厚，道路两旁高大茂密的法桐树下，坐落着人民路学校、盐湖区党群服务中心、河东书房等单位，文化滋养着这里的每一个人，文化服务百姓生活的场景随处可见。

馆校合作　向下扎根

"这两张照片上的建筑分别是解州关帝庙和常平关帝家庙。解州关帝庙是全国最大的关帝庙……"运城市人民路学校的段博洋同学正在运城博物馆的展厅内为现场观众声情并茂地讲解运城的历史。

运城市人民路学校大队辅导员段荣荣告诉记者："这是我们学校与运城博物馆签署的馆校合作协议中的一项活动。依托博物馆丰富的文化资源，引导学生与历史相遇，与文物对话，激发学生的文化自豪感，使学生从小树立'为人民服务'的意识并付之行动。"

为传承中华优秀传统文化，运城博物馆与运城市人民路学校等八所学校签署了馆校合作协议，充分利用河东历史文化资源设计开展了博物馆系列活动课程，成功举办了各类主题教育实践活动，取得了良好的社会效果，真正做到了让陈列在博物馆里的文物活起来，彰显中华文明的独特魅力，让文化传承更有力量。

惠民阅读　向上生长

运城的历史源远流长。西侯度遗址是迄今为止发现的世界上最早的人类用火遗址，也是中国最早的旧石器时代遗存之一；这里曾孕育了关羽、司马光、柳宗元等多位历史文化名人；这里留下了诗人王之涣"白日依山尽，黄河入海流"的千古名句……

人民路学校的孩子们对家乡的这些历史很感兴趣，总喜欢扎在人民路88号的河东书房（党群馆）里"徜徉书海，乐享书香"。

河东书房是运城市的一张名片，也是运城人阅读、休闲最愿意去的地方。河东书房文化活动负责人李国瑞告诉记者，书房深耕运城特有的历史文化，希望当地人了解运城的历史文化名人及遗迹，认同本土文化，与这片土地建立深厚的感情。

运城市河东书房

史国瑞老先生是人民路88号河东书房的常客，每天上午11点，他都准时来到这里，一待就是五六个小时。记者采访他时，他正戴着老花镜，聚精会神地做读书笔记。他说，"好记性不如烂笔头"，自己的读书笔记做了20多本，边读书边整理。

为满足市民阅读的个性化需求，2024年河东书房（党群馆）推出文化惠民新举措，开展"你读书，我买单"活动，市民想看什么书，告诉书房的工作人员，书籍买回来后就可以借阅了。市民雷先生喜欢琢磨古建筑，经常到河东书房找自己想看的书，"你读书，我买单"的活动推出以后，他激动了好一阵子，列了长长的读书清单。

文化传承　全民力量

河东书房的惠民活动远不止此。这里的负责人李国瑞告诉记者，人民路上的河东书房每个月还会开展形式多样的线上、线下活动，包括读书会、公益讲座等。

像人民路上这样的河东书房在运城市中心城区已有12家，形成了"两公里阅读圈"，广大市民在家门口就能免费享受到便捷、舒适的高品质公共服务以及滋养精神的文化大餐。

2024年4月13日，河东书房（党群馆）邀请《运城晚报》副刊中心主任、运城市作协副主席张建群就"探寻河东文化，体悟运城精神"主题开展公益讲座，台下座无虚席。稷山县作协主席杨继红和他的二十多位作家朋友从八十公里之外的稷山县赶到了讲座现场。杨继红认为，每个人都是文化的传承者，人人都要接过接力棒。很多建筑遗迹不保护、不记录就真的会消失，后人就只能通过图片、文字了解那些过往。

运城古称"河东"，因盐运而生。那天，张建群的讲座中谈到了运城盐商、盐运的一些历史，杨继红和稷山的作家们后来专门组织了一次探访盐商足迹的采风活动，对盐运历史进一步挖掘，并在《运城日报》等报刊上发表多篇研究报道。

张建群佩服作家们对文化传承的热情与执着，同时她也用自己的方式践行传播着河东文化。她说作为一个媒体人和写作者，有责任把历史文化传下去，起码要在自己了解的范围内，把能够用文字呈现的故事、精神、思想，包括曾经的辉煌历史记下来，留下来，传给后人。

从人民路出发，运城将文化传承融入百姓的美好生活，赓续文明薪火。"为人民服务"在文化的浸润下有了新的答案。

运城市委宣传部一级调研员段利民说："发展文化的目的是什么？发展经济的目的是什么？我们觉得最终的目的是人民幸福，增强人民福祉，这和我党'为人民服务'的宗旨是一致的。文化也要服务于人民。"

（记者：渠卫红、王昭欢、张玲。编审：邢海鹏、李锦蓓。单位：山西农村故事广播节目中心）

株洲市人民路：
为民路上的"火车头"

　　湖南省株洲市人民路，北起石峰区田心街道，南至芦淞区芦淞市场群。这条7.5公里长的城市干道，串联起株洲的轨道交通和服饰这两大千亿级产业集群。路边绵延数公里的饭店、菜市场等，又让朴实的烟火气成为株洲市人民路最真实的底色。让人印象深刻的是道路两旁高大茂盛的法国梧桐。这是人民路被株洲人称为"老城区最美城市干道"的主要原因。夏日里，梧桐树冠顶部枝叶交错，结交成绿叶悬垂的拱顶，绿荫掩映几乎把天空遮住。走在这条路上，宛若行进在一条"林荫隧道"中。

中车株洲电力机车有限公司（以下简称中车株机）位于湖南省株洲市人民路起点的石峰区田心街道，1936年粤汉铁路总机厂落户于此，由此播下了中国机车车辆工业的新希望。

位于人民路起点的株洲田心，有着国内最完备的轨道交通装备全产业链体系，从新中国第一辆内燃机车到电力机车，再到地铁、城铁，再到为高铁提供核心部件和配套产品等，88年的砥砺奋进，株洲田心一直在创造中国轨道交通装备领域的诸多新纪录。2020年集群总产值达1310亿元，成为全球首个千亿规模轨道交通产业集群。

2019年12月，由中车株机研制的首列CJ6动车组，开始在长株潭城铁线上载客运营。作为长株潭都市圈多层次轨道交通网的关键构成，长株

株洲市人民路的起点——中车株洲电力机车有限公司

潭城铁串联起长沙、株洲多个城市副中心和片区，可与武广高铁、长沙机场磁悬浮快线、长沙地铁进行高效换乘。

2021年6月25日上午10点半，高原"绿巨人"复兴号动车组缓缓驶出拉萨站，奔向435公里外的"雪域江南"林芝。这是复兴号动车组在西藏的首次亮相。川藏铁路拉林段是人类历史上第一次穿越西藏南部谷地高山区的铁路。中车株机牵头研制生产的高原"绿巨人"复兴号是高原内燃、电力双源动车组。它可以适应零下40℃的高寒地区和海拔5100米的高原地区等环境，最高运行时速为160公里。到2024年，高原"绿巨人"复兴号已经在"世界屋脊"上安全运营了三年，成为中国铁路的"新名片"。

从服务国内轨道交通建设，为全国人民提供精准、舒适、快捷的交通工具起步，中车株机不断沿着株洲的人民路走向全国、走向世界。

2023年10月29日，由中车株机承建的墨西哥城地铁1号线整体现代化改造项目正式开通运营。墨西哥城运营长达半个世纪之久的地铁1号线"更新换代"。中车株机还在当地设厂，共开发当地供应商100余家，培训墨方技术人员近300名，提供了就业岗位近1500个。

到目前为止，株洲田心聚集先进轨道交通产业上下游企业400多家，方圆5公里内可解决80%以上配套产品和技术，一杯咖啡的时间可以集齐生产一台电力机车所需的上万个零部件。

世界级的产业集群需要与之配套的世界级产业配套设施。从2021年开始，株洲市田心片区道路拓宽改造工程正式启动。历时两年，宽敞的田心大道正式通车，为田心片区的发展打开了新空间，其余配套道路也正在加紧施工。株洲市城发集团城市更新公司相关负责人谢腾告诉记者："田心大道完工通车后，我们又对路周边的街头公园、临街建筑外立面、株机北门广场等进行了改造。下一步我们将启动田心大道提质配套三期的建设，主要对田心大道株机段进行拓宽，进一步完善片区交通功能，提升城市品质。"

中车株机的生产车间

　　2023年6月，株洲国投集团产业服务中心竣工，作为片区地标性建筑，它集酒店、商业、办公、会展于一体。在中车株洲电力机车研究所有限公司，停车楼项目于2024年4月启动。这里共设计有393个停车位，其中充电桩停车位120个，项目于同年7月完工。

　　与这些配套设施同期启动的，还有学校、医疗等配套设施的升级。湘雅第一附属医院田心片区改造完成、田心中学改扩建项目启动等，极大地方便了片区企业员工的生产和生活。据统计，在2022—2024年的三年时间内，田心片区计划实施和完成的城市更新项目达20个。

　　2024年7月15日，株洲市轨道交通专题会议召开。展望株洲轨道交通产业的发展前景，株洲市高新区田心片区管委会主任马太飞表示："下一步，园区管委会将持续深入学习贯彻党的二十届三中全会精神，按照因地制宜发展新质生产力的工作思路，推动园区高质量发展，全力争取实现在2025年轨道交通产业产值超过2000亿元。"

梧桐树成荫的株洲市人民路

　　人民路上为人民。只有锚定为人民服务的目标，持续完善片区功能，提升片区发展活力，不断创新发展模式，攻克关键技术，才能推动株洲轨道交通产业向世界级产业集群跃升，更好地服务中国人民、服务世界人民。

　　（记者：倪伟、李佳、邱浩。编审：黄滔。单位：株洲市广播电视台）

兰州市人民路：

"我"在人民路上当代表

　　甘肃省兰州市人民路是百里黄河风情线上的重要路段，这里建有甘肃国际会展中心、甘肃大剧院、兰州城市规划展览馆、兰州马拉松文化主题公园等城市地标，这里有每年甘肃省两会的主会场，来自全省各地的人大代表、政协委员从这条路上走进会场，履职尽责，建言献策。

在2024年的甘肃省十四届人大二次会议上，来自陇南市康县的五福临门民宿负责人曹艳被省人大评选为"优秀人大代表"，在人民路上为人民服务，人大代表的身份让曹艳体会到了不一样的成就感。她说："当了人大代表以后，对我的改变也比较大。原来光想着把小家顾好，现在各种事情都要关心，能为家乡的百姓做一些事情，我很有成就感。"

曹艳在兰州市人民路上把一条条关乎民生福祉的建议送到了全省两会上。在甘肃省十四届人大一次会议上，曹艳提出《关于加大陇南乡村旅游支持力度的建议》，被列为重点建议。

康县位于甘肃省最南端，气候宜人，山清水秀。立足优越的自然条件，曹艳在国家4A级景区康县岸门口古村康养旅游区朱家沟创办了五福临门民宿。曹艳说道："城里人到农村来体验生活，花费不多，体验一个小型的住所，体验一下当地的食材及生产生活的方式，村民也增加了一笔收入。"

2021年11月，五福临门民宿通过了国家甲级民宿评定，这是甘肃省首个获得国家级殊荣的民宿。

"靠山吃山，靠水吃水。"曹艳在朱家沟经营民宿以来，带动了父老乡亲在家门口就业，给村里的10多名留守妇女提供了就业岗位，每年的劳务报酬支出在50万元左右。2023年销售村民自产的家禽、蔬菜、蜂蜜、木耳、香菇、茶叶等农副产品达90万元左右。每年还为壮大村集体分红5万元，为47户贫困户分红4.2万元，真正做到了一个企业带动一个村子，一个产业带富一方百姓。

为了在人代会上提出高质量的建议，曹艳在经营民宿之余，还积极参加各级人大组织的调研、考察、学习等活动。她说只有参加了活动，才能广纳民意，才能发现关乎人民群众切身利益的问题，才能拓宽知情知政的渠道，使提出的建议具有科学性、全局性和可操作性。

　　"为群众说话，带群众致富。"代表们从兰州市人民路出发，把建议上的美好图景在全省各地一点一点变成现实，甘肃省、市、区三级人大代表——甘肃绿松农业发展有限公司总经理王玲，正在努力将合作社带动乡村振兴这一经营模式做到极致。

　　2015年，王玲成立了绿松种植农民专业合作社，流转土地1000亩，投资2000万元标准化种植高原夏菜。合作社具备了种植高原夏菜1500亩、年培育高原夏菜苗800万株的能力，年销售高原夏菜10000吨，形成较强的辐射带动性，有力地促进了产业结构调整和农民增收，获得区级"优秀专业合作社"称号。

　　合作社采用"公司+农户+基地+销售窗口"模式以来，老百姓不仅可以获得土地流转金，还可以获得务工收入。现在，王玲又带动当地村民

朱家沟

经营农家乐，使村民多了一条增收渠道。王玲告诉记者，近几年，绿松种植农民专业合作社每年直接或间接带动上万人次务工，带动周边发展了十几家农家乐，这些农户的收入比以前增加2万—3万元。

王玲带动周边农户持续增收，成了全镇有名的致富带头人。王玲在人代会上的建议核心就是让群众更富裕，让乡村更美丽。在做大做强现代设施农业的同时，王玲打响"金色花海，百年果园"生态旅游品牌，流转果园土地50亩，打造了集"农事体验、旅游观光、休闲采摘、餐饮娱乐"等为一体的休闲农业产业，年接待游客8万人次以上，实现年旅游收入300万元以上。王玲先后荣获区级"巾帼创业创新先锋"、市级"创业致富巾帼带头人"等称号，2020年所办企业被评为农业农村部"全国农民专业合作社示范社"、甘肃省农业产业化"重点龙头企业"。

王玲经常深入基层开展调研，她经常和老百姓聊天谈心，很多老百姓都知道她是人大代表，也愿意和她说心里话，因此，她知道群众期待什么，需要什么。围绕民生、新农村建设、生态环境保护以及老百姓的急难愁盼问题，她收集了大量的一手资料，向各级人代会提交各类意见建议30多条，其中扶持农村产业发展、废旧地膜回收等多条建议被采纳。

人民路上承载着群众的愿望，人民路上记录了代表们履职的足迹。兰州市人民路是一条风景宜人的观光路，也是一条倾听民意、服务群众的人大代表履职之路，曹艳、王玲等人大代表从这里走进会场，又从这里走向美丽乡村，在新时代高质量发展的征程上接力奋斗。人民路上为人民，初心不改，历久弥坚。

（记者：孙树东、邓晖。编审：史昆、丁守敏。单位：甘肃省广播电视总台经济广播）

菏泽市人民路：
产业发展"走花路"

　　山东省菏泽市人民路修建于1986年，最初只有2.7公里，1995年提升改造为水泥路。此后，菏泽市人民路先后经过5次大的拓宽和维修，延伸至22.3公里，路面也由双向四车道变为双向八车道，成为贯穿菏泽城区南北方向的黄金中轴线。这是一条产业兴、人民富的"黄金大动脉"，花开盛世的牡丹产业带富了一方百姓、点缀了千家万户。

　　2024年4月，菏泽市人民路北延综合改造项目正式通车并投入使用。这个项目是菏泽市的重点民生工程和民心工程，它的开通进一步打通了菏泽的北大门，让牡丹等花卉能够在24小时内直达爱花人的手中。

　　人民路的延长与拓宽，改变了菏泽人民的生活，也改变了菏泽市花木协会会长、绿美花木种植专业合作社董事长孙文起的人生。他因为牡丹走出了菏泽，又因为牡丹回到了菏泽。孙文起说："最开始还不是以菏泽牡丹的品牌往外卖，那个时候没什么想法，就是靠着我们的牡丹维持生活。2003年济南燕山立交桥下面的绿化栽上了我们的牡丹，让我能把家乡的牡丹带到山东省会去，而且我参与了建设、种植和管理，我有了成就感。真正的牡丹品牌在菏泽。要重点发展牡丹、发展品牌，我就又回到了菏泽。"

菏泽市尧舜牡丹产业园大门

菏泽市人民路北延项目从菏泽市牡丹区黄堽镇穿镇而过。这个项目的建成，让以黄堽镇为代表的牡丹特色产业乡镇加速种植、加工、仓储、销售全链条产业发展的布局，有力推动了当地牡丹芍药产业的提质升级。这也是孙文起回到菏泽，选择黄堽镇为主要种植基地的重要原因。从普通种植户发展成产业基地负责人，孙文起是菏泽市以多种形式带动农户扩大生产规模的受益者，他说："花卉产业是一个朝阳产业，以黄堽为主体，我们又新建了千亩大田灌溉牡丹园，同时打造牡丹旅游村的集散地。黄堽镇人民政府牵头，将乡村振兴专项资金投入到这一块，既减轻了我们投资的压力，也能让农户轻装上阵了。"

种好一朵花，培育大产业。为了带动牡丹旅游产业的发展，菏泽市兴建了多家特色牡丹国花园，不断完善栽培技术。中国花卉协会牡丹芍药分会常务理事、冠宇牡丹园技术员王洪宪介绍说："原来我只是想把牡丹花培育好，让别人能看到牡丹的美。慢慢地，从2011年起全国发展油用牡丹，要把人民的身体健康放在第一位。牡丹产业越做越大，我会把我积累的经验更好地服务于牡丹产业，真正让菏泽人民感到幸福。"

用好一朵花，延伸产业链。15颗牡丹籽能产1滴油。菏泽推动牡丹籽油入选了"国家地理标志保护产品"。菏泽市水务集团党委副书记、总经理、尧舜牡丹产业集团负责人王海涛介绍说："牡丹籽油是一个畅销产品，我们的产品现在有牡丹籽油、牡丹花蕊茶、牡丹面膜、牡丹精油等系列，我们开发的力度比较大，品种比较多，规模比较大。"

牡丹产业周边

菏泽牡丹

　　菏泽市牡丹发展服务中心副主任刘继国告诉记者："我们从牡丹根、牡丹籽、牡丹花瓣儿，开发形成了一个全产业链条。目前，菏泽市牡丹深加工企业达到16家，加工产品达到240多个，涉及牡丹观赏、牡丹加工、牡丹旅游、牡丹文创等多个领域的产品。"

　　如今，菏泽牡丹不但畅销国内，而且占据了世界牡丹种苗交易量的70%以上。2023年，菏泽300多万株牡丹芍药飘香世界，销往俄罗斯、德国、荷兰、意大利、法国、日本、韩国等20多个国家和地区。

　　菏泽牡丹产业入选山东省"十强"产业"雁阵形"集群，2023年实现总产值108亿元，直接带动超过10万人就业，间接带动约50万人就业。仅在黄堽镇，牡丹等花卉的种植面积就达到3.7万亩。菏泽市牡丹区黄堽镇副镇长杨云说："我们将时刻牢记以人民为中心，依托人民路穿镇而过的地理优势，将农民的牡丹花、芍药花销出去，吸引更多的人走进来，将牡丹芍药产业发展成为真正的富民产业，让人民路成为牡丹花开的幸福路。"

　　（记者：杜鹏、公慧、王新立、刘亚超、张晶、刘晓琳。编审：李健、曹进。单位：山东广播电视台经济广播）

林州市人民路:
续写红旗渠精神新篇章

　　河南省林州市人民路，作为城市的标志性道路，不仅承载着林州人民对美好生活的向往与追求，更是红旗渠精神的传承之路。它横贯太行山下，与红旗渠相伴而行，见证了半个多世纪以来林州人民"自力更生、艰苦创业、团结协作、无私奉献"的精神风貌。人民路不仅连接着城市的各个重要节点，更在精神上与林州人民紧密相连。作为林州市的重要交通枢纽和红旗渠精神的象征，人民路在推动林州发展与文化传承方面发挥着不可或缺的作用，展现出了林州独特的城市风貌和精神内涵。

削平1250座山头、凿通211个隧洞、架设152座渡槽，河南林州人民仅凭一锤、一钎、一双手，成功开辟了全长1500公里的红旗渠。

2024年是红旗渠工程全面竣工55周年。红旗渠创造了举世瞩目的人间奇迹，也将"自力更生、艰苦创业、团结协作、无私奉献"的精神之旗插在太行山巅。红旗渠精神不仅为林州市的发展注入了强大的精神动力，也激励着一代又一代的中国人砥砺前行。林州市人民路，作为红旗渠精神的传承之路，承载着林州人民对美好生活的向往和追求。

城市文化名片　传承红旗渠精神

林州市人民路上繁华的中心区，红旗渠广场作为服务广大市民，并展现"红旗渠精神"这一城市亮点的公共场所，吸引了络绎不绝的游客。广场以"红旗渠""青年洞""分水岭"等元素为主题，具象化表达红旗渠精神，提醒人们铭记艰苦岁月。它的设计理念与呈现方式均凸显了红旗渠精神的核心——为民服务。

红旗渠广场副主任金广青策划了多场文化活动，将红旗渠精神与市民的生活紧密结合。通过文艺表演、讲座论坛等形式，市民在愉悦中感受到了红旗渠精神的伟大力量。市民呼润秀表示："我们林州的红旗渠广场真是太棒了！广场环境特别好，绿化得很美，让我们心情很舒畅。这里不仅是我们休闲娱乐的好地方，而且是我们红旗渠精神的传承地，很有意义。"

创新养老模式　编织幸福晚年

在林州市林虑社区，老人们正在人民路上的日间照料中心悠然自得地享受着新时代的美好生活。万长青老人正与友人相聚在棋牌室，室内环境明亮又整洁，老人们可以根据自己的兴趣下棋、健身，尽享惬意时光。

林虑社区党支部书记郭艺红介绍，社区日间照料中心不仅是老年人休闲娱乐的场所，更是加深社区与老年人情感联系的桥梁，它承载着社区对老年人的关爱与责任。该中心总面积达200平方米，专为60岁以上的老年人设计，提供膳食供应、康复保健、休闲娱乐等全方位服务。通过细致入微的人性化关怀，社区努力打造"白天入托接受照顾和参与活动，晚上回家享受家庭生活"的居家养老服务新模式，让老年人在享受专业服务的同时，也能感受到家庭的温馨与幸福。

如今，林州市人民路上的林虑社区正以独特的养老服务模式和温馨的人文关怀，为老年人编织着一个又一个幸福的晚年梦想。在这里，老年人不仅得到了生活上的照料和精神上的慰藉，更找到了属于自己的社交圈子和兴趣爱好。林虑社区的养老服务实践不仅为老年人带来了实实在在的关怀与温暖，也为全社会树立了一个尊老、敬老、爱老的典范。

在开元街道新时代文明实践所，中老年合唱团正排练歌曲

林州市人民路夜景

凝聚人心 服务群众"最后一公里"

"千年林虑峰，万年太行山；人工天河红旗渠，盘绕在山间……"在林州市人民路开元街道新时代文明实践所内，琴声悠扬，歌声如泉。为了献礼新中国成立75周年，中老年合唱团正排练《我的家在红旗渠畔》。林州市开元街道宣传办公室职员侯爱杰表示，新时代文明实践所虽小，却是红旗渠精神的传承地，是人心凝聚的阵地。这里通过举办丰富多彩的文化活动，以文化人，成风化俗，让思想润心、文化铸魂，不断畅通关心群众、教育群众、服务群众的"最后一公里"，让居民在家门口就能轻松享受到优质的公共文化服务，就像去邻居家串门一样自然，这样既方便了服务群众，又能更好地凝聚群众的心。

在开元街道新时代文明实践所，新时代群众路线得到了生动实践。在这里，不再有空洞的口号，而是化作了实实在在的民生服务、深入人心的文化活动。文明实践之花在群众心中绚丽绽放，汇聚成一股推动社会风气向善向上的强大力量。

　　林州市人民路犹如一座通往民心的桥梁，承载着人们深厚的情感与期望。无论是城市的宏伟发展规划，还是乡村的蓬勃振兴战略，都处处闪耀着红旗渠精神那璀璨夺目的光芒。在这片充满希望的土地上，"我家在红旗渠畔，青山绿水，绿水青山，好家园"的歌声正响彻云霄。

　　（记者：冉晓晖、曹博淳、肖立、王淑洁、赵勇生、刘佳。编审：夏雪、朱奕名。单位：河南广播电视台新闻广播）

包头市阿尔丁大街：
炼出钢铁和梦想

内蒙古自治区包头市的阿尔丁大街是一条城市的主干道，"阿尔丁"是蒙古语的直译，也就是"人民"的意思。1959年，在全国支援包钢的热潮中，来自全国的10万多名建设者正是从阿尔丁大街开始了热血青春的梦想之路。

1954年，包头钢铁公司成立，这是国家调整工业布局、实现经济战略西移的重大举措。1959年1月19日，人民日报发表了《保证重点，支援包钢》的社论，掀起了全国支援包钢的热潮。来自全国的10万多名建设者满怀热情地抵达包头火车站，沿着蒙古语意为"人民"的阿尔丁大街开始了热血青春的梦想之路。

在包钢二冶机电公司工作了44年的孙家敏是个"钢二代"，他的父亲孙兆久是包钢的第一代建设者。当时，孙兆久坐火车到包头站下车，风沙弥漫，阿尔丁大街又窄又暗，连路灯都没有。之后孙兆久和同事们在这条路上无数次接过前来支援包钢的建设者，晚上骑自行车接人还要打着手电筒，条件非常艰苦。

全国人民支援包钢，包钢也用成绩向全国人民汇报。"齐心协力建包钢"创下了响当当的"包钢速度"。1959年9月26日5点55分，包钢一号

阿尔丁大街上的包头火车站

高炉流出了第一炉铁水，比原计划提前了一年时间。1959年10月15日，包钢举行一号高炉出铁剪彩典礼大会，时任国务院总理周恩来出席剪彩典礼。孙家敏的父亲孙兆久正是见证者之一。孙兆久一直清楚地记得，周恩来总理为一号高炉出铁剪彩的历史性时刻。当时全国没有这么大的高炉，包钢是第一家。当时他觉得能在这里工作，不管多累也自豪。

全国人民支援包钢，走的是意为"人民路"的阿尔丁大街。包钢人为人民服务同样也是从这条路出发。孙家敏记得，1976年唐山发生了7.8级大地震。他父亲从阿尔丁大街出发去唐山支援震后重建工作。一代人一辈子都在践行着"全国为包钢，包钢为全国，都是为人民服务"的信念。

孙家敏接过了他父亲的接力棒。1992年，包钢开始筹建建厂以来容量最大、应用技术最为先进的现代化高炉——四号高炉。历时28个月，孙家敏与中国二冶等10多个单位的职工在50万平方米的施工现场昼夜鏖战，四号高炉提前一年建成投产，创造了中国冶金建设史上的奇迹。正是第二代钢铁人坚持理想信念，用"勤劳质朴、踏实肯干"的工作作风，助力包钢在20世纪八九十年代实现了年产钢由100万吨到1000万吨的飞跃！

孙承碧，现任包钢炼钢厂制钢三部9号转炉炉长。1998年，他从爷爷孙兆久和父亲孙家敏的手中接过"接力棒"，成为"钢三代"。从一名普通炉前工干起，孙承碧一步步成长为炉长、包钢首席技能大师，先后荣获"自治区五一劳动奖章"和"包头工匠""转炉炼钢工首席技能大师"等称号。孙承碧说，他的爷爷是从阿尔丁大街来到包钢的，他的父亲也是从阿尔丁大街回到包头的，而他对这条路也特别有感情。因为这条路是他们一家人，甚至包钢几代人梦开始的地方。

正是一代又一代人的努力，让包钢的技术产品不断地创新，服务于全国人民。全球海拔最高的青藏铁路，有三分之二的钢轨来自包钢；"西气东输"工程、各大油田以及钢结构领域，包钢的无缝钢管都占据了一席之

包头市阿尔丁大街

地；"长征"系列运载火箭、"神舟"系列飞船、"中国探月工程"等国家
重点工程都有包钢稀土产品的身影；国内三分之一以上的高铁线路铺着包
钢制造的钢轨……

　　70年来，包钢累计产钢超2.6亿吨、实现利税830亿元以上，在推进
社会主义建设、振兴民族工业、共建"一带一路"高质量发展等方面发挥
了重要作用。

　　一条意为"人民"的阿尔丁大街，迎来了支援包钢的全国人民，也
送出去了服务于全国人民的产品和人才。它不仅见证了"齐心协力建包
钢"的热血年华，也记录着"包钢人民为全国"的初心不负。青春的脚
步热力向前，从包头市阿尔丁大街出发，总有人在赓续着钢铁和梦想的
新时代传奇。

　　（记者：关蕾、齐静娴、王翔园、吴志宏、武子奕。编审：马海涛、
程广祚、王睿。单位：包头市融媒体中心）

常熟市梅李镇人民路：
循声而来 "声声"不息

        江苏省常熟市梅李镇的人民路，是一条承载着深厚历史记忆并展现着现代活力的街道。这里的每一盏路灯似乎都在辉映着"为人民服务"的永恒承诺，而人民路路牌旁那铿锵有力的标语"江山就是人民，人民就是江山"，更是对这份承诺的升华。今天，我们将聚焦于人民路上温馨而独特的声音故事，每一声笑语、每一次交谈，都述说着关于家的温暖、社区的宁静以及城市发展的脉动。

宁静的呼唤

近年来，随着生活水平的进一步提高，人们对生活质量的要求越来越高，追求宁静宜居的环境成为大家共同的愿望。在常熟市梅李镇的人民路上，一场宁静革命正悄然发生。在这里，人们常常会看到红色先锋护卫队负责人贾娟带领社区志愿者穿梭于各商铺之间。梅李镇梅李社区党委副书记章晓添告诉记者，贾娟他们进行这样常态化宣传的原因："网格员在巡查时，发现我们沿街的商铺会发出一些噪声，我们在想，能不能让商铺把噪声主动降下来。经过两委会的商议，我们社区跟红色先锋护卫队一起到商铺里来主动宣传。"如今，该社区的所有商户都已积极加入了营造宁静宜居生活环境的队伍中。

减噪降噪给百姓营造了一个宁静宜居的生活环境，这是一座城市文明的生动诠释。在强化源头预防的基础上，常熟市除了有每位市民的积极参与，还运用了高科技来保驾护航。

梅李社区开展
减噪降噪宣传

　　"蝉噪林逾静"，伴随着蝉鸣带来的这份清凉，记者走进了人民路上的银塘公园，这里正举行主题为"探索声学奥秘·乐享科技魅力"的科普进社区活动。在活动现场，一个独特的黑色静音仓吸引了人们的目光，顾明熙是第一个踏入静音仓体验的小朋友，他说："哇，我进到静音仓里一点声音都没有，好安静！"市民吴逗逗也和我们说起了她的体验，她说："感谢政府引进这么好的企业，让我们真切感受到常熟声学的发展和进步。"

　　许多市民与孩子们亲身体验了声音消失的奇妙感受。这是对声学科技的探索，也是对常熟声学产业进步的见证，更是红色回响在新时代的延续。

红色的回响

　　常熟，是一座与"声音"渊源颇深的城市。聆听常熟声音，首先在记者耳边响起的是开国大典的震撼之声。从常熟人李强研制的我党历史上第一台无线电收发报机，到今日"中国声学创新谷"的建设，常熟在声学领域的骄人成绩让全国瞩目。在革命传承与声学科技共融的路上，其中的每一次发展，我们都能听到历史的回响。

　　"常熟市是一座有着悠久文化历史的城市，也是一座有着光荣革命历史的英雄城市，为江苏和全国作出了重大的贡献。"这是雨花英烈常熟人任天石的侄子、雨花英烈研究会常务理事任华轶对常熟革命史的评价。"一部常熟革命史，半部在梅李。"记者来到梅李镇的人民路，这条路见证了常熟人民一路走过的风雨历程。市民高建东对人民路上的发展变化深有感触："见证了这条人民路从一条泥泞小道到现在的宽阔大道，幸福感非常自然地流露在每个人的脸上。"

　　我们从人民路出发，重温峥嵘岁月，感悟初心力量，聆听革命前辈的铿锵之声。无产阶级革命家、无线电专家李强就是其中之一。

李强原名曾培洪，1925年入党。1926年2月11日，李强等人在亦爱庐创建了常熟历史上第一个党组织——中共常熟特别支部，李强任第一任书记。这是党领导常熟革命的起点，从此红色的种子在这座江南古城迅速生根发芽。

1928年，李强受中共中央委托，担负起研究无线电收发报机的任务。中共常熟市委党史工作办公室副主任张军介绍说："为了完成这项任务，他购买英文版的无线电书籍来自学，想方设法地购买了相关的零件，多次的试验后成功制造出了我党历史上第一台收发报机。"

后来，我党的秘密无线电台在上海、香港等地陆续建立，100瓦功率的电台在苏区建立。党中央与中央苏区之间开始有了电讯联系。这期间，虽然秘密电台的电波时强时弱，但它的生命力仍然那样顽强。从零起步，从上海到香港，从白区到苏区，李强让党的红色电波传遍了祖国大地。

1949年9月，李强研制出了新型扩音器，为开国大典广播扩音。10月1日下午3时，开国大典在天安门广场隆重举行。李强却把全部注意力集中在了与扬声器相连的各台无线电设备上。他侧耳倾听着从那里传出的每一个声音细节。

"中华人民共和国中央人民政府今天成立了！"随即，大家熟悉的那个洪亮的湖南口音传了出来。毛主席的声音传得很远、很远，整个中国乃至全世界都听到了它。这声音也一直鼓舞着、激励着、感召着一代代常熟人砥砺奋进。2020年，常熟追寻着革命前辈的红色声音，致力于建设"中国声谷"。这是常熟和声学产业颇有渊源的生动体现，更是一种精神的薪火传承。

幸福的声波

循声而来，"声声"不息。家住人民路附近的高怡千从事声学工作，她告诉记者喜欢声学工作的缘由：从常熟走出的李强院士是她心目中的偶像。李强院士的创新精神激发了她对声学的热爱与追求。像高怡千这样的年轻人，接过历史的接力棒，在声学领域精耕细作，用现代声学的智慧为城市的发展注入了新的活力。

2020年，"苏州·中国声学创新谷"全球推介会吹响了声学产业创新集群的建设号角。常熟市加快声学产业项目的落地生根，精心打造声音世界，让宁静的呼唤与红色的回响在城市中交相辉映。

在推进声谷建设的过程中，最大的困难是引进和培育一流的声学人才。苏州声学产业技术研究院有限公司副总经理谢海圣分享了吸引高端声学人才的一系列举措，他说："我们从全球引进顶尖的科学家、终身教授，通过大的科学家往声谷来牵引。我们构建了专业的声学公共研发实验平台，为这些人才提供很好的研发环境，这是很大的吸引力。"随着薪酬补贴、人才激励、安家住房、生活待遇等人才引进政策的逐步实施，循声而来的有志之士纷纷加入声谷的建设中。

2024年6月，常熟声谷声检中心成功通过了中国合格评定国家认可委员会（CNAS）的严格审核，正式获得CNAS认可。这标志着声检中心的检测能力及运行体系均已具备进入国际一流实验室的条件。

目前，常熟已集聚声学产创项目152个，总投资超过220亿元。其中"宁静常熟"噪声地图建设就是依托声谷的优势，为常熟人民谋福利的一项民生实事项目。谢海圣告诉记者："这张噪声地图是我们声谷在声学领域从技术创新到产业应用的一个典型例子，它聚焦在人民的生命健康上。"

据了解，噪声自动监测设备会对采集到的环境噪声进行记录和实时传输，实现噪声源的精准定位，为城市噪声治理提供执法依据。苏州市常熟环境监测站质量负责人陈栋解释道："建设动态城市噪声地图可以实现噪声污染的实时监测与预警，推动城市生活环境的持续改善和老百姓生活品质的不断提升。"

　　常熟以人民的需求为出发点，将科研发展成果回馈于人民，打造了一个声学舞台，律动的声波已融入人们的日常生活，一座"声感智慧城市"正在逐步成型。常熟市工业和信息化局局长钱韧为我们展望了声谷的未来，他说："随着社会的发展，声学技术与老百姓的美好生活体验联系愈发紧密。接下来，我们会加大对建筑声学、噪声治理等新技术的投入和研发，让声学新成果更好地造福于人民。"

　　长江之畔，"声之歌"回声嘹亮，"声之城"蓄势待发。75年前，李强院士在开国大典前组织安装新型扩音器，让整个世界都听到了新中国成立的"第一声"；75年后，常熟市的声学产业发展让百姓默默感受到了安居乐业的"悦耳声"，从"第一声"到"悦耳声"，声声都是幸福之声。

　　［记者：郝丽萍、黄芳、李友欢、朱品涵、孟厦丽、许政。编审：祁晓霞、徐强。单位：常熟市融媒体中心（传媒集团）］

苏州市人民路：
80号地块何以"金不换"？

江苏省苏州市人民路是苏州古城中轴线上的主干道，早在宋代就被称作"大街"。苏州古城是江南地区的文化中心。这座城市拥有一千年前唐代的城市格局、八百年前宋代的街坊风貌，以及明清两代长达五百多年的盛世文明。这些悠久的历史给这座城市留下了13处全国重点文物保护单位、57处江苏省文物保护单位、178处苏州市文物保护单位，250处控制保护建筑群落。

始建于1914年的苏州图书馆在历经两次搬迁、两次扩建后，最终在人民路80号地块落成新馆。此前，这里曾是苏州市人民政府的所在地。

为带动经济发展，苏州市委市政府决定"让利于民"，搬离人民路80号。一下子，所有的目光都聚焦到了这块黄金宝地。时任苏州图书馆馆长张欣告诉记者："在1996年或1997年的时候，有个人愿意出2亿元人民币买下这个地块用于商业的开发，市委市政府没同意。"而此时，时任苏州市文化局局长高福民正在为苏州图书馆寻找新址。

苏州人爱读书，爱藏书，所以苏州老百姓对图书馆选址一事关注度很高。苏州市委市政府也非常重视苏州图书馆新馆的选址。

从专业的角度来看，国内外公共图书馆在选址时要注重这几个要素：首先要保证交通便捷；然后要位于城市相对居中的位置，这样人流量会比较集中；还有很重要的一点就是要闹中取静，不能太嘈杂，能让大家安心地阅读和学习。综合考量下来，人民路80号地块当属最佳选址。在充分听取各方意见和进行实地考察后，1998年9月5日，苏州市委常委会上确定，利用这块地建造一座富有地方特色的现代化图书馆。

"归还于民、服务于民、人民至上。"正是基于这样的信念，苏州图书馆从选址到设计再到落地，做到了让人民群众真正参与其中。苏州图书馆由苏州市建筑设计院设计，选址确定后，设计者们拿出了几份不同的设计方案。通过公开投票，让大家来选择新馆采用哪种设计方案，真正做到建成"人民心中的模样"。

图书馆新馆建成后，常常是一席难求，很多市民一早就来排队。读者希望借阅图书再方便点，最好离家能近点……于是，数字图书馆、社区公共图书馆分馆、区域图书馆、专业图书馆等相继建成。苏州图书馆把服务从人民路辐射到了全市。作为一个公共文化空间，它的功能也在围绕着读

人民路上的苏州图书馆

者的需求拓展延伸。苏州图书馆借阅中心副主任张路漫说："我们的活动类型越来越多，覆盖范围也越来越大。比如针对老年人，我们有老年人智能手机使用技巧培训；针对少儿，我们有很多特色活动；针对盲人，我们有'我是你的眼'视障读者主题活动。"陆先生就是一位受益者，他虽然有眼疾行动不便，但每周都要去图书馆。图书馆的许多活动让他感受到了温暖。

　　苏州图书馆附近有两家医院，"金乡邻"携手共建，为广大市民提供更多公益活动的同时，图书馆也成为医护人员的资料馆。苏州卫生职业技术学院附属口腔医院副院长朱晔说："我们的职工会在工作之余借阅一些图书，参加图书馆的一些活动，如丰富多彩的展览和亲子活动等。我们和图书馆在科研方面也有着密切的交流，比如进行科技查新，还有查阅科研资料。在这方面，苏州图书馆的技术非常棒，服务也非常到位。"

　　对于一个城市，特别是像苏州这样的历史文化名城，图书馆不只是收藏借阅图书的场所，更是一个传承并创新历史文化的课堂和基地。这里记载着过去，更影响着当下和未来。书写在典籍里的文字，和博物馆里的藏品、铺陈在大地上的遗址、舞台上百转千回的腔调一样，是一个城市的

历史文化名城苏州

生命印记，在新时代熠熠生辉。除了图书馆，人民路上的苏州公共文化中心、过云楼、吴作人艺术馆、颜文樑纪念馆等更是多方面、多层次满足了市民的文化需求。

论建筑高度，苏州的这条人民路可能是全国最"矮"的一条市中心大道，但是从这里走出去的人们却登上了一座又一座世界巅峰。人民路80号地块何以金不换？为什么苏州图书馆最后会众望所归？首先，是传统力量的深厚积淀；其次，是他们拥有现代的眼光和超前的意识；再次，是苏州市委市政府主要决策者们那高瞻远瞩的决定。

开卷有益、行稳致远，那是刻在苏州人骨子里的文化风尚，更是苏州对市民精神文化生活、对公共文化服务、对城市文化软实力、对未来发展根基的远见卓识。执政为民，功在当代，利在千秋。

〔记者：蒋祺琛、蔡靖佩、李德鹏。编审：沈玲〔苏州广电传媒集团（总台）党委书记、董事长、台长〕、龚奕〔苏州广电传媒集团（总台）广播中心主任〕。单位：苏州广播电视总台——苏州新闻广播〕

青岛市人民路：
一条"更新"的路

　　山东省青岛市人民路，曾是青岛最繁华的道路之一，人民路道路两侧聚集了棉纺厂、四方机厂、晶华玻璃厂等一批工人宿舍，见证了青岛近现代工商业的崛起，承载了太多老青岛人的记忆和情感。近两年，青岛市人民路片区迎来了一次密集的改造提升行动，一条"更新"的人民路清晰可见。

走进青岛市人民路旁改造中的老旧小区，记者迎面碰上正在楼下打乒乓球的贾科霞阿姨，贾阿姨在四方机厂宿舍住了40多年。小区始建于20世纪80年代，几十年过去，楼院年久失修、缺乏管理，居住舒适度越来越低。2022年，青岛市发起城市更新和城市建设三年攻坚行动，四方机厂宿舍也进行了一次由内到外的焕新升级。海川建设集团四方改造项目部四方机厂宿舍现场负责人宋健伟告诉记者："高压线已经全部入地，室外的飞线大部分没有了。改造项目涵盖了室内粉刷、室外雨污水管网改造、外墙保温工程以及室外景观道路的铺装等。"

2023年，青岛市人民路两侧迎来最大体量的老旧小区改造项目，共涉及四方街道4个社区、70多栋楼、4300多户居民。面对如此大范围的改造，如何改好？"一线的声音"代表着人民的期盼。青岛市市北区完善"街道+部门+国有平台+社会力量"运作模式，街道充分发挥"一网治理"体制机制和党群议事会、"北尚诉办"等线上线下平台的作用，形成了高效运转合力。改造期间，海川建设集团四方改造项目部党群负责人张鸣在社区网格员协助下，对居民逐户走访摸排，倾听居民的意见与建议。张鸣介绍说："我们开通了四方老旧小区改造意见反馈平台，接到反馈意见150余条，针对问题现场解答，不能现场解答的我们汇集各方的意见进行研究后再解决，群众反馈的回复率、满意率均达到100%。"

曾经的老楼外墙粉刷一新，楼顶铺设了防水彩钢瓦，家家户户都换上了统一的户外折叠晾衣架，强电入地、五网合一，这些在高端小区才有的配套一桩桩、一件件落在曾经的老旧小区里，落在人民的心坎上，也变成上四方社区居民孙洪泽笔下的一幅幅彩绘。孙洪泽告诉记者："这几年，人民路两边环境变化很大，我想用我的画笔记录下来。"孙洪泽退休后，身边的变化带给他绘画的灵感，从人民路372号拆除，到老旧楼院改造，再到新增的停车场、口袋公园。几年间，孙洪泽绘制了近百张作品，见证了青岛市人民路片区环境的蝶变升级。

社区不仅是住的地方，更是一个大家庭。对人民路两旁的居民来说，历史的荣光就是最好的家风传承。市北建投项目负责人郑彭飞说："这里打造了300米长的'时光轨迹'主题公园，把四方机厂的发展历史融入设计中，给居民提供了运动健身、亲子互动的最佳场所。"

人民路两侧的口袋公园建设保留了老工业宿舍的文化底蕴，融入四方机厂、青岛国棉厂、青岛造纸厂等老四方元素，延续四方记忆，成为连接生活和文化的记忆纽带。夜晚的人民路也重新增"光"添"彩"，一系列灯光亮化设施和景观小品，把人民路、重庆南路这一重要交通节点装扮得更富有烟火气和时尚感，吸引了许多市民拍照、打卡。

滕霞曾是四方机厂的一名工人。如今，退休后的滕霞有了新身份，改造后的四方机厂宿舍引入"大物管"模式，这名有着三十多年党龄的老党员当上了四方机厂宿舍业主委员会主任。在崭新敞亮的党群服务中心"红色始发站"里，给社区里的党员上党课、组织居民包饺子。滕霞说："不能忘本，老一辈四机人的精神就是敢挑重担，敢打硬仗。

改造中的青岛市人民路

青岛市人民路287号时光轨迹公园改造后

现在生活好了，我们要把更多的精力放在精细化管理上，做得更细、更实。"

2023年，四方机厂社区党委书记路涛还在走家串户协调加装电梯。2024年，她的工作已经全面细化，她正在忙着引入社会公益力量，为辖区70岁以上的85户老人免费安装卫生间扶手。路涛说："社区通过实地摸排，召开居民议事会，全面了解居民的需求，探索'资源换服务'工作模式，整合小区内闲置空间、场所，引入市场主体、社会组织参与邻里中心、助老食堂、青年创客空间等的管理和运营，进一步延伸服务触角。"

在一个个奋斗的、幸福的身影中，一条"更新"的人民路清晰可见。今天，青岛市人民路上的人们，从"红色始发站"再次出发，当好新时代"火车头"，走好新时代"长征路"，让生活更加美好！

（记者：刘禹卓、李岳锋、崔小丹、鲁燕、葛新新。编审：丁艳、林才仟。单位：青岛新闻综合广播）

赣州市人民巷：

老居民乐享新生活

　　江西省赣州市人民巷是一条老城区南北中轴线上的街巷，仅有430多米。这条巷子里居住着不少赣州老居民。时光荏苒，这条老街巷的每一栋建筑、每一块砖石都留下了岁月的痕迹，是对城市文明与进步的见证，也聚焦着人民群众对美好生活的向往。近年来，经过老旧小区改造，老旧的人民巷又有了新颜容。

江西省赣州市拥有2200多年的建置史，素来有千年不涝的"江南宋城"的美誉。人民巷是赣州市南北中轴线上的一条老街巷，从2023年4月开始，赣州市对人民巷进行了升级改造。

负责人民巷改造的赣州市章贡区赣江街道经济发展办公室主任刘静告诉记者，人民巷的改造涉及雨污分流、强弱电入地，复杂程度超乎想象。密密麻麻的管线让工作人员犯了愁，最终通过大家的设计和改造，使用顶管既不影响出口的排污，也不影响强弱电的入地，解决了老社区的大难题。

赣州市人民巷的改造重点是市政工程及配套基础设施，主要包括改造地面及道路1.8万平方米，改造强电管沟、弱电管沟、雨水管线、排污管线各2000米左右，以及新增停车位、非机动车停车棚等内容。如何在错综复杂的改造中稳步有序推进？在征求群众意见和建议的基础上，相关部门积极落实政策，加大资金投入力度，在改造工作中既注重外表的整洁美观，又重视内在的质量与功能，这一决策赢得了人民群众的拥护和支持。赣州市人民巷30号住户田永刚就是其中之一。

田永刚与共和国同龄，在赣州市人民巷一住就是30多年。他全程参与了人民巷的改造工作，并用手机记录了这一过程。聊起人民巷的改造，田永刚打开手机相册，如数家珍。他说，赣州市人民巷的改造是群众的大事，相对地面上的改造，地下管网的建设要求更加专业

田永刚（左）接受记者（右）采访

和精细，不允许有任何疏忽与差错。田永刚退休前在国有企业工作，有相关项目工程建设的经验，在赣州市人民巷的改造工程中，他被聘为社区义务"工程项目监理"代表，行使工程监督的职责。在人民巷社区党委书记、居委会主任刘丰的记忆里，田永刚非常负责，做事又细致。施工的时候砖块掉进去，他都会要求一定要清理干净。

在赣州市人民巷附近，就是千年不涝的赣州城深藏在地下的"福寿沟"排水系统，它至今仍在发挥着重要的调蓄作用。这个排水系统的设计理念和思路更是为当今现代城市的建设与改造提供了宝贵的学习和借鉴之处。

城市建筑监理工程师刘燕，2023年以来开始负责人民巷等城镇老旧小区改造的工程监理工作，严格把控地下管网、雨污分流等工程的质量。刘燕介绍，老旧小区改造项目的地下工程都是隐蔽工程，为保证每一条管道沟渠的质量可靠，除了按照现代城市标准进行建设，也参照仍在运行的地下"福寿沟"排水系统，做好每一项工作，确保工程质量让老百姓放心，也让城市更加美丽、宜居。

赣州市人民巷一角

　　如今，改造后的赣州市人民巷环境干净整洁，道路平坦。四通八达的巷道向外延伸，追寻城市记忆的食客人如潮涌，商户经营诚信友善，特色小吃琳琅满目，群众脸上洋溢着幸福的笑容。社区居民吴大姐感慨地说："变化好大，改造得蛮好。我觉得政府确实是在为老百姓办实事。"

　　赣州市人民巷的改造惠及13个老旧小区，45栋房屋933户居民。赣州市章贡区赣江街道人民巷社区党委书记、居委会主任刘丰介绍说，改造后的人民巷，地下管网雨污分流畅通，环境卫生得到了彻底改善，各类居民群众的纠纷明显减少。

　　赣州市人民巷的改造，是城镇老旧小区改造"赣州模式"的一个缩影。通过"注重规划设计、推广区块改造、发动群众参与、引入社会资本、强化长效管理"的模式，赣州市既解决了群众的急难愁盼问题，又持续推进了城市的有机更新，让老居民乐享新生活。

　　（记者：邓海明、李勤、沈汉华。编审：邓海明、李勤。单位：赣州市融媒体中心）

喀什市人民路：
从"危城"到"名城"的焕新路

　　位于祖国西部边陲的新疆喀什是一个充满魅力与特色的城市，"五口通八国，一路连欧亚"说的就是这里。喀什市的人民路是城市的中心轴线，串起了这座城市的历史与故事，特别是路旁的国家5A级景区喀什古城以其迷人的魅力吸引着来自世界各地的游客。

52路公交驾驶员帕提姑·卡迪尔每天驾驶公交车行驶在喀什市人民路上，对沿途的风景如数家珍，也见证了这条路的变化。她说："我们喀什最重要的、最有代表性的地方都在这条路上了。这几年，路变宽了，商场、步行街也多了，特别是喀什古城改造完成以后，现在特别漂亮，全国各地的游客特别多。"

在帕提姑·卡迪尔的指引下，记者来到了位于喀什市人民路上的喀什古城。在这里，人民路的喧嚣逐渐淡去，取而代之的是古城内的宁静与祥和。

错落有致的过街楼仿佛定格了时间。土黄色的建筑外墙透露出历史的厚重。绿油油的爬山虎、葡萄藤与雕刻有繁复花纹的门窗立柱相映成趣。铁器巴扎叮叮当当的敲打声、花帽巴扎此起彼伏的叫卖声，都向游客们展现着这座千年古城那充满生机与活力、热气腾腾的日常生活。

在喀什古城的一家乐器店里，老板麦麦提依明·阿巴拜克热正向顾客介绍着自己手工打造的乐器。天南海北的游客对古城的赞美让麦麦提依明很自豪。

然而游客眼中的风景，曾经也是老城居民的痛。十多年前，这里还是当地最大的一片危房区。"污水靠蒸发，垃圾靠风刮，水管墙上挂，解手房顶爬。"曾是喀什古城居民生活的真实写照，与人民路以南的城市新貌形成了强烈对比。

喀什古城居民热孜万姑·尼扎木丁结婚后搬进了喀什古城，她至今仍清楚地记得，每天早上起来排队两个小时接水的痛苦，以及每当下雨下雪，古城里深一脚浅一脚的泥巴路。后来赶上单位分房，热孜万姑一家毫不犹豫地选择了离开。除了环境差之外，更为紧迫的是房屋年久失修带来的安全隐患。喀什地区应急管理局党委书记、副局长徐建荣告诉记

喀什古城民居

者，喀什市地处南天山地震带和西昆仑地震带的交汇处，历史上发生过多次地震。喀什古城内的建筑大多数又是土木、砖木结构，房屋老旧、道路狭窄，危机四伏。他说："改造前，喀什古城只有部分主巷道有一米多宽，大量的断头路和私搭乱建。如果发生灾害，后果不堪设想。喀什古城改造已经到了刻不容缓的地步。"

为彻底改变这一状况，2009年在国家、自治区的支持下，喀什古城危旧房改造工程在人民路以北轰轰烈烈地展开了，工程投资70多亿元，涉及人口超过20万。

然而，作为世界上现存规模最大的生土建筑群之一，喀什古城到底如何改造，成为摆在人们眼前的首道难题。徐建荣当时作为喀什市副市长主抓古城改造工作。当时，自治区面向全国的设计院招标改造方案后，很多技术专家给出了同一个结论："难如登天！"他说："国内外的专家也没有很好的办法，大拆大建还是局部地去改造，很纠结。"结合专家的意见，在多方论证、反复研究后，徐建荣和同事们选择了一条最困难的路。他说："最终我们决定，充分尊重老百姓的意愿，他们说了算。老百姓能不能答应是检验我们政策取向的一个重要的试金石。"

为了摸清群众的真实想法，徐建荣和同事们将办公室搬进古城，发放了两万张入户调查问卷，广泛征求居民意见。时任喀什市亚瓦格街道办事处主任的帕夏古丽·赛迪尔丁回忆说："第一次开动员会的时候，我们话还没说完，群众的反应就是谁要给我们改造？我们不需要。"

在一批批干部细致耐心的走访中，居民对改造的愿望和想法逐渐清晰明确起来。"我们要尊重老乡的故土情结，所以改造的基础就是既要安全，也要留得住乡愁，留得住记忆。"徐建荣说。

在将"人民满意不满意、答应不答应"作为工作出发点的基础上，"一户一设计""修旧如旧"的改造模式就此诞生。参与改造设计的喀什市规划设计研究院副院长何晶说，老百姓才是这次改造的总设计师。几百个日日夜夜，5万多份个性化设计方案，留住了古城居民记忆里家的样貌。喀什市邀请摄影师用照片把每一栋老房子的样貌都定格下来，又从乌鲁木齐请来画家用素描的方式精心描绘古城里的巷道和民居，提炼出古城独特的风骨和神韵。

如今，在喀什古城的巷道里，构图对称、色彩鲜艳、雕刻精致的老旧门窗，已经成了古城的门面，吸引不少游客打卡拍照。游客许文娜忍不住发出赞叹："门窗颜色很丰富，拍照也很好看，真的是很不一样！"这些老旧门窗、梁柱能够保留，得益于改造过程中推出的"修旧如旧"的实施方案。房屋主体由政府出资建设，门窗尺寸完全按照老房设计，居民进行房屋装修时，把从老房上拆下的门窗、梁柱继续用在新房上。而在当时，这个创新的举措又让居民有了新的顾虑。改造初期，在帕夏古丽·赛迪尔丁负责的片区，很多居民都在观望。她说："居民的顾虑是土地是国家的，房子主体是政府盖的，居民手上没有任何证件，如果房子装修好了，法律不承认这个房子是我们的，怎么办？"

为了打消居民们的顾虑，喀什市房产局连夜赶制出了已回迁居民的房产证，并举行了一场盛大的回迁仪式。大家的顾虑彻底消除了。居民们自发地穿上节日盛装一起欢快起舞，纵情歌唱。帕夏古丽说："集中发放了52户居民的房产证。第二天早晨刚上班，我远远地就看到居民们已经在房顶上开始干活了，因为他们知道党和政府是说话算数的，是可靠的，房产证早晚都会给他们。"

从提出实施改造到探寻群众意愿，从让群众参与改造到创造性提出"一户一设计""修旧如旧"的改造理念，广大党员干部用实际行动把一个宏大的工程细化成了惠及每家每户的微小篇章，得到了各族群众发自内心的拥护和支持。

在大家的齐心协力下，古城绽放出了新活力。2015年7月喀什古城正式挂牌成为国家5A级景区。曾经搬离古城的热孜万姑一家也选择从喀什

2024年中央广播电视总台春晚喀什分会场

人民路南侧的新城区回到古城生活。

喀什古城里的故事还在继续。2024年中央广播电视总台春晚首次在喀什设立分会场，绚丽的民居、绝美的舞台、热情的歌舞……向世人展示了新疆深厚的文化底蕴。2024年5月1日，《新疆维吾尔自治区喀什古城保护条例》正式施行，这部为喀什古城"量身定制"的条例，广泛收集民意、汇聚民智，为守护文化、延续烟火气息提供了法治保障。

广东画家吴天三次来到喀什古城，每一次都有新的感受。"古城是为人服务的，以人为本，这也是我们国家为人民服务的一个根本的出发点。喀什古城做到了。"

每天晨光熹微，朝暾初露，在高亢激越的唢呐声和动人心弦的纳格拉鼓声中，古城居民翩翩起舞迎接八方游客。居民沙拉麦提古丽·卡日说："我们要感恩我们的党和伟大的祖国，让我们过上了这么好、这么幸福的生活。祝愿我们的祖国越来越好，越来越繁荣昌盛。"

喀什古城东门开城仪式现场

　　漫步在喀什市人民路上，建筑精巧夺目，街道干净如新，商品琳琅满目，游人往来如织，这条路见证了城市的发展变迁，见证了人民的幸福生活。如今，天山南北的为民故事还在继续，166万多平方公里的土地上，2500多万名各族群众共享发展红利，共赴美好生活，绘就了一幅欣欣向荣的发展新画卷。

　　（记者：兰天、张晓昀、穆巴拉克·穆塔力甫。编审：李刚。单位：新疆广播电视台）

海口市人民大道：
城市更新，幸福原地升级

　　海南省海口市人民大道始建于20世纪七八十年代，是海甸岛片区南北走向的一条主干道，将海甸岛分为东西两部分。在人民大道的南端，与其相连的人民桥横跨海甸溪，在很长一段时间里，人民桥是海甸岛连接外部的唯一道路。

　　人民大道所在的海甸岛在唐代时只是海口北部的一片滩涂。千年之间，沧海桑田，当初那片南渡江入海口的滩涂地，如今已经变成14平方公里的"南溟奇甸"。海甸岛上高楼林立，百姓们安居乐业。

　　海口市人民大道最南端连接着人民桥，桥下是风景如画的海甸溪。迎着清晨第一缕阳光，站在人民桥上，可以看到海甸溪沿岸高楼林立、椰影婆娑、水面波光粼粼，岸边有老人在漫步、有孩童在嬉戏……一派水清、岸绿、景美、人和的景象。

　　谁能想象，这里曾经只是一个小渔村，房屋低矮密集，环境卫生差，人口密度大，河边被鱼摊、渔网、板车所占，过往行人小心翼翼，更没有今天这般风景。

　　美好的蜕变源于大刀阔斧的城市更新。2008年7月，海口市美兰区启动海甸溪北岸旧城改造工作，改造面积约1509亩，涉及人口3万多，该项目是海口市最早一批、规模最大的旧城改造项目。

海口市人民桥

从"新"出发

在推进过程中，海口市人民政府将其作为一个系统性工程，坚持"一项目一策"，在解决居民安置需求的基础上，注重完善基础设施和公共服务，提供商业、文化、教育、医疗等配套服务，全方位提升人居环境质量，力求让市民的生活更加便捷舒心。海口市美兰区城市更新局副局长张裕山介绍说，在城市更新的过程中，政府充分地去调研了解老百姓的诉求，想方设法地完成，让老百姓有更大的幸福感和获得感。

两年后，海甸溪北岸18栋高楼平地而起，原来居住在这里的村民整体搬进了高楼，这里也由原先的城中村发展成为充满经济活力的商住区。乡村变社区，村民变市民，生活在这里的老居民也迎来了新生活。

林亚菊从小在位于海甸溪北岸的过港村长大，旧改安置的时候，他选择了回迁安置，感受到了幸福生活原地升级。他说："以前的自然村房子密密麻麻，巷子很小，一旦发生火灾，消防车都进不去。拆迁以后，整个环境焕然一新，治安变得更好了，卫生环境也得到了极大的改善，还配套了健身器材，大家的幸福指数也随之提高。"

点亮"夜"色

城市更新一头连着百姓的"安居"，一头连着群众的"乐业"。夜幕降临，毗邻海口人民大道的海大南门夜市灯光璀璨、人潮涌动。这里不仅是本地居民常来之地，也是不少外地游客来到海口的打卡地之一。

夜市摊主郑环的花甲粉丝煲餐车上六个炉子火力全开，花甲、海白、豆芽、粉丝和各种配菜在陶煲里翻滚，鲜香四溢。她在海大南门摆摊已经十几年了，亲眼见证了夜市的华丽变身。

海甸溪北岸旧城改造片区

2017年，海口市将夜市改造与城市更新结合，按照"净化、绿化、彩化、亮化、美化"的要求统一升级。海口市美兰区对原有海大南门夜市进行了升级改造，完善设施设备、建设夜市下水道、统一餐车样式，配备抽油烟机、冷藏设备等，把夜市打造成为普惠性经营平台。路边摊变高级了，不少地摊"游击队员"都和郑环一样成为一名有固定摊位的夜市摊主。

提到自己的小摊位，郑环抑制不住地开心，她说："现在有了固定的经营场所，收入提高了很多，最重要的是稳定。"

夜市在拉动经济的同时，也解决了低收入人群的就业问题。拥有200多个摊位的海大南门夜市，提供了至少600个就业岗位。这些年，郑环全家依靠夜市移动餐车收获着满满的幸福。

住在"舒适圈"

在保安居助乐业的同时，海口市人民政府还在不断地为民生"加码"，让百姓的生活"升温"。写书法，练舞蹈，唱京剧，吹乐器……海口海甸街道新安社区每天都在开展丰富多彩的文化活动，居民都可以免费参与。

2017年，新安社区党群服务中心升级改造服务场所，面积从原先的1500余平方米扩大到3000平方米，服务场所空间按"社区治理""便民利民""老有所养""学有所教""弱有所扶"五大板块划分利用，设置26个功能区，包括了社区老年人日间照料中心、儿童之家、道德讲堂、志愿服务站、慈善超市、绿色网吧、书画苑等内部功能室。同时，着力提升社区服务软件，组建社区篮球队、排球队、志愿者、文艺团体等队伍。

社区居民徐立英告诉记者，她基本上每天都在新安社区党群服务中心活动，和大伙儿在一起开开心心，特别充实，非常幸福。活动完还可以在社区的长者饭堂吃午饭。

2018年，海口将长者饭堂助餐服务列入居家和社区养老服务改革试点的重要内容。在新安社区开设的长者饭堂，60岁以上老年人就餐不但可以享受到更实惠的价格，还可以获得政府补贴。特困老人免费就餐，行动不便和失能老人还可以享受订餐、送餐服务。

社区的一系列"微服务"，群众看在眼里，记在心里，感受到了满满的幸福。

如果你也来到海口人民大道，也许会与遛弯儿的林亚菊擦肩而过；听到徐立英和伙伴们合唱的优美乐曲；闻到郑环的摊位上新鲜食材的诱人香味……生活在这里的"老海口"就是自带松弛感。人间烟火气，最是暖人心。

（记者：李晓婷。编审：贾陆辉、赵燕。单位：海南交通广播）

乌鲁木齐市人民路：
足不出"圈"，乐享生活

　　新疆维吾尔自治区乌鲁木齐市人民路自1958年起被正式命名，东起体育馆路，西至黑龙江路。60多年来，乌鲁木齐市的人民路从昔日城外那条简陋的泥土小径，一步步蜕变，成为城市的交通枢纽，继而汇聚了繁华的金融街区与丰富多彩的文化区域，直至今日，它已是一座设施完备、各民族群众和谐共处的现代化成熟街区。乌鲁木齐市的人民路，不仅是不可或缺的交通动脉，更是这座城市历史沉淀与文化繁荣的生动缩影，见证了乌鲁木齐从往昔到今朝的辉煌蝶变。

在乌鲁木齐市人民路，有一条具有百年历史的街巷——明德路，而位于明德路1号的二层楼，是享誉全疆的"大银行"（前身是新疆银行）。这座已有70多年历史的普通建筑物和新疆现代金融的发展有着密切的联系，它记载着新疆现代金融的历史，是新疆现代金融的摇篮。20世纪80年代，随着人民路上建设银行大楼的建成，八大银行以及多家保险公司、证券公司等金融企业争先恐后地落户人民路，一座座高楼如雨后春笋般耸立起来。这条人民路成了名副其实的首府金融一条街。

1957年建成，至今还在营业的新疆人民剧场坐落在人民路的中心段，它是"第七批全国重点文物保护单位"和"第三批中国20世纪建筑遗产项目"。时至今日，它依然是新疆各族人民政治文化生活的重要场所。

顺着人民路向东望，壮丽的天山山脉映入眼帘，雪山的巍峨与城市的活力相碰撞。向南不远处就是新疆商业与旅游繁荣的象征——新疆国际大

新疆人民剧场

新疆国际大巴扎

巴扎，它也是乌鲁木齐的景观建筑和标志性建筑。

人民路上的人民公园原名"同乐公园"，俗称"西公园"，民间口口相传的顺口溜："红山嘴子海子沿，塞外风光胜江南。"形象地描绘了人民公园的魅力所在，它也是乌鲁木齐市民休闲娱乐的重要场所。

1985年8月，乌鲁木齐市迎来了人民路立交桥的建成并投入使用，这一标志性建筑在当时的城市规划中占据了显著位置。然而，随着岁月的流逝和城市的快速发展，人民路立交桥在日新月异的地图上逐渐变得不再那么显眼。尽管如此，它依然作为这座城市发展历程中的重要见证者，默默记录着乌鲁木齐的发展与变迁。在城市建设者们的不懈努力下，乌鲁木齐市涌现出越来越多功能更加多元化、设计更加现代的立交桥。市民们的出行也越来越便捷。

如今，乌鲁木齐市人民路有了一个新名称——一刻钟便捷生活圈，抬脚就是公园绿地，出门就有超市餐馆。生活在人民路的居民越来越能体会到"家门口的幸福"。为了方便人民路周边居民就近购物，乌鲁木齐市人民路辖区内社区分类引进综合超市，将便利店纳入老旧小区改造支持范围，形成由综合超市、社区超市、连锁便利店构成的三位一体社区商业新格局。人民路马市小区社区干部吾尼夏木·加帕尔说："社区多方联系引进大小商超，目前社区的商超增加到了16家，满足了居民的基本生活要求。"

伊扎在北京的一所大学毕业后，一直想为家乡做点事情，通过直播，伊扎的牛羊肉网店小有名气，应众多粉丝要求，伊扎一直想开一个实体牛羊肉店。2023年9月，在社区的引进下，伊扎的帕合兰牛羊肉采购中心在人民路正式开业。伊扎说，他的店相当于批发市场，居民不用到远的地方去买肉，在他这里价格公道，而且肉品新鲜。

乌鲁木齐市人民路马市小区社区书记庄伟说，他们一直在积极补充新的经营业态，这样，居民享便利、摊主有生计、社区畅经济，充分体现便民、利民、惠民的宗旨。缺什么引进什么，小到裁缝铺、鞋类护理店，大到银行、幼儿园，持续优化"一刻钟便民生活圈"的各项配置，推动医院诊所、新疆特产、旅游服务等业态的发展。

博峰口腔诊所是一家连锁机构，正是被人民路社区干部为民服务的诚意打动，选择将诊所开在了人民路128号。人民路马市小区爱格仕皮具护理店店主杜景龙早年主营擦鞋业务，随着时代的发展，现在洗鞋的客户增多，市场的需求较大，他的店一直在努力适应这些变化，增加更多的服务项目，力争为居民们提供更好的服务。让"小修小补"惠及更多百姓，是乌鲁木齐市"一刻钟便民生活圈"建设的重要内容。

乌鲁木齐市商务局党组书记闫峻介绍，乌鲁木齐市高度重视"一刻钟便民生活圈"的发展，并出台了一系列政策。随着便民生活圈工作的推进，便民商业设施更加完善、商业网点布局更加合理、服务业态更加丰富，满足了社区百姓的基本需要。目前"一刻钟便民生活圈地图"已经上线。有了这张地图，社区居民们在家门口就能迅速找到并享受到各种便利的服务。

从2021年开始，新疆乌鲁木齐市、巴州市、石河子市、阿拉尔市、可克达拉市陆续入选"全国城市一刻钟便民生活圈试点"。2023年，乌鲁木齐市建设了10个城市便民生活圈示范点位，计划到2025年年底，完成38个高品质城市"一刻钟便民生活圈"创建工作，示范带动全市乃至全疆便民生活圈便利化、标准化、智慧化、品质化水平全面提升。打造便民生活圈，让家门口的幸福感越来越强，让璀璨的日子越来越好。乌鲁木齐市全力推进"一刻钟便民生活圈"的建设，彰显出为民服务的情怀，书写着人民至上的新篇章。

（记者：顾婷、哲海荣。编审：冯卫、王爱军。供图：马俊健。单位：乌鲁木齐广播电视台）

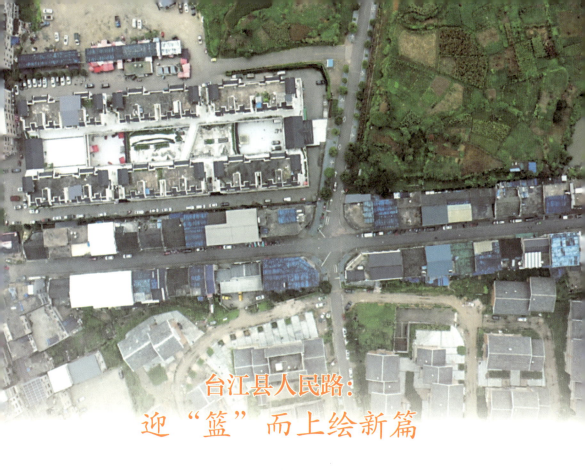

台江县人民路：
迎"篮"而上绘新篇

　　提到贵州省黔东南苗族侗族自治州台江县，人们自然会想起持续火爆全网的"顶流"——"村BA"，全网累计曝光量超600亿，展现了民族地区乡村振兴后人民的幸福生活。"村BA"不仅是体育竞赛，也是一场文化盛宴。在台江县人民路上生活的人们，就通过"村BA"带来的流量经济，在当地文体旅融合发展的带动下，走上了新的致富路，创造了火红的生活图景……

　　2024年是"村BA"出圈的第三年，热度依然火爆。一大早，家住贵州省黔东南苗族侗族自治州台江县人民路的田茂雄，收拾好球衣、球鞋，带上篮球，代表他所在的施洞镇去参加"村BA"比赛。这是他每次假期回家最期待的一件事。

　　20世纪30年代篮球运动就在台江县流传开来，受父辈们的影响，田茂雄从小就爱上了打篮球。他人生中的第一个篮球，是小学三年级爸爸给他买的，35块钱相当于他一周的餐食费。从那以后，田茂雄与篮球形影不离。他目前就读于贵州师范大学体育教育专业，从村队到校队，再到征战中国大学生篮球联赛，因为擅长中距离跳投，球迷都叫他"施洞杜兰特"。田茂雄开心地告诉记者："真没想到从小玩到大的篮球，现在成了那么火爆的'村BA'。周边的父老乡亲都特别喜爱篮球，都带饭去占位

"村BA"篮球比赛现场

置，你进一个球，他们就特别激动。我感觉来'村BA'是最好的，几万人看你打球，为你加油，是多么开心的一件事。"

小小篮球，点燃了乡村文化的活力。台江县"村BA"火爆出圈以来，每一场赛事都有新看点。"球王争霸赛全国晋级赛""深山音乐会""深山非遗集市""深山星光夜市"……观众们热情高涨，气氛火爆，这里的篮球赛充满了村味农趣，展现着"村BA"的快乐和纯粹。云南游客陆永娟说："我们在这里非常激动，氛围特别好，你想大喊，为他们加油。"福建游客徐以默说："第一次来'村BA'，跟在电视上看很不一样，赛场近在咫尺，观众的呼声扑面而来。"

每当田茂雄有比赛，观众席上几乎都能看到他父亲田彪的身影。看着儿子在球场上的出色表现，田彪感叹，16年前他响应政府号召建设新乡镇，举家从村里搬迁到镇上人民路的选择是正确的。他说："我来到这里的时候，得到政府的搬迁优惠政策，自那之后我们全家一直在人民路生活。"

和田彪一样，因易地移民搬迁来到人民路上生活的还有49户人家。从村里搬到镇上，世代务农的村民过上了新市民的生活。有木工手艺的田彪开了家具店，包括田茂雄在内的两个孩子也都考上了大学。2022年开始，"村BA"释放的强大能量，让田彪看到了身边正在发生的变化。他说："很多外地游客、球员来到台江，都想多待几天。我们台江的特产也通过直播卖到了全国各地。还有'村BA'给冠军队的银帽，体现了台江苗族人世世代代传承下来的工艺。"

田彪所说的"村BA"冠军银帽，是2023年贵州省首届"美丽乡村"篮球联赛总决赛冠军的奖品。这款饰有蝶、牛、鸟、鱼等图案纹样的苗族银帽，由国家级非物质文化遗产苗族银饰锻制技艺代表性传承人吴水根手工制作。吴水根的工作室在台江县人民路旁的一个小院。在他的带动下，台江县人民路上陆续开起了三家苗族银饰工作室，现在，不少球迷和游客都会慕名来这里体验非遗文化。

"村BA"的火爆，绝不限于体育运动的推广，它在满足农村广大人民群众精神文化需求的同时，也以"润物无声"的方式重塑着乡村文化，更为乡村的产业振兴拓宽了道路。

小玉兰是台江当地的网络达人，每逢"村BA"比赛，她和其他村的主播们就会来到"村BA"电商直播基地进行带货。当地特色农产品、"村BA"文创产品、特色食品等成为"村播"们直播带货的主打产品。两年前，小玉兰抓住"村BA"的巨大流量，开始直播带货，目前已成为拥有近20万粉丝的网红。在感叹生活变化的同时，小玉兰也多了一份自豪感。她说："'村BA'带来太多变化了，藏在深山里的宝石终于亮起来。"

乡村振兴，关键在人。"村BA"火爆出圈，台江这个总人口17.3万的小县城，抢抓"村BA"流量并将其转化为经济发展的增量。全县实施"5000人自媒体矩阵"和"一村一队"模式，开展电商直播培训，深山"土货"搭上电商"快车"，抢跑新媒体、新赛道。小玉兰在人民路附近的直播基地也趁势带动周边群众开启了"村播"之路。台江县施洞镇岗党略村村民张正国说："我们县出资请老师过来培训，内容包括带货直播平台操作技巧、涨粉的技巧等。我们已经开始直播一段时间了，尝到了甜头。"

台江县发展村民直播带货，不仅扶上马，还会送一程。"村BA"电商专门成立了陪跑团队进驻71个村，针对各地实际情况和"村播"们在实际操作中遇到的问题提出解决方案，深层次培育电商直播达人。"村BA"电商陪跑团队负责人袁建松告诉记者："台江县进行了全民直播培训，已经种下了电商发展的种子。我们的陪跑就是营养剂，希望能够帮助台江县培养出几棵参天大树，然后带动整个台江的电商产业发展。"

手机变成新农具，数据变成新农资，直播成为新农活。如今，台江县已在71个村培育了90个直播团队，做到了一个村至少有一支直播团队，

"村BA"比赛中的民族特色节目

并围绕非遗产品、农特产品、文创产品做文章，村民的直播带货既有网感又有村味儿。

　　台江县中小企业服务中心主任许祖山介绍说："台江是一个苗族聚居地，节庆活动比较多也比较有特色。我们因地制宜，和直播联系起来，活动保持原汁原味的民族节日特色，村里老百姓也都积极参与进来。近三年，全县网络零售额平均增长35%，2024年上半年完成了1046万元的网络零售额，同比增长102%。"

　　343米的台江县人民路并不长，但真实的生活画卷在这里长长铺展。田茂雄正期待下一场比赛，吴水根忙着赶制银饰产品，小玉兰在直播间推荐家乡特产……因为"村BA"，热爱得以蔓延，非遗文化得以更好传承，美好生活也正在绘就！

部分"村BA"冠军的合照

群众参与、人民共享,"村BA"用贵州的方式打开了群众体育的大门、打开了乡村民族文化的大门、打开了旅游消费的新方式,成为观察中国式现代化的一个新窗口。在这里,"以赛助旅、以赛扶产"全产业链条和消费新场景、产业新模式、旅游新业态正在形成,百姓对美好生活的向往正编织起台江县人民路上乡村振兴的美丽新画卷。

(记者:蒲亚南、魏玉玺、杨智桦。编审:侯莹。单位:贵州广播电视台全媒体新闻中心、贵州广播电视台综合广播)

邯郸市人民路：
延伸人民美好生活

　　河北省邯郸市人民路原名"横轴路"，与中华大街一横一纵，构成主城区基本路网框架。据市政部门介绍，邯郸市人民路最初只是一条几百米长的简易路，1958年开始改扩建，成为城市主要干道之一。

　　人民路两侧，串城街文化旅游步行街、滏阳河滨河休闲带等地，正渐渐成为邯郸历史文化与现代城市文化产业相融合的标志性区域，它们就像一面镜子，折射出这座城市在创新驱动、转型发展中的灵活多变与勃勃生机。2008年，人民路成为邯郸主城区连接周边县域的交通主动脉，并在县域经济发展中发挥了重要作用。

邯郸市人民路修建于1958年，随着时代的发展，它从一条百米长的东西走向土路拓宽成双向八车道的城市主干道。2008年，为加强主城区与周边县（市、区）的经济协作、提升城市主城区辐射能力，邯郸市选取人民路作为连接东西县域的城市交通动脉。2010年，人民路西延工程——邯武快速路正式通车，这是邯郸市的第一条城市快速路，邯郸市中心到武安的行程由原来的1小时缩短到20分钟。人民路的意义在武安的县域发展中有了更多具象表达。

让我们乘着808路公交车去武安市看一看。

808路公交车驶出邯郸城区后，沿着邯武快速路一路西行，驶进武安市后的第一站是九龙山站。这个站点紧邻九龙山公园，记者碰到了在公园

邯武快速路

做绿化维护工作的李丽霞，一问得知，她就住在公园对面的康东村。

康东村和武安市多数村庄一样，过去的发展多是靠着附近矿场、煤窑。随着一座座"伤痕累累"的山体恢复绿树葱茏，武安市的生态环境持续向好，人们"靠山吃山"的观念发生了根本性改变。

采访中，李丽霞难掩幸福，她说："现在出门就见绿，走到哪儿心情都特别舒畅。路畅通了，环境好了，邯郸市区、武安市区许多骑行爱好者们都喜欢沿着邯武快速路一路骑行，然后到公园里歇脚。"

康东村村民刘延兵看中了邯武快速路和九龙山公园叠加产生的新机遇，从外地回到家乡投身康养产业。目前，康养住宅项目已经封顶，主体楼正在规划设计中。他对未来充满信心。

这个机遇对康东村来说，也是建设和美乡村、全面推进乡村振兴的一次新尝试。为了推进康养项目顺利落地，康东村积极行动。武安市卫生健康局拨款200万元，助力村里筹建高标准卫生室。康东村包村干部李钊说，等康养项目建成后，能为村民提供100个就业岗位，并持续增加村集体收入。

这条路带给武安的远不止如此。融入邯郸"半小时经济圈"后，同城效应推动人流、物流、信息流加速互动。2024年武安市政府工作报告中提到，落户武安的"6家企业上榜全国民企研发投入500强、总量全省县域第一。新增国家级高新技术企业5家、科技型中小企业108家、专精特新'小巨人'企业1家，省级专精特新企业25家"。一条产业转型之路正在加快铺就。

继续乘坐808路公交车，到达龙仓站，这里坐落着武安市现代服务业产业园。

河北高翔地理信息技术服务有限公司武安技术服务中心副总经理陈冀宏告诉记者，入驻武安市现代服务业产业园一年来，他们积极投身武安数字孪生智慧城市建设。

作为一家现代信息技术服务企业，还是河北省专精特新企业，"高翔地理"在业务拓展过程中首选武安，副总经理陈冀宏给出了原因，他说："我们2000多平方米的办公区域的装修都是园区根据我们的需求找人设计的，诚意满满。还有税收的补贴，一些政策的倾斜，在武安市比较有吸引力。现在年轻人也喜欢这种清新的或者是比较安静的办公环境。我从邯郸带了18个人过来，一年之后招了40个人，现在是58个人。"

2024年年初，武安市城区及旅游大环线的标杆道路全部做了服务于自动驾驶的高清道路。由此，武安市成为河北省唯一做到全域高精度实景三维的县级市，覆盖面积达1806平方公里，实景三维的精确度可以达到5厘米。未来，这一智慧应用将更好地参与城市管理。

从邯郸市人民路发出的808路公交车停靠在终点站——武安汽车站。一辆辆通往农村的公交车又从这里出发，行驶在延伸的"人民路"上，像一道道美丽的彩虹，连起了邯郸市中心和武安西部太行山区。

建在深山里的武安市白云大道就是这样一条"延伸的人民路"。2024年5月17日，武安白云大道获评2023年全国"十大最美农村路"。这条路全长仅22.32公里，却一路穿山越岭，串联起武安市4个乡镇130个建制村的10多万名群众，给白云深处的人家带去不一样的人间烟火。

武安市活水乡阎庄村党支部书记王永生每每说到这条路，都得竖起大拇指。他说，活水乡就在太行山里，夏天凉爽，空气也好，山上都是野菜，生活十分惬意。有了这条路，到附近的太行山高速十分方便，离山西也不过十几公里的路程，人们再也不用翻山越岭了。周末，家门口的车更是络绎不绝。他正谋划着周转村里的闲置农房，聘请专业的设计师，打造特色民宿，加快家乡的发展。

既是交通要道，更是景观大道。白云大道有效改善了武安市西部山区的交通状况，推动了旅游业的集群发展，引领和带动了沿线特产店、生态园、农家乐等300多个。

武安市白云大道，获评2023年全国"十大最美农村路"

地处太行深山区的白王庄村，是青崖寨国家级自然保护区的核心区。陡峭山峰四季常青，山泉水从家门口流过。白云大道开通后，白王庄村的王苏霞大姐就在自家门口的广场上做起了当地人饭桌上常有的"武安拽面"。靠着纯正的农家风味和10元管饱的实惠价格，面馆的生意越来越好。对于守着自己家就能当上"掌柜"，还经营出个"网红店"，店老板王苏霞直言"过去想都不敢想"。借助一碗面，王苏霞不仅成为家里的经济"顶梁柱"，更突破原有生活局限，融入了更广阔的社会。

笔直宽阔的邯郸人民路横贯古城，又伸向远方，西接武安，东联肥乡、广平、馆陶，为县域经济的高质量发展注入强劲动能。人民路上车辆疾驰而过，人们满载收获、带着希望，不断追寻着未来的更多可能。

（记者：孙青欣、谷林曼、肖鹏、张世强。编审：孙青欣、谷林曼。单位：河北广播电视台新闻频率）

耿马县人民路：
守好群众"钱袋子"！
"UP 耿马"的"反诈"新歌

　　云南省临沧市耿马傣族佤族自治县人民路，全长1000米，傣"味"十足的红檐屋顶就掩映在绿树浓荫之中。伴着2023年火爆出圈的傣族特色歌曲《UP耿马》欢快的音乐，整洁干净的街道上，餐饮美食、酒吧商超、服装店、酒店等大大小小的商业建筑鳞次栉比、十分热闹。

　　由于毗邻县城中心的繁华地带，商户多、资金往来密集，这里成了诈骗分子容易盯上的地方。

　　为了守好群众的钱袋子，位于人民路旁、步行只需5分钟的耿马县公安局城区派出所把人民路列为开展反诈工作的重点区域，紧紧围绕"打防并举、以防为先"原则，精心组织、精准发力，不断创新工作举措，全力打好反诈"组合拳"。

"UP"耿马　反跨境电信诈骗工作任务艰巨

　　"人民路反诈宣传小分队提醒您，监测到不明电话接入，小心境外诈骗电话……""喂，人民路风味烧烤的老板娘吗？我是罗警官，最近还收到不明短信链接吗？只要提到钱马上多注意，第一时间报警……"

　　这是发生在耿马县人民路现场"反诈"的一幕。6月的人民路，火红的凤凰花树下，一抹抹"警察蓝"点缀其间，"人民路反诈宣传小分队"的成员们如往常一样顶着烈日逐户走访沿街商铺，绘声绘色地向当地群众普及反诈知识。

　　作为"人民路反诈宣传小分队"的一名女民警，杨小兰用她耐心、亲和的优势，一次又一次地"未雨绸缪"，保护了群众的钱袋子。她表示："作为一名反诈民警，宗旨就是要守住群众的财物，为群众做一些实事，守好钱袋子对群众来说就是最实际的。"

　　云南省临沧市耿马傣族佤族自治县位于祖国的西南。耿马，傣语翻译为"勐相耿坎"，意思是跟随白色神马寻觅到的黄金宝石之地。

　　这个拥有27万人口的少数民族自治县，是云南省25个边境县之一，也是云南省五大出境通道之一。边境线长、少数民族众多，文化差异及语言差异，让这里的反跨境电信诈骗工作显得尤为突出。

分秒必争　多举措维护群众利益

近年来，冒充军警、刷单返利、网购贷款、假熟人、套路贷、投资虚拟币等电信网络诈骗案例层出不穷，危害严重，人民群众深恶痛绝。

为了有效维护群众利益，作为"人民路反诈宣传小分队"的一员，城区派出所二级警长张永坤时常与电信诈骗做时间"赛跑"。

2024年5月14日，张永坤接到人民路居民郑先生的报警：经朋友介绍，一名自称是耿马县消防救援大队大队长的人联系他要做地面工程，同时需要购买一批特种高低床。郑先生回忆说："对方打电话过来说他们急需一批床，必须在15日晚上送到，用得急让我先帮他们垫付，垫付以后发货了再把资料给我。"当郑先生将垫付的8万元转账到对方指定的银行账户，随后准备索要相关资料时，对方的电话已无法接通。

耿马傣族佤族自治县人民路街景

这时，郑先生才意识到被骗，于是赶紧报警。

接警后，张永坤立刻打电话核实情况，开始与电信诈骗分子进行时间的赛跑。他说："我们联系消防救援大队大队长了解情况，他说没有这个情况，他们单位没有这个工程项目，电话号码也不是他用的，我们就觉得诈骗的可能性太大了。"

争分夺秒！张永坤立刻进行止付冻结并对涉案资金流水展开侦查，为群众挽回损失。由于操作及时，被骗资金即将返还，郑先生非常高兴。他表示非常感谢公安机关的努力，资金追回来他就没有那么大的经济压力和精神负担了。

花式"反诈"　让宣传更加深入人心

任凭诈骗怎么变，我不转钱应万变。天上不会掉馅饼，不是窟窿就是井。陌生来电多留心，谨防诈骗陷阱深……

这是"人民路反诈宣传小分队"编成的反诈宣传顺口溜。生动诙谐的语言背后，是派出所民警"为人民"的良苦用心：不但让反诈宣传更直白、更形象，也更易于少数民族群众接受和传播。

民警罗继军接受采访时表示："因为我们这里是民族地区，我们用傣语、佤语进行普法，让群众更加直观地了解诈骗的危害性。"

通过一个个案例，从工作中逐步摸索，城区派出所民警们组建了这支"人民路反诈宣传小分队"。顶着烈日，深入社区逐步走访、面对面地向人民路的居民们宣讲防骗知识，是小分队的日常。

他们常态化深入人民路两侧的居民小区、沿街商铺、人员密集场所等处发放宣传单、以案说法、讲解防骗知识，以进一步提升广大群众尤其是少数民族群众的防骗识骗能力。

　　为了更好地服务群众，进一步密切与辖区群众特别是少数民族群众的联系，城区派出所还联合人民路社区党员干部和志愿者，共同发挥"警民一体化"的纽带作用：民警具备丰富的执法经验和专业知识，是反诈宣传小分队的核心力量。社区党员和志愿者则发挥着纽带作用，和群众保持密切联系，协助民警开展调查取证工作。

　　在小分队成立之初，人民路社区党员李建玲就积极加入。她亲历了群众从一开始的不理解到主动参与反诈的转变，感触颇多。她回顾说："随着老百姓反诈意识的提高，越来越多的老百姓不再轻易上当受骗了。他们脸上的笑容多了，钱包也守住了，作为'人民路反诈宣传小分队'的一员，我心里也多了几分自豪与骄傲，把反诈工作一直做下去的信念也愈加坚定了。"

特警在耿马县人民路巡查

效果显著　筑牢"反诈堤坝"

据介绍，自"人民路反诈宣传小分队"成立以来，一共开展反诈宣传活动300余次，覆盖群众20多万人次，有效减少了电信网络诈骗案件的发生。

在人民路经营酒店的徐先生，就是小分队反诈宣传的受益者。他表示，前几年电信诈骗案件比较多的时候，因为不清楚坏人诈骗的手段，骗局和套路又层出不穷，大家都反应不过来容易上当。自从听了小分队的反诈宣传之后，反诈意识有了很大提高，碰到陌生电话或者陌生链接，他们都不会轻易去接、去点。通过近几年的反诈宣传，身边被骗的人也越来越少。

秉承"人民路上为人民"的根本理念，城区派出所擎起"解百姓之难、纾群众之忧"的鲜明旗帜，在工作中不断摸索创新，推动反诈宣传工作做实、做细、做深，筑起"全民反诈"的安全堤坝。

2023年以来，耿马县电信诈骗案件发案数同比下降7.89%，劝阻金额291.3万元，全县预警后被骗率0.46%，低于全国以及云南省预警后被骗率。近三年来，公安机关共返还群众资金115.33万元，维护了群众的切身利益。

对此，耿马县公安分局刑侦大队副大队长罗家兵分析认为："全力推进涉诈线索动态清零，联合反诈宣传小分队等群防群治力量，开展一系列反诈宣防活动，在一定程度上从源头遏制了电信诈骗案件的发生。"

以耿马县城区派出所"人民路反诈宣传小分队"为代表的新时代人民财产安全守护者们，用责任、专业、智慧和汗水冲锋在反诈第一线，扎牢人民群众防范电信诈骗的"篱笆墙"，谱写了一首民族团结一家亲、助推实现"天下无诈"的时代新歌！

（记者：李敬霙、左洋、夏婷、孟令东、李淑萍、旷素江。编审：杨萍雨、和欢。单位：云南广播电视台交通频率、经济频率）

白银市人民路：
一路生长，一路为民

　　白银市位于甘肃省中部，这里因矿设企、因企设市，因铜而辉煌。作为新中国有色工业的摇篮，白银市曾创造了铜产量连续18年全国第一的辉煌。白银市人民路是白银区贯穿南北的主干道。从20世纪50年代的荒滩，到如今的城市主街区，人民路见证着这座城市翻天覆地的变化与发展，也凝聚着几代创业者的付出与梦想。

下午2时许，人民路农委家属院居民金大姐和姐妹们在社区活动中心一起打着扑克。而在2020年，社区活动中心所处的位置还是一个大坑。如今这里已经成了居民们学习、锻炼身体、休闲娱乐的场所。

2010年以来，白银区开始对老旧小区进行改造，使123个老旧小区的1232栋老旧住宅旧貌换新颜，惠及群众5.2万户。如今，老旧失管小区从"老破差"到"新绿美"的转变，带给这些小区的老住户满满的幸福感。

还绿于民，还景于城。近几年来，白银区对包括人民路在内的街道、公园、城市景观进行改造，提升了城区绿化服务功能，为百姓提供健身、休闲娱乐的场所，提升了居民的幸福感与获得感。

9月下旬的白银，天气已经有了一丝寒意。人民路万盛公园里，市民们或散步，或坐下来休憩，凉亭里几位爱好秦腔的老人正忙活着，吹的吹、拉的拉、唱的唱，好不热闹。魏成祖老人说，每天下午他们的"自乐班子"都在这里集合，退休后的生活让他感到很幸福。魏成祖在人民路生活了近30年，看着这座城市一天比一天好，他由衷地高兴。他说："白银变化很大。现在环境好，我们住得也好，人民安居乐业。"万盛公园已成为人民路上市民群众休闲健身的好去处。如今，白银区已初步形成了由金鱼公园、西山公园、金岭公园、银凤湖公园、银光公园、万盛公园、矿山公园和长通公园、银西花海等组成的公园体系，为市民提供了更多的休闲活动空间。

百姓生活质量的提高，生活环境的改善，其背后是政府公共服务能力、服务意识的不断提升。

中午11时许，白银区人民路街道水川路社区的食堂就已飘来阵阵菜香，餐厅里吃午饭的老人们已经坐满了一大半。从2020年开始，白银区人民路街道办事处着手探索解决社区养老这一社会难题，陆续在部分社区

绿意融融的城市公园一角

开办了社区食堂。街道办事处还与"餐馆一条街"的17家餐厅达成共识，为辖区60岁以上的困难老人提供平价就餐服务。此外，街道办事处还为214名困难老人每天给予4元左右的爱心餐费补助，让他们真正享受到社区养老服务所带来的实惠。

社区工作不仅是居民日常生活的有力保障，更是社会和谐稳定的基石。李清枝老人在人民路西村社区干了大半辈子，是辖区居民最信赖的人。李清枝说："那会儿挨家挨户姓啥、叫啥都知道。家家户户有需要我都去。"

干社区工作，除了操心，还得有耐心、责任心。如今在人民路街道办事处，这样的服务意识已经成了传统。

金钱芳2001年参加社区工作时，就开始帮扶一个特殊家庭——李大叔一家。当时李大叔的妻子、儿子瘫痪在床，还有一个四五岁的孙女，收入困难要靠政府救助。这些年来，金钱芳隔三岔五到李大叔家帮扶，照顾患者，打扫卫生，送救助物资等。李大叔说，社区居委会和街道办事处给了他们一家太多的帮助。2024年，李大叔的孙女考上了西安交通大学的研究生。金钱芳虽然已经退休，但她至今还和这个家庭保持着联系，也为他们感到由衷的高兴。

许燕是白银区人民路街道水川路社区的一名工作人员。两年前辖区内有一户人家，因婆媳关系不和，导致小两口儿长期陷入矛盾之中。许燕多次上门调解，有时帮着带孩子，有时还自己花钱买一些水果、牛奶，经过她长期耐心的调解与帮助，现在这个家庭和美如初。

2024年3月，人民路街道水川路社区被评为甘肃省新时代"枫桥式"基层单位。对于社区工作，人民路街道水川路社区党委书记陈其丽有着自己的理解。她说："社区工作就是为民服务吧！我觉得把服务工作做好了，让辖区居民满意了，社区工作也就做到位了。"

人民路记录着白银这座与共和国一同成长起来的城市的历史，也见证了这里发生的日新月异的变化，"为人民"的基因在这里代代相传。如今，白银市已成为大兰州经济区的核心区和兰白经济圈的副中心。城市越来越漂亮，越来越干净，基础设施也越来越完善。路在延伸，政府的管理和服务也在延伸，人民路上的人民，生活也将更方便、更舒心、更美好。

（记者：李小军、李涛。编审：董志强。单位：甘肃省广播电视总台都市调频广播）

自贡市人民路：
工业旧址变身和美民居

　　1936年3月动工修建的大高路，从大坟堡经马冲口到张家坝，1938年后竣工，长3.5公里。1941年动工的马壕公路，起于马冲口止于仁和桥，同年竣工，长2.8公里。这两条自贡盐场最早的盐区大通道的主要路段是今天四川省自贡市人民路的基本线形。四川省自贡市人民路是由若干条盐区道路组成的，用来在井灶与码头之间运盐，路名也是一段一段的，比如马冲口、杨家冲、广华等。2004年，政府出资贯通、加宽了这一条路，从广华到一桥，给这条路取了新的名字——"人民路"。

　　清朝光绪年间，岩盐井的开采开启了中国浅层岩盐矿的开采史。1915年中国"重化学工业之父"范旭东在天津建立中国民族工业的第一家精盐厂。1938年建成"久大自贡制盐厂"。1952年，自贡市张家坝制盐化工厂第一个列入国家第一个五年计划重点项目，拉开了我国工业化大规模综合利用盐卤资源的序幕。从此千年盐都自贡开启了由单一的制盐产业向盐化工业发展的新里程。

　　改革开放后，城市升级改造，工业转型发展。四川省自贡市人民路上的很多工厂都退出了历史舞台，盐业工人通过学习新的技能，转变为技术工人甚至是创业者，以适应新的工作要求。而就在自贡铸钢厂的旧址上，建起了全市最大的廉租房、公租房小区"铸钢花园"。这有效地解决了人民路上老盐工的住房问题。在铸钢花园小区内，满目的绿化植被、崭新的电梯房令人喜上眉梢，周围还有餐饮、娱乐等配套。这里的一万多居民大多是盐业工人，他们"拎包入住"，入住率高达95%。

国家"一五"期间在自贡化工厂（张化厂）建成的"硼钾联产项目"车间

自贡市铸钢花园小区

苏红在珍珠寺住了几十年狭窄的小平房，她家曾经被列为建档立卡的低保户。2016年她在社区的帮助下，住进了崭新的铸钢花园。苏红觉得花小钱住新房就像做梦一样，至今难掩激动的心情。她说多亏了国家的好政策，才住进了这个公租房，她觉得很满足。

从"能住"到"住好"，是群众的"呼声"。高品质的生活、高质量的发展，需要从共筑"安居梦"开始，只有事无巨细地做好这些事情，才能让群众过上"优居"的生活。自贡市住房保障中心主任陈黎告诉记者，在人民路上的铸钢花园，是加快住有所居向安居、乐居转变的鲜活实践，根据市委市政府的有关要求，铸钢花园不仅修建了地下停车场、无障碍设施，其他公共设施也配套齐全，品质不低于普通商品住宅。铸钢花园也是自贡市第一个利用老厂房建造的居住小区。整个小区保留了原厂区的水杉和蓝花楹，并进行了景点布置，营造原有厂区的氛围，突出了铸钢厂的文化，让属于一个时代的记忆在温暖的社区中沉淀和重生。

家，既是温暖的港湾，也承载着人民群众的安全感和幸福感。铸钢花园的群众住上了好房子，过上了好日子，形成了好习惯，养成了好风气。

街道办事处在这里通过打造"铸钢驿站"善治品牌，提升了社区的警务治理效能。"铸钢驿站"由小区红色物业党组织与社区党支部共同引领，统筹社区民警、专职网格员、居民组长、治保委员和物业安保人员等，调动"铸钢老党员义务巡逻队""铸钢婆婆楼栋长"等10支社会治理队伍，实行24小时错时、错位、重点区域巡逻。辖区派出所同时将社区警务办公"搬"进驿站，实行社区一窗受理、接诉即办、首问负责制度。马冲口街道党工委收到老百姓的反馈，他们说安置小区里的回迁群众比较多，可是户口迁移、户籍证明等要到5公里以外的派出所办理，很不方便。自贡市大安区马冲口街道办事处党工委副书记李茂勇告诉记者，他们和住建局、公安部门一起研讨商量，建起了"铸钢驿站""党群微家"，把户籍办理这一职能迁到了社区警务室，方便群众办理相关业务。

在小区规划并建好"晾晒区""健身区"；在自贡市唯一一个通火车的小区为居民建立起了观看站台；打造好文化广场和"十五分钟便民服务圈"……只有事无巨细地做好这些事情，才能让群众过上"优居"的生活。

自媒体人杨宇翔经常带着相机拍摄火车出入小区的画面，他告诉记者，2019年12月，他远远地看见一列长长的货运列车驶入小区，第一次在自贡见到火车穿越小区，他有一点兴奋和激动。

环境好了，邻里关系融洽了，茶余饭后也有了休闲娱乐的场所，这是政府向人民路上的一万多居民交出的一份最好的"民生答卷"。

75年的发展日新月异，自贡市的版图不断扩展，一条条比人民路更

自张铁路专用线穿过人民路将货物运往全国各地

宽阔更平坦的道路不断出现。自贡市高铁开通，自贡市通用无人机场启用……如今，人民路紧跟时代的步伐，已发展成为一条集商业、交通、文化于一体的综合性街道，充满了人间烟火气，也记录着自贡人民安稳幸福的美好生活。

（编审：刘爱华、余灵。供图：刘爱华、陈星生、杨宇翔、余灵。单位：自贡市融媒体中心）

北京市穆家峪镇人民路：
创新力满满的乡村振兴之路

北京市密云区穆家峪镇人民路，是一条热闹的村镇道路。由于紧靠南穆家峪村，附近还有西穆家峪、北穆家峪、阁老峪、九松山、荆稍坟等村落，这里人口众多。2009 年，在穆家峪镇人民政府的扶持下，富有特色的穆家峪大集在人民路上正式创立。大集开放日为每月农历逢一和逢六，它为周边群众购买生活用品提供了方便，为各村百姓自家农副产品搭建了售货平台，帮助附近百姓实现了自产自销，也活跃了乡村经济。

农历七月二十六日早晨七点，在北京市密云区穆家峪镇人民政府后面的人民路上，七八十个摊位已经摆放整齐，十里八村的人们纷至沓来。"摩肩接踵逛西东，叫卖高声引客行。"穆家峪大集已经在人民路上经历了十多个年头。谢军伟就住在附近的村里，他告诉记者，大集成立于2009年4月，到现在已经十多年了。从最初的十几个摊位，到现在的上百个摊位，离不开政府的扶持和管理。

穆家峪镇人民路附近有多个村落，每到大集的日子，人来人往，各种应季水果、新鲜的农作物，生活百货、衣物鞋帽应有尽有。大集也吸引了许多外地的商户。

大集的红火离不开管理创新。在这里，残疾人、生活困难人员以及65岁以上老人来卖货不收取任何费用。村民李桂莲来大集摆摊，自家产的玉米、大枣、花生等都会拿到大集上卖。已满60岁的她不用缴纳摊位费，卖货的收入可以拿来贴补家用，她心里美滋滋的。村民郭生久失业后在大集申请到了免费摊位，卖日用百货，每个月能有一两千元的收入，免费摊位帮助自己和家人渡过了难关。

北京市密云区穆家峪镇党委委员、副镇长刘振虎说，人民路的建成极大地提升了镇中心的环境，原来一条坑洼不平、泥泞不堪的乡村土路，变成了一条宽阔平坦的柏油马路。道路建成后，村民在道路上赶集，设摊售卖农副产品。闲暇假日，市民在马路上娱乐健身、跳广场舞，政府及职能部门在这条路上宣传国家政策，传播科技知识。现在的穆家峪人民路已经真正成为一条乡村振兴之路。

走在穆家峪大集上，除了有附近的村民，也有远道而来的北京城区居民。因为大集上的农副产品基本都是农家自产，十分新鲜。密云区是北京的生态涵养区，"好山""好水"的生态环境下，产出的农产品自带"绿色"属性。密云西红柿近年来备受欢迎，密云区也正在部署北京市首个西红柿产业集群。

　　紧邻人民路的北京悦民嘉誉种植专业合作社里，市民可以采摘充满童年滋味的"京采8号"。这里的西红柿种植正在朝着"智慧化"的创新之路前进。合作社理事长李乐民指着智慧监测平台向记者介绍，他们利用土壤传感器、湿度传感器、土壤肥力传感等采集数据，形成大数据分析。通过人工技术参与，形成新的算法和数据。采用人工＋智能的方式提高了农产品的品质和产量，大大降低了农资成本、用工成本。

　　智慧化的种植方式让西红柿的产量提高，产值也更加稳定，李乐民也带动了人民路周边各村的种植户加入合作社。他告诉记者，目前有54个农户参与，而且来找他加入的人越来越多。他们的西红柿最贵的卖到20块钱一斤，实现了从产前、产中、产后到销售的闭环管理。

穆家峪镇的玻璃温室

穆家峪镇副镇长刘振虎说，乡村要振兴必须实现产业兴旺。穆家峪镇全面引导产业振兴，在密云区打造西红柿产业特色区的基础上，2023年在极星农业产业园举办了首届西红柿产业大会。在大会上，无土栽培、太空西红柿原味1号、京采8号等西红柿品种获得了金奖。

如何将"小番茄"发展成为大产业，密云区的企业在创新之路上极速狂奔。穆家峪镇荆子峪村的极星农业科技园，是密云区国家级现代农业产业园智慧农业科技创新中心，已成为北京市第一个拥有世界领先水平现代化设施的农业园区。这里的芬洛式智能联动玻璃温室，已经成为穆家峪镇一景。技术负责人程小军告诉记者，生产端有句话，"1%的光照1%的产量"。这个玻璃温室的透光率能够达到97.5%。另外，传统的温室是直射光，光进入温室之后如果有物体的遮挡，有些地方就照不到，而他们的玻璃温室是散射光，光进入温室之后散射到四面八方。这里番茄的产量是传统温室种植的5—6倍。除了玻璃光照强，水肥一体的新技术也在玻璃温室里实现。摘下来的蔬菜连着水培的根系，这样消费者拿回家还可以养在水里，继续种植。

随着创新力量的壮大，越来越多应用人工智能、大数据、云计算的农业新技术也在吸引着更多的年轻人将目光转移到农业。除了西红柿产业，在密云区穆家峪镇人民路的延伸带上，乡村振兴产业正在布局。穆家峪镇副镇长刘振虎自豪地说，庄头峪村的千亩红香酥梨园，在华北地区做到了面积最大、品质最优，每年可为农民增收800万元以上；上峪村的优质成熟蜜生产合作社，为蜂农发展起到了引领作用。在密云区穆家峪镇，甜蜜的养蜂产业正在成为乡村振兴的新亮点。北京神农之乡养蜂专业合作社社长"新农人"刘金良是"蜂二代"。他的父母依靠赶蜂的收入供他上完学，如今刘金良也选择了养蜂这个职业，成了当地最年轻的蜂农。但不同的是，他采用的是多箱体蜜蜂养殖法。2020年，在中国农业科学院蜜蜂研究所等多方帮助与支持下，刘金良开始学习并尝试应用多箱体成熟蜜生

刘金良（左）接受记者采访

产技术养蜂。在原有蜂群的基础上，以"双王快繁法"实现强群。采用新技术后，不仅生产的蜂蜜质量高，蜂农的人均养殖规模也从100多箱提高到了最多400箱，经济效益增长显著。

　　如今，刘金良的蜂场已经成为成熟蜂蜜生产示范基地，不仅可以为蜂农提供现场技术指导，还开通了线上账号，可以与全国各地的蜂农在线交流养蜂心得。政府也采取各种方式，在穆家峪镇农业产业发展中提供支持。刘振虎说，政府通过实施基础设施投入、提供贷款贴息、棚室改造补贴和有机肥补贴等多种政策措施，来支持企业和合作社的发展，进而促进农村产业的繁荣，带领农村致富。从穆家峪镇人民路周边辐射出创新能量，正在成为乡村振兴的新力量。

　　（记者：章维、刘冰。编审：张延红。供图：北京广播电视台城市广播。单位：北京广播电视台城市广播）

重庆市人民路：
初心不改，蝶变前行

　　重庆市人民路汇聚着重庆最有名的地标和城市核心指挥中心。人民路林荫道上，抬头可见高大茂密的黄桷树额首合抱。这条路上有青石小楼、红砖排楼，也有现代化电梯小区、高大的写字楼。人民路的两旁，布满了许多小巷窄路，小店小铺林立其中，为人们的生活带来了便捷与轻松。到人民路上走一走，可以回望老重庆的厚重，触摸新重庆的勃发。

　　张力是一位美编，2023年入职在人民路上的重庆电影数字产业园，从事游戏画面制作的工作，他和父母在人民路上住了快20年。

　　这段时间，张力和父母一直关注着社区老年食堂的建设。一天下班时，张力带回一个好消息："社区老年食堂明天营业，以后你和我爸不想做饭就去那里吃饭。"

　　张力的妈妈姜敏听了非常高兴。她告诉记者，政府的贴心服务她家早就享受到了。当年她的丈夫老张下岗，家里生活困难。街道办事处和社区居委会伸出了援手，给他们家在社区免费提供了一个摊位。于是，姜敏和丈夫经营起了早餐摊，一干就是14年。小店虽小，但收入稳定。家里的生活也慢慢好了起来。姜敏说："我要感谢的人很多。街道办事处和社区居委会对我支持很大，要不是他们的话，可能我也没有今天的幸福生活。"

　　群众有呼，政府有应。现在，人民路所在的渝中区推行"居家一声唤、服务送上门"活动，开办老年食堂就是其中的一项服务。重庆市渝中区委常委、副区长邓光怀介绍，他们将以街道和社区为基础，打造"10分钟公共服务圈"。邓光怀说："我们将灵活多样的服务延伸到老人身边。计划到2024年年底，老年食堂服务半径将覆盖全区50个社区。还将同步推进老旧小区改造、儿童友好城市建设、残疾人关爱服务提升等15件重点民生实事。"

　　姜敏说，对于他们一家来说，人民路是安生的乐土，有家有业，有日子有希望。张力毕业后，找工作成了全家的大事。他选择在家门口的重庆电影数字产业园里上班，姜敏和丈夫老张起初不赞成。后来，跟着儿子在附近的几个楼宇产业园里转了转，才发现外面的世界真的变了好多。张力说："我的工作属于现代服务业，渝中区重点打造的产业高地之一。人民路上的重庆电影数字产业园前景是很广阔的。"

重庆市人民路

　　人民路所在的渝中区是重庆母城。随着重庆城市更新的全面发展，渝中区加快打造现代服务业发展新高地、历史人文传承新高地、美好城市建设新高地等"六个新高地"。每一个新高地的建设都会带动一批新的产业，这为年轻人提供了适宜的岗位。

　　张力上班后，姜敏和她老公每天都会早点儿收摊，四处走走玩玩，还学会了熟练地使用智能手机。张力告诉记者："我爸妈他们一直开店，平时也很节省，手机都用了好多年。我一直在教他们使用新型智能手机。现在数字重庆建设推进很快，很多城市服务都可以在网上办理，他们学会了就不用到处跑了。"

　　办理个人业务不用再到处跑，这背后是数字政务"渝快办"系统的强大支撑。"渝快办"上线了一网通办，一件事一次办、民呼我为等应用。重庆市人民政府办公厅副主任、数字政务专题组副组长邓远峰说："自孩子出生后办理的出生医学证明起，政府部门就会将他所需的所有证件——归集，构建一份涵盖个人全生命周期的数字档案。今后他再到政府部门办

重庆城市街景——绿顶古韵融新城

理业务时，就不再需要拎着一大堆证照来回跑，因为通过数据共享，所有证照、材料都可以实现免提交。"

让年轻人、中年人、老年人都能舒适地居住，这就是重庆老街人民路在新时代所展现的迷人街景。重庆市规划和自然资源局党组书记、局长扈万泰在解读重庆最新国土空间总体规划时说："城市建设一切都要为了人民，城市的核心是人，必须把让人民宜居安居放在首位，把最好的资源留给人民。要求创造优良的人居环境，完善城市功能结构和空间布局，构建多层次、便利化、复合化的城乡生活圈。"

实行数字化管理、建设便民生活服务圈、推进美好城市建设，新时代的人民路不断在蝶变升级，而推动蝶变升级的是永远不变的为人民谋福祉、让人民群众安居乐业的初心。

［记者：陈臣、李冠男、张黎、刘艺。编审：胡馨月、万自杰。单位：重庆广播电视集团（总台）交通广播］

大理古城人民路：
白族古院闪烁"为民"之光

　　云南大理是我国唯——个白族自治州，在2.95万平方公里的土地上，白族人口占总人口的三分之一。大理古城人民路是大理古城中最著名的一条老街，它贯穿古城东西，是游客和当地居民最常光顾的街道之一。

位于大理古城中心区人民路277号的魁阁社区，是一个典型的白族四合院，因人民路上的古迹"魁星阁"而得名。在古院基础上提升改造后，这里作为党群服务中心服务辖区的人民群众。社区承载着许多居民的回忆，曾经的生产组就在这里，现在的党员活动室就是以前的磨面和擀面处。很多老人闲暇时会进来走走，看看院子里的古井，当年街坊邻居们共饮一井水，大家一起洗菜、洗衣的场景仍然历历在目。随着大理旅游经济的蓬勃发展，越来越多的新大理人来到人民路或开店或摆摊，为社区工作带来崭新的机遇，同时也带来了不小的挑战。

魁阁社区党总支书记、居委会主任张娟介绍说："社区服务现在有很多民心项目：一个是党建引领五社联动；一个是15分钟生活圈；还有来自职能部门的一些项目。现在社区也发挥主观能动性，我们也寻找突破点来凝聚、团结居民。通过一些活动和我们的社会活动组织，把居民拉进来，拉到社区的圈子里。"社区工作人员不仅对本地各族居民热情相待，而且用心团结来自外地的商户，让大家感受到社区大家庭的温暖。

魁阁社区工作人员陈林在大理古城居住了45年，在社区工作了9年。他乐呵呵地说，大理古城人民路如今已成为一个旅游打卡地。他喜欢和人打交道，居民们有事情，社区都能做到马上解决，不论本地人还是外地人，社区都一视同仁。

很多常住居民尽管已到了退休的年龄，但他们依然保持着党员的热情，积极服务他人。魁阁社区老党员李建文一家都是党员，家里的老人为了便利居民，就在家门口修了一口地井。后来有一段时间，地井边缘破损了，导致污水渗入，李建文写报告提交给古保局，申请对这条街上的古井进行修缮保护。2023年这口井的水质突然变浑浊，作为网格员的李建文

大理古城梅子井庭院

立即向社区汇报；经过社区的及时处理，水质最终得以恢复，居民们对此感到十分高兴。

大理古城人民路130号，隐藏着一座有着两百多年历史的老院落。这座庭院现在叫"梅子井"，因院中的清代古梅树和元代古井而得名。院落为典型的白族民居建筑，采用三坊一照壁、四合五天井、三进院的设计，以大理石为主要建筑材料。大理素有"家家流水，户户养花"的习俗，走进这座开满鲜花的庭院，仿佛穿过了时空隧道。庭院中照壁上的鸟窝也是两百多年前筑的巢，相传鸟儿世代在此繁衍生息，院落中人与自然和谐共生，有一种涤荡身心的安宁气氛。

梅子井第五代传承人杨淑媛介绍："我们一直坚持着老手艺，比如大理是梅子之乡，我们延续祖辈的方法用梅子做调料。老祖宗非常有智慧，知道什么季节吃什么食物，在享受美食的同时懂得养生。像这样的手艺对大众有益，是需要传承的。"她想把老祖宗留下来的精神财富守护好、发扬好，以礼做菜，以菜传文。她说："大理的历代文人都是从这条人民路走出去的，这里具有浓浓的文化气息。"

在大理古城人民路上还有一座有着138年历史的百年古院，这座石木结构的百年老院分为前后两院。前院自祖辈起便承载着商品交易的职能，而后院昔日是厢房和花园，现今则转变为餐厅的备餐区和厨房。尽管该古院的屋顶已经历过四次修缮，但其主体结构依然保持着原貌，未曾改变。自然生成的青石阶，六合同春的油松门，见证了这里几代人的成长与兴旺，透过斑驳的石墙，可以听到老院中的阵阵欢声笑语。

尽善百年古院传承人赵丽媛从小在这里长大。她回忆说："儿时的大院里住着七户人家，最开心的事莫过于饭点时间，从这家餐桌辗转到那家，品尝各家的美味。如今，我依然坚守着那份与人真诚相待的信念。我坚信做人之道尤为重要，传递温暖比单纯做生意更加关键。"

现在的大理古城人民路已成为多元文化的聚集地，来自全国各地的新大理人在这里安居置业或创业，开启了一段段崭新的人生。

云南大理古城人民路街道

云南大理古城人民路夜景

　　来自江苏扬州的黎刚，1993年来到云南，现在是一家民宿的主理人。他说，大理人杰地灵、山清水秀，这在全国都是一个不可多得的地方。他很热爱这片土地！

　　夜晚，大理古城人民路依然灯火辉煌，人民路上的古院落继续上演着不同的"为民"故事、"为民"情怀……

　　（记者：李娥丹、龙春燕、李定溢、杨阳。编审：李胜。单位：大理市融媒体中心）

南阳市人民路:
人民的城市人民的河

　　河南省南阳市人民路当年是老城护城河外的开阔地，1948年人民解放军正是从这里解放南阳的，毛泽东主席撰写的新华社电文《中原我军占领南阳》由此名垂青史。20世纪60年代这条路建成后被命名为"人民路"，是当时城区最宽的道路。它也是卧龙区、宛城区新老城区的分界线，更是南阳千年古韵和现代繁华的融合之路。拥有2200多年历史的古宛城遗址、全国保存最为完整的南阳府衙、梅溪河与护城河交汇的内河水网以及南阳的滋养之河——白河，它们共同见证了新中国成立以来，中原腹地南阳的沧桑巨变与时代进步。

在人民路南头淯阳桥下，是南阳的滋养之河——白河。这里是城市的文化灵魂和幸福底色，也是南水北调中线工程的战备水源。大诗人李白的名句"青山横北郭，白水绕东城"中的"白水"说的就是它。著名作家二月河的家就在这条河边。这条路、这条河能让你读懂南阳这座城市。

见证历史的人民城市

"世上本没有路，走的人多了也就成了路。"人民路最初就是城墙外被往来车马碾压出的一片开阔地。1948年11月4日，在淮海战役打响的前夜，人民解放军从这里进入了这座曾见证过东汉"光武中兴"历史的城市，人民领袖毛泽东连夜撰写报道《中原我军占领南阳》振奋全国，让这一天载入史册，成为解放全中国的标志性新闻。

新中国成立后，这里成为城区第一条双向四车道硬化路，被命名为"人民路"。一对军人夫妇留任南阳并积极参加建设，他们孩子的名字正是"解放"。30年后，昔日的"解放"转业回到人民路工作，他"铸剑为犁"，奋笔疾书，深耕文坛，终成文学大家，他便是以"二月河"为笔名、本名凌解放的文学巨匠。

南阳张仲景博物院院长凌皆兵谈起哥哥二月河，说道："我哥有着强烈的历史情结。他多次跟我们谈起共产党胜利的秘诀，他说，毛主席在《中原我军占领南阳》中就点明：敌人最怕共产党生根，而我们依靠群众不仅落地生根，而且成为森林了！正是翻身解放的人民群众推着小车奔向淮海战场，决定了中国命运的历史性转折。"

在作家眼里，南阳是一座人民的城市，它见证了"只有人民，才是创造世界历史的动力"。人民路正是二月河了解现实生活，思考历史规律，

白河：南阳的文化灵魂和幸福底色

2200年的古宛城墙在默默守望

感受时代脉搏的窗口。2004年3月，作为人大代表的二月河率先向全国两会提建议免除农业税。2006年起我国全面取消了农业税。二月河高兴地说："2000多年来，只有中国共产党取消了农业税。依靠人民，我们一定能打破历史周期率。"

让"大作家"操心的"小事情"

二月河无数次跟人聊起历史上的南阳。这里是光武帝刘秀的故乡，又被誉为"南都帝乡"；这里因诸葛亮"躬耕南阳"而令世人景仰；这里让李白感叹"此地多英豪，邈然不可攀"。二月河希望以此激励南阳人在新时代奋发图强。当时面对"落霞三部曲"500多万字的庞大体量，他夜以继日"爬格子"，头发大片脱落，很少出门。但无论工作多么繁忙，只要涉及城市发展的事务，他总会以高度的责任感和主人翁精神，积极投身其中。

人民北路上的一位盲人按摩师牛志远说："大作家也关心拆迁。一开始我是真没想到！"盲人牛志远是二月河的朋友，相交多年，引为知己。2006年，为整治内河环境，他在人民路河道边的盲人按摩店面临拆迁，他的心事被二月河一眼就看出来了。二月河对牛志远说："你门前这条梅溪河和护城河，当年两岸梅花清香十里，现在脏乱差，不改造能行吗？将来你第一批享受水景好风光。你也是党员，人民城市人民建，咱得带头！"二月河鼓励牛志远咬紧牙关另开新店，他捐赠五万元扶助款，希望建立筹资机制支持盲人自力更生。

北方水城的"水文章"

二月河对水情有独钟，他的笔名来自黄河，意思是二月黄河冰凌解放，但生活中的二月河更爱白河。多年来他坚守人大代表的职责为白河地区发声与呼吁。2016年10月28日，南阳市人大通过第一部地方法规《南阳市白河水系水环境保护条例》，几天后，在河南省党代会上，二月河把喜讯告诉同团党代表李相岑，也对他发起的"保护白河母亲"公益活动提出期望。二月河说："作为南水北调中线渠首城市，水环境是第一要务。保护白河，内河水系治理要跟上，要发动更多市民参与，我一定支持！"

李相岑是南阳市社区志愿者协会党支部书记，2003年3月5日他在人民路这里发起成立了南阳市社区志愿者协会，如今成为全国规模最大（注册志愿者三万多人）的地（市）级志愿者机构之一。他被授予"全国劳动模范""全国优秀志愿者"等荣誉称号，两次受到习近平总书记的接见。李相岑表示："以人民路为起点，我们为南阳公益事业奋斗了30多年。围绕白河生态保护、城市文明创建等，我们先后组织发动市民百万人次，累计志愿服务400多万小时，让人民群众成为城市建设的坚强后盾。"

护城河：改造后的内河水网今非昔比

　　2018年12月，南阳通过全国水生态文明城市建设试点验收；2024年7月，南阳成功入选"全国市级水网先导区建设"名单。经过多年的努力，白河水生态体系初步构建并不断完善。李相岑感慨地表示："看着家乡千万人民共同努力让城市发生这样深刻的变化，我深深感受到作为主人翁的自豪，也真正领会到总书记在南阳说过的那句饱含深意的话。"

　　2021年5月12—14日，习近平总书记在南阳考察，在这里主持召开了全国南水北调工作会议，在看望移民群众时，他深情地说："人民就是江山，共产党打江山、守江山，守的是人民的心，为的是让人民过上好日子。"今天，在南阳市人民路上，这段话随处可见，仿佛为见证了新中国75年历程的人民路书写着共产党人的深情注解。

　　（记者：顾世创、薛金柱、潘翠翠。编审：贾恩方、顾世创。单位：南阳广播电视台）

温州市人民路：
一路善行满城爱

　　浙江省温州市人民路全长2.2公里，因拆城墙而建，因码头而盛。1950年定名为"人民路"，寓意着"人民当家作主"，是温州东西走向的商业性交通主干道。1987年，温州市人民路开始改造，引入社会资本参与旧城改造，开全国之先河。"中国第一个个体工商户"章华妹就曾在这里租店做纽扣批发生意。"敢为天下先"的温州人，不仅"商行天下"，更是"善行天下"。

　　清晨7点，温州市人民路附近华盖山广场古榕树旁的红日亭里，义工们早已经忙活开了。热腾腾的粥一出锅，阿婆们就利索地装到碗里，将300多份温热的爱心早餐分批端到了排队等待的群众面前。浸润着中药味的茶香，从红日亭飘到人流熙攘的路上，吸引着行色匆匆的人们停下脚步，饮一口热茶。一年365天，这样的平凡善举被很多市民和游客点赞。

　　一杯茶、一碗粥，看似不起眼的小事，红日亭坚持做了整整半个世纪。1972年的入伏天，五六位爱心老人在人民路旁的小亭子里烧起煤球支起锅，开始煮伏茶，供过往路人解渴祛暑，由此拉开了一段善行传奇的帷幕。夏送伏茶，冬施热粥。延续这份善举的是来自社会各界爱心人士持续五十多年源源不断的善心捐赠。

红日亭端着爱心早餐的阿婆们

这座由先行者的善心捐助造就而成的平凡小亭，在接力者的无悔付出和全社会的鼎力相助下，五十多年风雨无阻地为百姓提供伏茶和热粥、社区服务、结对帮扶、应急救援等服务，成为闻名遐迩的"慈善地标"。红日亭被中宣部命名为"全国学雷锋示范点"，被中央文明办誉为"全国精神文明建设的一面旗帜"。

现在的红日亭有40余位固定志愿者，她们中年纪最小的62岁，最大的88岁。她们将退休时光奉献给了这座小亭子。红日亭负责人孙兰香说："大家都是自愿的，我们都很年轻。做善事是一件好事，大家心里都很高兴。"

在红日亭的集结下，三乐亭、复兴亭等86个有规模的伏茶点成立了"爱心鹿城联盟"，抱团行善，先后开设了3000多个伏茶点，构成一幅温州特有的"爱心伏茶地图"。

鹿城区精神文明建设指导中心副主任陈先进说："红日亭是鹿城志愿服务活动的一面旗帜，在它的感召下，鹿城的志愿服务活动蓬勃发展，为温润之州增添了许多温暖。"

上善若水，润物无声。无数平凡却动人的为民服务的故事，在温州这座城市的各个地方上演……

在位于人民路边上的纱帽河榕树广场的"千年街"亲警驿站，记者看到了前来咨询的杨女士，她怀疑自己购物收到了诈骗短信。民警耐心地给杨女士解答，并普及相关的反诈常识。

类似的案例在这个小小的驿站里每天都在上演。民警郑文煊说："我们'千年街'亲警驿站本身就是一个警务站，它承载着多项警务职能，比如接待群众上门报警、提供上门求助服务，受理各类矛盾纠纷以及进行流动人口暂住登记等。"五马派出所所长蔡亮成介绍道："'千年街'亲警驿站的设立就是要让驿站成为警民互动的最前哨。""将警务室建成警民互动的有效纽带，真正让社区警务扎根群众、发动群众、依靠群众，营造平安建设、人人参与、警民一家亲的良好氛围。"

警务室组织的特色安防体验活动

小驿站托起大平安。针对辖区学校多的特点，"千年街"亲警驿站发动学生和家长参与到街区安防体验中来，推出"警言稚语""警市门庭"等特色安防体验活动，让中小学生走到街区，以主人翁的姿态向人们宣传反诈、禁毒、反拐等安全知识，真正做到平安建设从小处着手，广泛发动群众。

市民尹老伯说："'千年街'亲警驿站真的很棒，我们在家门口就享受到了便捷的服务，老百姓有什么急事、困难、纠纷、矛盾，都会第一时间找到他们，他们都会给我们解决。我以前认为公安民警都是威严的，现在发现他们也是温暖的、柔情的。"

人民路承载着温州这座城市的记忆与变迁。路旁的千年古榕树枝繁叶茂、郁郁葱葱，为行人遮风挡雨，也见证了这座城市的温暖与温情。

（记者：陈大柿、蔡瑜、熊可为、杜庆新。编审：胡倩。单位：温州交通广播）

金寨县人民路：
探索"黑车"司机新出路

安徽省六安市金寨县是安徽省面积最大、人口最多的山区县和旅游资源大县，是中国工农红军第一县、全国第二大将军县。这里被誉为"红军的摇篮、将军的故乡"，是革命老区，是中国革命的重要策源地、人民军队的重要发源地。金寨县的人民路，又名"将军大道"，是金寨县最主要的干道。在这条繁忙喧嚣的人民路上，每天都上演着无数为人民服务的鲜活故事。

安徽省六安市金寨县人民路是县里最主要的干道。平日里来往车流量大，当地百姓、外地游客打车出行需求量也大。"黑车"由于经营成本低而在一些地段肆意发展。"黑车"往往存在安全隐患，也扰乱了正常的交通运营秩序。如何有效地整治"黑车"市场这一问题始终困扰有关执法部门。如今，站在人民路边挥挥手，停下来的基本只有正规营运的车辆了。这样的转变离不开总在这条路上排查执法、宣传整治的金寨县交通运输综合行政执法大队。

为积极应对旅游旺季、开学季等叠加客流高峰，切实维护金寨县客运市场秩序，金寨县交通运输综合行政执法大队抽调各执法中队精干人员成立专项行动小组，在金寨县人民路等多个客流集散地开展分片式路面执法检查，重拳打击非法营运车辆。

一直以来，金寨的"黑车"问题始终困扰着执法部门和社会各界，这些没有合法经营资质的车辆不仅给道路运输安全带来了极大隐患，也严重扰乱了市场秩序。金寨县市民马先生就明确表示，自己不愿意坐"黑车"，他说："我作为乘客一般不坐'黑车'，'黑车'很不安全。不知道他的证件手续是否齐全，有没有购买保险？"

人民路上为人民，金寨执法部门积极探索，勇于创新，成功打造出了一套全新的执法模式。对"黑车"驾驶员敞开大门，让非法营运的"黑车"成功转变为合法营运的"白车"。金寨县交通运输综合行政执法大队二中队队员陈警官介绍道："对非法营运的车辆，我们转变工作思路，实现非法营运到合法经营的转变。同时我们也是通过这个文明服务的小切口打造交通执法平台'交通慧执法'，这里寓意着我们要用心用情，执法为民。"

喻政兴就是这一创新执法模式的受益者。虽然具备从事合法经营的基本条件，但由于信息不畅、认识不深等原因，喻师傅一直侥幸从事非法营运。2024年初，金寨县交通运输综合行政执法大队二中队在一次非法营运执法行动中，发现喻师傅驾驶的车辆轨迹有异常，而且他的车辆曾被数次处罚。执法人员利用"大数据"技术综合研判，抓住了当时正在招揽乘客的喻师傅，执法人员对他的车辆进行了查扣。面对较大的处罚金额，喻师傅当时手足无措。

面对棘手的情况，金寨县交通运输综合行政执法大队二中队中队长罗时兴决定转换思路，帮助喻师傅从根本上解决生存问题，使其不再从事非法营运。金寨县交通运输综合行政执法大队多次研究，最终结合喻师傅自身条件，认为他可以从事出租车驾驶的工作。罗中队长帮助喻师傅联系了金寨金瑞出租汽车有限公司负责人，不仅详细咨询了如何承包经营出租车，还将喻师傅带到了该公司。公司负责人洪永保告诉记者："我们在给驾驶员做正规出租车培训的同时，也会对他的家庭进行了解，在转型以后，家庭比较困难的人员在承包金、充电设施方面，公司会有一定的补贴。"

想起罗中队长鼓励自己考取从业资格证，又忙前忙后帮自己找公司，喻师傅很受触动。在执法人员的协助下，他成功办理了合法经营的手续。

金寨县人民路街景

从前担惊受怕，现在光明正大，从"黑车"司机到出租车司机，既是喻师傅身份的转变，也是金寨县交通运输综合行政执法大队"黑转白"执法模式的生动实践。

为解决"黑车"上路这一问题，金寨县交通运输综合行政执法大队推出了创新的工作举措，喻师傅不是个例，金寨县交通部门正不断努力，积极引导"黑车"司机走向合法经营的道路。记者在人民路上采访时，也遇到一位刚刚完成身份转变的司机李师傅，他开心地表示："要干这个行业，就要合法营运，这样比较稳定，也不用提心吊胆的。"

处罚不是目的，了解驾驶员的诉求，切实践行"以人为本"的服务理念。金寨县交通运输局将把更多便民、为民的服务举措融入执法工作中，未来他们还将建立部门主动引导、企业积极参与的工作联动机制，着力帮助这一群体改变从业现状，解决就业难题，共同维护道路运输市场的安全与稳定。

在繁忙喧嚣的人民路上，每天都上演着无数为人民服务的鲜活故事。金寨县执法人员设身处地为非法营运驾驶员找到的"新出路"，也是保障了群众的"安全路"，也让"人民路上为人民"从一句口号真正落实成了一种行动和信念。

（记者：汤昆、李莹、关雨春。编审：甄臻。单位：安徽广播电视台音乐广播）

清远市人民路：
"粮"辰美景，与农同行

    清远市人民路设立在清远滋养之河"北江"的南岸，全长约15公里，沿路由西向东由人民西路、人民四路、人民三路、人民二路、人民一路、人民东路组成，东西贯穿清城区的区域中心。人民路沿线分布着这座城市重要的地标建筑，如武广高铁清远站、五座跨江大桥的南起点、三大商圈、清远市人民政府、清远广播电视台、清远客厅、许广高速西出口等，是北江南岸生活圈的主动脉。

　　清远市农业科技推广服务中心，坐落在清远市人民一路10号。7月23日一大早，迎着朝阳，高级农艺师谭卫军从这里出发，去往那片熟悉的水稻田。在广东省农业农村厅、清远市农业农村局的指导下，清远市清新区农业农村局组织省、市、区水稻研究专家对清新区石潭镇蒲坑村水稻绿色高产高效创建项目百亩攻关田和千亩示范片进行测产验收。

　　谭卫军说："7月23日要进行一个实收测产，我还是很激动的。因为我们前期对它进行了一个全生育期的技术指导，很期待早一点看到这个结果。"测产结果显示：百亩攻关田平均亩产干谷652.71公斤，千亩示范片平均亩产511.45公斤，千亩示范片平均亩产较当地平均亩产提高38.49%，化肥农药用量减少6.1%以上，节本增效5.3%以上。这样的数据让谭卫军长舒一口气，验收现场实割测产5块田的数据清晰地显示，水稻绿色高产高效创建实际测产结果达到了预期目标。

谭卫军在水稻田测产验收

谭卫军介绍说："为达到预期目标，第一我们选择了优质品种，第二我们引进了水稻所的三控技术。并在生育期，通过控肥、控苗、控病虫的管理模式为高产打下了基础，另外还引进了华南农业大学的一个香稻增香技术，可以提高稻米的品质。"

带着收获的喜悦，谭卫军回到清远市人民一路，这里矗立着清远农产品打造品牌的第一站——清远客厅。作为清远的城市新名片，它广开府门，迎八方来客，在车水马龙的喧嚣中不遗余力地推广"清远好风土"农产品，让清远市"五大百亿农业产业"看得见、摸得着、吃得到。清远客厅的目标和谭卫军的理想一样，就是让更多清远优质农产品走出清远，走上千家万户的餐桌。

清远客厅运营负责人冯晓表示："清远客厅是一个能够很好地把清远市农文旅的资源，集零售和展示、轻体验和深度体验于一体的载体，它是一个面向公众的展示和销售的平台。"

广东爱健康生物科技有限公司董事长李瑞清也常常从这条人民路上出发，要把这些农产品从人民路送出去。他的称号——"鸡王李"更是被大家熟知。名声在外的清远鸡与清远丝苗米一样，摆放在清远客厅货架上的C位，当中"鸡王李"的产品赫然在目。但是从农场走进客厅，再从客厅走出去，并不是一个轻松的过程，如何让清远鸡走得更远，"鸡王李"把目光瞄准了线上销售渠道。李瑞清说："我们要通过直播，通过电商带货，将整个清远五大百亿的优质农产品提升品牌，把品牌产品直接送到终端消费者手里。"

现场参观，线上销售——这是清远客厅里"清远好风土"产品走出去过程中很重要的一环。清远客厅运营负责人冯晓介绍道："清远客厅是推动清远农业、文化、旅游发展的重要的第一步和关键载体。在此基础上，我们还通过工业设计、销售渠道拓展以及传播推广等多方面的赋能，为清远农业构建了一个完整的赋能链条。"

清远客厅

　　近年来，"清远好风土"以及"清远五大百亿农业产业"的农产品频繁出现在全国各大展会上，2024年8月甚至有了"清远好风土"足球队出征贵州"村超"的非遗美食邀请赛。伴随着他们一直奔波在路上的还有来自清远市农业农村局的一支队伍，他们从人民二路3号出发，带着客厅里的风土好物走过祖国的千山万水，所经之处都飘溢着来自清远的粮香。

　　清远市农业农村局副局长李敏怀介绍说："我们通过走出去、请进来的办法，不断地向外推广推介我们'清远好风土'的公共标识和'五产'标识，直到各方人士都能够逐步了解'清远好风土'以及'清远好风土'所代表的一些农特产，让我们的农特产具有品牌的效应。"

　　清远不远，粮香水甜。无论是慕名而来的游客还是寻求歇息的过路人，他们都在这里得到了身体的放松，心灵的抚慰和味蕾的满足。

　　人民二路18号是清远市人民政府所在地，门前有着一块大大的牌匾，上面刻着五个大字——"为人民服务"。清远市农业科技推广服务中

心和清远客厅在清远市人民路上相得益彰，是政府搭台企业唱戏的鲜活
例子。

　　未来，如何让农民增产增收，如何以品牌农业助力乡村振兴，是众多
为推广清远农产品一直奔忙在路上的人们孜孜不倦的追求。

　　清远客厅运营负责人冯晓说："我们将以清远人民路为起点，持续为
清远的农民和农业企业提供更高品质的品牌设计支持、销售促进和传播强
化，显著提升他们的收入。"

　　清远市农业农村局副局长李敏怀说："我们从人民路出发，带着农民
的土特产品，让农民的土特产变现，成为农民增收的法宝，化作农民增收
的宝贵源泉。"

　　（记者：朱泽勇、陈婉莹、黄碧源、于秀华。编审：陈俞霖。单位：
清远广播电视台）

南通市人民路:
长者有依　长乐无忧

江苏省南通市人民路全长12.7公里，为市区主要干道。新中国成立前，靠着全民修路的干劲，南通人民终于开辟出了一条从友谊桥到孩儿巷的新线，最初命名为"和平路"。1967年，和平路更名为"人民路"。人民路西端是有着"苏北门户"之称的南通港（现已搬迁），由此可通江达海，茶庵店西侧则有南通长途汽车站，交通四通八达。不仅如此，人民路的建成还极大地促进了十字街商圈的商业繁荣。1996年，人民东路友谊桥至小石桥段从19米拓宽到35米。2022年，人民路提升改造工程完工，机动车道实现双向通车。这条历史悠久的繁华街道为南通市主城区注入了新活力。

江苏省南通市是著名的"长寿之乡"，早在1982年就进入老龄化社会，比全国提前17年，比江苏提早4年。2020年第七次全国人口普查数据显示，南通市60周岁以上老年人口占常住人口的30%以上。为切实提高人民群众的获得感、幸福感、安全感，南通市人民政府结合实际制定方案，明确到2025年，南通市老年友好型社会环境基本形成。

贯穿南通市主城区东西的人民路修建于1958年，历经60多年的风雨沧桑，沿线老小区密集，老年人居多。近年来，南通市人民政府创新实施城市更新项目、长护险政策等，让老年人居有所乐、老有所依、长乐无忧。

原址住新房，开窗见江景

"老南通"杨汉清和老伴儿周平2024年上半年搬入人民西路附近阳光悦城小区，现在的他有了一个新习惯——站在阳台上看江景。

南通市首个城市更新项目阳光悦城小区正门

任港路社区旧貌

打开窗子，向西远眺，奔腾的长江像一条银色的巨幅丝带。宽阔的江面波光粼粼，来往货船穿梭有序，一派繁忙景象。岸边红花绿树影影绰绰，美不胜收。低沉悠远的货船鸣笛声不时传来，他的生活过得十分惬意。

阳光悦城是南通市首个破旧片区城市更新项目，原址为始建于20世纪60年代的任港路新村。它是当地最老的居民小区之一。

1978年，在铝加工厂工作的杨汉清享受到单位分房福利——任港路新村50平方米的一室一厅。时代大潮几经更迭，地处南通市区第一条主干道人民路西端、曾为南通最繁华地段之一的任港路新村，变成了安全隐患最多的"老破小"。

2020年，南通市创新城市更新思路，采取"原址拆建、居民回迁"的方式，重建幸福家园。杨汉清加了点钱在阳光悦城换了一套120平方米的房子，最开心的就是老伴儿周平了。她指着厨房笑着说："以前厨房里都要开灯，采光不好！现在不要开灯了，多亮堂啊！"

杨汉清和老伴儿在阳光悦城开启了全新的养老生活，充满科技感的家居，小区安静幽雅的环境，还有离家不远的滨江景观带，让他们的生活有滋有味。

长期护理险，生命有尊严

盛夏时节，酷暑难耐。南通市区人民东路南侧德民花苑小区93号楼

203室，两名身穿蓝色工作服的照护保险护理人员正在为一名卧床老人洗头。老人名叫朱四姑娘，九十多岁，长年卧床。几年前被鉴定为重度失能后，每周都有照护服务公司的护理员上门为她洗头、洗澡，每月理一次头发等。

朱四姑娘的儿媳妇马建兰告诉记者，家里除了婆婆之外，七十多岁的老伴儿也瘫痪在床。她说，照护两个失能老人确实很辛苦，但最难的洗头、擦身体等问题被护理人员解决了，自己只要喂喂饭、洗洗刷刷还是可以承担的。

据不完全统计，像朱四姑娘这样的失能老人，在南通市约有20万人。专门针对失能失智等人群的照护保险，起步于2015年。当时，南通市率先探索建立基本照护保险制度，次年被列入"国家首批15个长期护理保险制度试点城市"。经过8年多的实践探索，这一制度逐步成熟，到目前已形成机构照顾、居家服务、津贴补助、辅具支持、预防管控"五位一体"的长护险"南通模式"。

无论是在机构还是居家，失能人员均能享受到相应待遇，尤其是辅助器具租赁服务，价格上万元的专用电动护理床，失能人员使用时个人每月只需承担90元租金。每周2—3次的上门专业照护服务，有效缓解了"一人失能全家失衡"的难题。

洗衣、喂药、聊天，空巢老人有人管

位于南通市人民东路的新桥北村是个老旧小区，社区空巢老人、弱势群体偏多。针对这部分群体，南通市博爱家园"红十字爱心洗衣坊"的志愿者们主动上门，提供洗衣服务。

为更好地服务群众，近年来，南通市积极探索博爱家园建设，先后成立包括"红十字爱心洗衣坊""菊馨社"志愿服务队等在内的数十支专业

南通市博爱家园"红十字爱心洗衣坊"志愿者收集衣物送洗

志愿服务队。几年来为孤寡、独居、空巢老人服务 1000 多人次。"隔三岔五地去帮老人梳头、洗脸、喂药、打扫卫生，我们都做。""菊馨社"志愿服务队负责人杨美云介绍道："我们根据老人的需求进行服务，老人需要心理慰藉，我们便去和老人聊天儿、陪伴他们。"

以南通市博爱家园平台为载体，新桥北村社区还推出了应急救护、人道救助等多项特色志愿服务，汇聚更多的社会力量关爱和守护弱势群体。社区党委副书记韩明明表示："今后，社区将创新服务模式，提升服务水平，让各项特色服务更加常态化、专业化、精细化。"

如今，在南通市主城区，常年活跃着 2100 多支各类服务队伍，每年完成各类服务项目 6000 多个，南通市人民路上处处留下他们热情奔忙的足迹……

（记者：鲍锐、虞颖、王雨湄、李响。编审：张栩龙、吴战。单位：南通广播电视台）

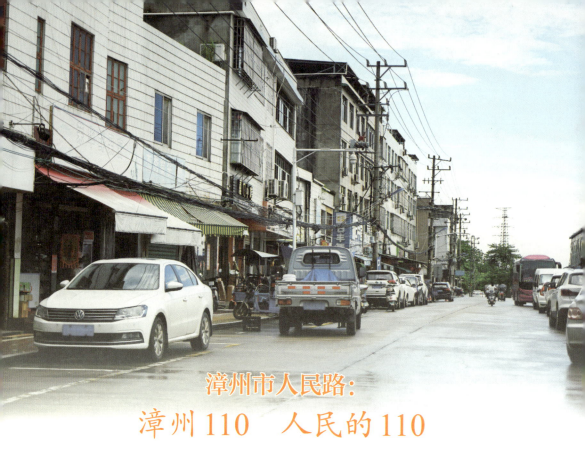

漳州市人民路：
漳州110　人民的110

　　福建省漳州市人民路是一条充满生活气息的街道。这里商铺林立，车水马龙。在这条人民路上，随机问一个路过的市民：提到人民，你会想到什么？大多数人给出的答案都会是"人民的110，漳州110"。30多年前，"漳州110"诞生，它开创了公安机关维护治安与服务群众并重的先河并推动"110"成为人民警察的标志性符号。

　　2024年4月的一个夜晚，一串急促的报警电话铃打破了夜空的宁静。有群众报警称：在福建省漳州市人民路上有一名老人突然晕倒在地，情况十分危急。接警后，民警迅速赶往现场。

　　第一时间赶到现场的民警发现，老人此时已神志不清，甚至开始全身抽搐。时间就是生命，民警迅速对老人进行心肺复苏。民警吴木林回忆："老人浑身抽搐、神志模糊，情况十分危急，我们马上采取了相应的急救措施，并通过警务通确认老人的身份信息，在医护人员到达现场后，又协助医护人员将老人抬到救护车上，并通知其家属到医院。"

　　由于民警的及时抢救和医生的全力救治，这位姓张的老人最终脱离了生命危险。为了表达对人民警察的感激之情，康复后，他将一面印有"感谢人民好警察，危难之际施援手"的锦旗送到民警手中。老张感慨地说："在我需要帮助的时候，人民警察及时出现在我身边，救了我一命，如果他们晚来一分钟，我可能活不了，太感谢他们了。"

"漳州110"民警
颜荣灿接受采访

　　"远亲不如近邻，近邻不如'漳州110'。"在福建漳州，这句话陪伴了一代代人的成长。办公楼外竖着一根竹竿，接到报警电话后，身在三楼的值班民警不用走楼梯，直接顺着竹竿滑下去，手相当于"方向舵"，双脚则是"离合器"，靠夹紧和放松来控制速度。这是30多年前的漳州110的出警技巧。

　　为人民服务，快！再快一点！是"漳州110"的初心也是使命。20世纪90年代初，福建省漳州市公安局在全国率先建立"110报警服务台"快速反应机制。这一创新举措，开创了公安机关维护治安与服务群众并重的先河，"漳州110"从此诞生，并推动"110"成为人民警察的标志性符号，使之走出福建、推向全国。30多年来，"漳州110"接处警5分钟到场率和非违法类警情现场调处率均保持在90%以上，群众满意率始终保持100%。可以说，"漳州110"每天都出发在为人民服务的路上。他们时而跟死神赛跑，时而跟黑暗较劲，时而满腔热血，时而又机智冷静。

　　作为人民的守护神，"漳州110"全息作战，日夜穿梭在漳州市区的大街小巷，每天都要面对各种突如其来的问题，甚至是生死考验。有人曾好奇地问："110的民警会不会害怕？""漳州110"二中队民警颜荣灿说："害怕过，但绝不会因此而停下。"2020年，颜荣灿还是一名新警，一天晚上他和师傅正在巡逻时接到指挥中心通报：有一名男子落水，情况危急。一分多钟后，颜荣灿赶到现场。在湍急的江水上面，漂浮着一个疑似人体头部的物体，入警没多久的颜荣灿没有见过这种场面，最先感到的是恐惧。水流湍急，周围一片漆黑，给救援工作增加了不小的难度。当好不容易游到落水男子身边时，他们发现，该男子还有反应，只是因为脚被卡在了水下的石缝中才被困水中。颜荣灿长舒了一口气，随后和同事一起将男子成功解救上岸。

　　民警颜荣灿能在一分多钟就赶到现场，是因为"漳州110"除了接报警，还有巡逻制度。"漳州110"从1990年建队以来就建立了巡逻制度，把接报警与巡逻出警结合在一起，将漳州主城区划分为12个警区网格，全天候24小时巡逻接处警。

近年来，"漳州110"主动适应"低空经济"时代，打造"空中110"和"无人机+"警务模式，加快构建"空地一体"巡防机制。"漳州110"副大队长林少伟介绍，他们把警用无人机配置到基层一线，充分利用其空中侦察、快速到位的优势，借助科技实现了立体空间范围内可感、可视、可控。林少伟告诉记者，2024年5月7日，一名在逃人员从地形复杂的高层小区阳台逃窜，公安机关利用无人机进行高空侦查，迅速锁定嫌疑人位置并成功将其抓获。除此之外，"漳州110"还在夜间10点到凌晨2点，强化对各大娱乐场所、人员密集场所的亮灯巡逻，有效净化了社会治安环境，为人民构筑起一道平安"防护墙"。

自1990年8月成立以来，"110"这个代号守护了老百姓30多年。一部电话架起人民警察与百姓的连心桥；一个号码成为全国亿万人民信赖的符号。已过而立之年，面对初心之问，"漳州110"用行动书写了一份题为"人民"的答卷。那就是——时代在变、世界在变，但"以人民为中心，做人民的保护神"的精神永远不变。

（记者：叶军民、陈立、贾志瑾、陈心野。编审：林兴华、林凡。单位：FM100.7福建交通应急广播）

唐山市人民路：
铺就人民满意的"幸福路"

      河北省唐山市丰润区人民路始于1976年唐山大地震后的震后重建，至今已有近50年的历史。围绕着人民群众的需求不断升级改造，正不断铺就人民满意的"幸福路"。

　　清晨，唐山市丰润区的人民路从最北端开始醒来。伴随着晨光显现，紧邻公园的人民路北段步行街上开始热闹起来。悠扬的口琴声、笛子声伴随着手风琴的旋律，宛如正在上演一场音乐盛会；步行街的中央，一个个扇子舞舞者、健身操队员身着彩衣，精神饱满，舞步轻盈；道路两侧则是南来北往，手里提着各类新鲜果蔬或早点的附近居民，他们或脚步匆匆，或悠闲自得，和早起锻炼的人们组成这其乐融融的城市晨光曲。

　　唐山市丰润区人民路，始于1976年唐山大地震后的震后重建，至今已有近50年的历史。丰润区住建局新区城建公司经理朱玉柱，就是人民路的建设者。走在这条路上，他的自豪之情溢于言表，他说："丰润区人民路始建于20世纪80年代，这条路中间横穿幸福道、曹雪芹大街，北至公园道，南至光华道，全长1402米，是丰润区最繁华的街道，紧邻区政府，有小区，两侧有小型服装店、饭店，有北方购物广场，最北端紧邻着丰润区最大的公园。"

　　1976年，唐山遭受了罕见的大地震。在震后开展的城市重建中，原丰润县城区东部被规划为唐山市新区。人民路就是当时新区的中轴线。随着大规模建设的陆续展开，中车唐山公司、中国二十二冶集团、中建二局、唐山华新利源纺织有限公司等大型企业的建设者们来到这里。他们在用自己的青春和汗水为新唐山建设添砖加瓦的同时，也把家安在了这片热土上。在人民路的两侧，幸福小区、团结小区等住宅区先后建成，大型商城应运而生，人民路逐渐成为当时唐山市新区最繁华的地段。

　　随着周边居民越来越多，商业形态越来越丰富，不可避免地出现了拥堵、扰民、安全等问题，为了更好地满足人民群众的生活需求，唐山人民路在不同地段规划了不同的功能分区，开启了它的"变身计划"。2000年，当地政府对人民路最北端的幸福道至公园道段进行升级改造。

唐山市人民路

他们特别邀请清华大学的设计团队，把这里变成了花石铺路、绿树成荫、景观怡人的人民广场，是一早一晚人们休闲娱乐的好地方。

白玉芸和吴敏艳是人民路旁最早的那批居民。每天到人民路上走一走转一转，成了她们的"必修功课"。白玉芸说："白天和老姐妹转一转，晚上我看着小外孙转转玩玩，小型的游乐设施挺多，变化挺大的，为我们老百姓造福了！"吴敏艳说："这个路线光景非常美，我们老人在这儿休闲娱乐，环境非常好。"

2002年，唐山市原丰润县和新区合并为丰润区，并实施"城市带动战略"，加快了城市建设步伐。2013年，政府再次对人民路进行改造，人民路中段由原来的人车混行道路改为商业步行街。道路两侧各类餐饮美食、服装鞋帽、手工艺品、宠物用品等店铺鳞次栉比，到处生机勃勃。特别是到了夜晚,"90后""00后"青年们的地摊经营热火朝天,人气"聚"起来、商家"火"起来、夜经济"热"起来。夜市里,弥漫的食物香气、比星光更加璀璨的灯光,连同熙熙攘攘、流连忘返的人们,共同构成了一幅美丽的城市夜景图。

人民路,为人民而建,为居民而变。人们也把这里当作最舒适的港湾,寄托了最深厚的情感。张凌梅在人民路上做生意已有近30个年头。1997年,刚刚毕业的张凌梅就选中了在这里创业。她说:"它贯穿新区,当时很繁华,我觉得这个地方就是我的福地。"第一家店开在人民路上,张凌梅赚到了人生中的第一桶金。随着生意的发展,她也曾经走过很多地方,可不管到哪里,心里都始终牵挂着最初的地方。最后,她决定回到家乡,继续在人民路上的"掘金"之路。张凌梅说:"回到这里,感觉空气都是香的!尤其是节假日,大家都会从四面八方赶到这里,特别热闹。"除了照看生意,每天清晨一个小时、傍晚一个小时,张凌梅都要和住在附近的好姐妹们一起在店门前一边跳舞,一边聊天。惬意的生活让她认定了这里。

随着城市的发展扩容,人民路的"变身"还在继续。向南延伸,进一步畅通城区南北交通,已经列入政府的重点工作。丰润区住建局公用事业股股长王彬说道:"现在正在谋划第五段,开始了拆迁工作,以后出城区多了一个进出口,对于缓解城区拥堵将起到很好的作用。"

人民路上为人民。唐山的人民路连接着历史和未来,见证着城市的发展与变迁。这是一条有生命的道路,也是一条不断成长和变身的道路。它的每一次变身,都是围绕着人民群众的需求,也见证了群众越来越幸福的生活。

(记者:周曦蕊、李纬、孙怡姗、李晓晟、国海涛、杨意。编审:尹雪艳、刘倩。单位:唐山广播电视台交通文艺广播)

太原市人民路：
地铁速递城市温情

　　"昨天很近，今天太原。"今天的太原城已经发生了翻天覆地的变化，太原市人民路是其中的参与者，也是见证者。它位于山西省太原市小店区，全长6000多米，以昌盛街为界，分南北两段。这是一条远离城区的主干道，地处城乡接合部。几十年前，这条路上棚户区连成一片、公交车在这儿停一站便掉头返回。而如今，山西省第一条投入运营的地铁线沿此而过，为这里注入了更多生机。

太原市人民路最南端的西桥村村民以前要步行近一个小时才能到公交站，甚至到隔壁的东桥村短短1公里的路程，也需要绕行至少半个小时。而现在，过去的砂土路变成了如今的双向八车道柏油路，村民十几分钟就可以把自家菜地的新鲜蔬菜送到离市区最近的农贸市场。西桥村社区党支部委员赵润有说："村民们富裕了，回村的人多了，周围的基建项目如雨后春笋般遍地开花。很多楼盘在这附近动工建设，周围务工的人也比较多，都会到我们西桥村租住，我们村民也多了一份收入。"

现在对于西桥村的村民来说，家门口越来越热闹了，不只是出行路通畅了，选择性也更大了。山西省第一条正式投入运营的地铁沿人民路而过，并设有4个站点，村民直接就可以坐到家门口。

家住太原城北的吴女士，每天要前往位于人民路最南端的公司上班。太原地铁2号线的开通，使她的上班路从两个多小时缩短至半个小时。她不禁竖起大拇指称赞道："地铁的开通给我的生活带来太大的改变了，现在既省时间又省钱，路上不堵，心情也好！"

在地铁站工作的韩苏贵最近也有了新盼头。位于人民路与化章西街交叉口的小店区人才公寓正在进行最后的施工收尾工作，准备迎接到太原创业就业的各路英才。四年前，他从家乡江苏南京来到山西太原，见证了这座城市地铁的从无到有，也亲身感受到作为一名"新太原人"的幸福。太原市人民路是他来这座城市的最初邂逅。作为山西省首条在运营地铁线，这条地下通道让太原南北城的市民"一小时横跨龙城"不再是梦。

说到曾经的人民路，太原市小店区退休老干部王大爷说："当时的人民路与昌盛街交会处，有人民商店、人民饭店、人民澡堂，是人们生活出行的热闹聚集地。再后来这条路逐渐拓宽、改造，就有了今天的样子。"

曾经的人民商店

　　所谓安居，既要让人民行得舒畅、住得舒适，更要过得舒心。人民路沿线老旧小区多、老年人口基数大，让老年人有一个幸福美满的晚年，是家事，也是国事。太原市人民政府在做好硬件保障的同时，也在沿线的发展建设工作中，不断探索中国式养老的新理念、新举措，让服务跟得上、贴得近，更好地适应快速增长的社会养老需求。

　　家住人民路教委宿舍的曹阿姨，每天上午都会来到小店区一中社区党群服务站打两局乒乓球，这里成了她和新老朋友相约的快乐家园。人民北路小店区一中社区党支部书记魏丽萍告诉记者："这里原来是一个煤棚，后来改造成了党群服务站，为群众提供了一个休闲娱乐的好地方。"

　　2024年，作为人民教师的魏丽萍和她的毕业班学生一起"毕业"。告别三尺讲台，她马不停蹄地到党群帮办代办服务台报到。社区网格员们在做一项工作——帮助附近小区百位老人完成高龄津贴就近申领登记工

人民路沿线社区党群服务中心群众阅读区

作。说到这项工作从社区前置到小区，人民路社区网格员任艳霞介绍说："因为这边老人多，去社区还要过一条大马路，很不方便。办理点移到这儿，更方便老人办理。这个党群服务站是新建的，我们把'阵地'前延，2024年是第一次，以后还会有更多次。"

年近90岁的郝阿姨刚刚完成高龄津贴申领登记，便急匆匆往家赶。郝阿姨说："我上午要写字画画，下午要弹阮、电子琴。"

路好走了，绿化多了，一天一个新气象，日子有了新奔头，心里有了新期待。老年朋友不再宅在家里，都出来舒活筋骨、抖擞精神。用郝阿姨的话说，就是"活到老，乐到老"。

民生无小事，枝叶总关情。如果说人民路是树的主干，周边的小街巷就是枝叶，在采访当天，小区门前的小巷正在进行新一轮的提升改造，郝阿姨也提出了她的建议："我们前面这条街叫先锋西巷，这块儿住的90岁以上的老人特别多，每天下午大家坐在一起谈天论地，不如就叫长寿街。"

为民造福乃"国之大者"，心系人民，厚植"人民至上"的为民情怀，一件件顺民意、惠民生、暖民心的实事，是中国共产党人向历史和人民交出的"优异答卷"。人民路的变迁只是城市的缩影，更多的幸福路正在太原这座城市不断蔓延！

（记者：蒋梅、唐小东、李玥。编审：罗庆东。单位：山西广播电视台交通广播节目中心）

深圳市人民路：
高效服务的深圳速度

　　深圳市罗湖区的人民路，南北走向，全长不到3公里，但这段路却浓缩体现了深圳改革开放40年以来的发展速度。路的最南部，毗邻香港，有罗湖口岸、深圳火车站、罗湖区汽车站，是人流集聚之处。路的南段，就是曾经的深圳地标国贸大厦，这栋曾经的中国第一高楼，是中国最早实行招标的建筑工程，在国内率先大面积运用滑模施工，创下了举世闻名的三天一层楼的"深圳速度"。路的北段，是深圳最老商圈之一——东门商圈的核心区，是深圳人心中不可取代的"老街"。

1984年4月30日，国贸大厦主楼封顶，比预计工期整整提前了一个月，向世人展示了令人震惊的"深圳速度"——三天一层楼。这栋全国首座摩天大楼所在的位置就是深圳市人民南路。深圳市人民路分为南北两段，其中人民南路长度仅1000多米，这里毗邻香港，有罗湖口岸、深圳火车站等。这里不仅是深圳最繁华之地，也是深圳最早崛起的商圈之一。

伍阿姨生活在人民南路的嘉北社区。40年前，伍阿姨从广州来到深圳定居，她见证了深圳国贸大厦的平地而起，也见证了深圳惊人的发展速度和随之而来的美好生活。她说，1980年来到深圳的时候她才29岁，当时的深圳人民路很荒凉，都是泥地。现在，人民路发生了翻天覆地的变化，她的生活也越来越便捷。

社区建设是一个城市服务的缩影。深圳是一个有着浓厚商业气息的移民城市，外来的青年人数量巨大，如何帮助外来的青年快速、高效地融入社区、爱上深圳呢？深圳市罗湖区南湖街道嘉北社区党委书记贺心怡说："我们社区开办了青年夜校，他们白天上班，晚上来学习，提升技能。这也是情感的需求，可以使他们认识到更多的新朋友，觉得在这个城市不孤单。"

许多居民都用精力充沛、反应快速来形容贺心怡这位"80后"的社区党委书记。随着大湾区建设步伐的不断加快，越来越多的香港居民选择在靠近罗湖关口的嘉北社区定居和养老。为了提高与香港居民的沟通效率，贺心怡和同事们想出了很多办法。他们招募一些会粤语的队员，上门探访社区的高龄港籍长者或者独居长者，为他们提供读书读报的服务。另外，他们还在社区开设了粤语培训班、组织卡拉OK等活动，丰富居民的生活。

"一家人、一家亲"的服务理念让香港居民在嘉北社区生活得非常舒心，越来越多的香港年轻人想来这里看看，计划未来迁居深圳。香港居民

丰富多彩的社区活动

小美说："我们夫妻都在香港工作，但周末喜欢来深圳度假，这里有很多好吃的东西，沟通的障碍越来越少，环境舒适干净，我们考虑未来在这里置业，住在人民路很方便。"

　　人民南路是深圳市罗湖区商业的中心地带，除了为居民提供服务，为企业提供服务也是嘉北社区的一项重点工作。在这个有着一万多居民的社区，企业也达到了一万多家。如何为社区内的企业营造一个具有深圳特色的现代化新兴社区呢？拼速度、讲效率是深圳市罗湖区南湖街道嘉北社区党委书记贺心怡经常提及的法宝。普瑞国际眼科医院是一家刚刚进驻深圳人民南路的国际眼科医院，投资超过一亿元，医院筹备主任尹晚平说，在这里他体会到了出乎意料的深圳速度和深圳效率。他感慨地说："南湖街道、嘉北社区对我们的进驻非常支持。我们刚刚签下物业合同，街道和社区就建了一个微信群，专门来帮扶我们的落地、推进，速度非常快。办营业执照，一个工作日就办完了，还是上门服务，完全超乎我的预想。"

深圳人民路上嘉北社区直播活动

以速度、效率拼发展，嘉北社区为企业的进驻提供了全方位的服务。贺心怡说："我们建了一个微信群，邀请街道、安全生产、城市管理等多个部门加入，企业可以线上咨询。线上与线下两种方式能够切实增强企业的获得感，做到及时、快速、高效、便捷。"

从一个小社区的拼劲和较劲，我们不难看出其高速发展的基础和根源。嘉北社区浓缩了深圳人民对深圳速度的执着和较劲。2023年深圳地区生产总值达到了3.46万亿元，稳居全国各市级排名前列。

40年来，深圳市人民路见证了深圳人民讲效率、拼速度的"奋斗之路"，也浓缩了政府为实现人民美好生活而付出的辛勤努力。

（记者：谢彩雯、罗浩天、李智珊、郝蕊、周淑怡、杜雪晶。编审：黄建伟、梁健波。单位：广州市广播电视台）

长沙市人民路：
引领消费新样范

　　1959年，为纪念杨开慧烈士，在长沙窑岭到杨家山之间一条长度为1.5公里的"识杨路"修通，1971年改名为"人民路"。随后，长沙市人民路不断向东、向西延伸，长度超过20公里，是长沙市最长的东西向主干道，也是全中国最长的一条人民路。如今这条路上，美食与文化混搭、传统与潮流结合、经济热度、消费暖流持续高涨，正以新消费回应人民群众对美好生活的期待。

　　秋高气爽的夜晚，从长沙黄花机场出发，沿着长沙市人民路一路往西，抵达湘江边上那座重现了"老长沙社区"的文和友，体验一把有着浓浓文化味的烟火气。近年来，这种来自长沙的独特生活方式，正吸引着全国各地的朋友前来体验。

　　而在热闹对面，长沙市人民西路的另一侧，有一幢闹中取静的3层绿色小楼，这里就是长沙新消费研究院，也是全国首个新消费研究院。为何选址在人民路？长沙新消费研究院院长张丹丹解释，这包含着一种美好愿景。"人民路一边是文庙坪，一边是大家耳熟能详的五一商圈。文庙坪里诞生了文和友、柠季、三顿半、果呀呀等，成长起来后，就进入了核心的商圈。我们希望能够服务并陪伴更多新的消费品牌在孵化区里成长起来，再从人民路进入更大的平台。"

长沙市人民路旁的招牌

　　助力企业更好成长，是长沙新消费研究院成立的初衷之一。2022年，在湖南省商务厅的指导下，长沙新消费研究院由长沙市商务局与天心区人民政府共同发起并正式成立。长沙市天心区商务局办公室副主任邓健曾作为专干，全程参与和见证了研究院的组建和成立。他介绍说："研究院不仅着眼解决茶颜悦色的问题，更要解决新消费、新品牌在发展过程中会面临的比如融资信贷、权益保障等系列问题。做服务型政府就是如此，企业需要什么，我们主动去协调资源，更好的服务就在这里。"

　　更好的服务带来变得更好的机会。长沙新消费品牌"果呀呀"就在长沙新消费研究院对接的供应链资源的助力下，优化和整改了仓库；又在银行资源的支持下，获得了更低的贷款利率；还在人力资源部门的帮助下，得到了更优质的招聘机会……正是在这一个个具体的帮助中，果呀呀成为拥有50多家直营店、年营业额超过1.2亿元的湖南果茶界"顶流"。

　　果呀呀果茶创始人吴畏介绍说："长沙新消费研究院对我们的帮助非常显著，它向我们注入资源，并在我们有需要时积极牵线搭桥，为我们节省了许多时间和精力。"吴畏虽然带着长沙特有的塑普口音，但其实是位安徽姑娘，和她遇见时，记者刚刚穿过打卡的人潮，走进了果呀呀和茶颜悦色在人民路上的"和而不同"联名店里。她对于研究院形成闭环的服务感触很深。她回忆过往经历时表示："研究院不仅引荐了专业人员，更是带领这些专家深入现场，细致指导，明确告知可行的方法与建议。这种服务模式，让我深切感受到被关注与帮助。""在长沙新消费研究院，我有幸结识了许多同行，这对我的创业之路而言，无疑是一股巨大的能量源泉。"

　　拿着一杯果茶从店里出来，趁着阳光正好，在老街里拐几个弯儿，就能闻到香甜的点心味道。以"国潮"风格屹立在长沙点心界的墨茉点心局也充分感受到了长沙新消费研究院的服务。该品牌联合创始人谢振表示："在长沙新消费研究院里，我们有幸与众多教授、大师交流，他们从学院的角度做数据上的分析，我们从实战的角度进行分析，通过融合

长沙新消费研究院（目前已搬至人民路旁的湘江中路69号）

双方智慧，并借助长沙新消费研究院的大数据资源，我们在做事时，心里更加有底。"

有着留学经历的长沙"老口子"（长沙方言，泛指有经验的人——编者注）谢振，以"中式点心融入西式做法"的新玩法，带领墨茉点心局铺排了42家门店，其中两家开在了人民路上。他说，因为这里有代表他初心的消费场景，"人民路是一条贯穿整个长沙的交通枢纽，旁边又有很多的老街，在人民路上开这两家店，初衷就是让顾客体验地道文化，还原食材本真，真正服务于民"。

能解决问题，更能共谋发展，长沙新消费研究院通过不断推动新消费产业前沿理论与产业实践高质量互动发展，真正把人民对美好生活的向往，规划成了一个个亟待完成的目标。长沙市天心区商务局办公室副主任邓健表示："很多新消费企业常设专部调研年轻人需求，我们（又）会不定期地举办'新消费企业的茶话会'，来了解这个行业。"

傍晚的长沙市人民路

以新消费回应人民群众对美好生活的新期待，2024年夏天，墨茉点心局就联合长沙新消费研究院，在人民路旁的太平老街里创造了一个叫作"地道长沙民艺馆"的新消费空间，通过传统手艺和当下消费的巧妙结合，为群众带来了更丰富的消费体验。

而就在"地道长沙"不远处，新华书店和茶颜悦色联名的"翻书阅岭"也是人潮涌动。这个源自天心区人民政府撮合交流的跨界书店，可以楼上看书、楼下喝茶。时不时有人在瀑布书墙那儿拍照，更多人愿意坐下来感受书香茶香。

消费是经济增长的第一动力，也是人民群众对美好生活的直观需求。如今，在政策、举措、资金、技术等一套"组合拳"的促推下，长沙已经稳居全国城市新消费第一方阵，诞生了全国知名新消费品牌80多个。从人民路上萌芽进入五一商圈的新品牌也越来越多。长沙市天心区商务局党组书记、局长彭明霞表示："人们对美好生活的向往就是我们的奋斗目标。未来天心区的新消费发展方向是紧扣'两个融合'，我们在政策、平台、基金等方面为行业持续赋能的同时，用好用活'长沙半部历史在天心'的文化资源，发展文化新质生产力，依托数字科技，打造一些有温度、有记忆的文化旅游特色景区，例如人民西路旁的西文庙坪等。通过大力培育文化、旅游、消费融合发展新业态新集群，实现文旅与科技、消费的深度融合。"

长沙人民路，在"星城"长沙的繁华中心；为人民服务，是城市发展的不变初心。从长沙人民路出发，以新服务为企业发展铺路，以新消费为百姓美好生活助力，这条不断向前的高质量发展道路，正印证着中国共产党"全心全意为人民服务"的不变初心和坚定信念。

（记者：童琳、郑子臣、郭巍、彭章、章哲芸、何宗蔚。编审：阳玲。单位：湖南广播电视台广播传媒中心）

界首市人民路：
成长在第一条人民路上

　　安徽省界首市人民路，是新中国第一条以"人民"命名的道路，也是界首市的城市中心道路。这里集中了界首市的重要部门和大型企业，车水马龙，交通便利。随着时代的发展，人民路历经四次扩建，越变越宽阔，它连接着界首的历史和未来，记载着城市的变迁和发展。

　　在中国国家地名信息库中检索发现，名称中含有"人民"这两个字的道路街巷，全国至少有2388条。库里收录的最早命名的"人民路"，位于安徽省界首市。界首市民政局党组书记、局长张国锋介绍说："1947年界首解放以后，由当时的太和县界首镇，临泉县刘兴镇，沈丘县皂庙镇三镇组成界首市民主政府。"这条路是1947年界首解放后政府命名的。

　　人民路是界首市的主干道。1947年，它的长度只有500米。随着时代的发展，历经四次扩建，它由最初的砂浆路变为柏油路再到水泥路，现在的长度是8000多米。界首市人民路的变迁史也是界首市的发展史。界首市民政局党组书记、局长张国锋告诉记者："从1980年以后（人民路）有一个明显的扩建，从当时的500米左右到现在的8036米。这条路见证了我们从新中国成立以后，到改革开放，再到进入新时代的发展历程，也见证了界首市的发展，人民路的发展也践行了'以人民为中心'的发展理念。"

界首市人民路

三宝高科

　　20世纪90年代，界首市人民路向东扩建，长度达到1066米。人民路上涌现出了不少界首当地的民营企业，其中有一家三宝高科，最初只是一家加工床上用品四件套的小作坊，慢慢成长为当地知名的企业。2012年开始，受到国内外经济大环境影响，传统棉纺行业发展举步维艰，三宝高科的发展遇到重重困难，企业通过加强管理、拓展营销渠道等多种举措寻求突破，但效果都不理想。

　　企业的所需所盼，一直以来都是界首市提供精准服务的着力点。2016年界首市委市政府组织了"院士专家界首行"活动，邀请国内外院士及顶尖专家到界首，借助此次活动帮三宝高科建立了院士工作站，确立了以科技创新引领企业发展的基本思路。界首市高新区管委会副主任曹伟介绍说："在多次的院士专家系列活动里，我们帮助三宝高科这家企业设立了院士工作站，帮助这家传统企业进行了产业升级。"

　　在政府的引导和大力支持下，人民路上的三宝高科走上科技创新引领企业发展的道路，突破了一批"卡脖子"技术难题，实现了关键核心技术的自主可控，提升了公司产品的科技含量和附加值，增强了企业的核心竞争力。

随着界首城市的建设发展，人民路根据人民的需要，自西向东继续扩建。三宝高科也不断攀登科技的高峰，现已成为全国科技创新的璀璨明星。在2022年北京冬奥会上，中国奥运健儿们穿的羽绒服都来自三宝高科，他们研发的高保暖仿生绒成功打破了国外的技术垄断，填补了国内空白，更在国际舞台上崭露头角。三宝高科副总经理荣小瑛说："过去国内高端市场没有高保暖仿生绒时，高端品牌用的都是国外的材料，现在我们把这个产品第一个做出来了，我们产品的指标能与国外产品抗衡。我们要在国内打造并打响保暖的这个品牌。"

高新区管委会副主任曹伟也介绍说："通过科技创新，通过我们的精准服务，通过互联网改造，通过一些创新的金融手段来培育和发展企业的新质生产力，使我们当地的企业和产业得到更高质量的发展。这家企业在纺织服装新面料领域里属于一个佼佼者，引领着服装纺织新材料产业的高质量发展。"

江山就是人民，人民就是江山。界首市人民路的每一次扩建，就像三宝高科的每一次成长，它的成功只是界首市科技创新、经济发展的一个缩影。通过当地政府深化科技创新，助力产业升级，更多高精尖项目正在这里落地、生根、开花、结果，续写着"人民路上为人民"的新篇章。

（记者：汤昆、李莹、郭孝端。编审：甄臻。单位：安徽广播电视台音乐广播）

致谢

- 宁夏广播电视台广播节目中心
- 湖南广播电视台广播传媒中心
- 北京广播电视台文艺广播中心
- 北京广播电视台城市广播中心
- 上海广播电视台东方广播中心
- 广西广播电视台综合广播
- 沈阳广播电视台FM98.6路上好朋友
- 常州广播电视台
- 赣州市融媒体中心
- 吉安市融媒体中心
- 内蒙古广播电视台广播新闻中心
- 包头市融媒体中心
- 福建交通应急广播
- 福州广播电视台
- 广州市广播电视台
- 辽宁广播电视台经济广播
- 大连新闻传媒集团广播中心
- 德州交通音乐广播
- 山东广播电视台经济广播
- 黑龙江新闻广播
- 青岛新闻综合广播
- 湖北广播电视台音乐广播部
- 襄阳市融媒体中心综合广播
- 宜昌三峡融媒体中心
- 吉林广播电视台新闻综合广播
- 重庆广播电视集团（总台）广播交通频率
- 淄博市广播电视台
- 杭州人民广播电台综合广播（杭州之声）
- 成都市广播电视台
- 陕西新闻广播
- 天津经济广播
- 榆林传媒中心交通文艺广播
- 长兴县融媒体中心
- 自贡市融媒体中心
- 宁波交通广播

- 贵州广播电视台综合广播
- 贵州广播电视台交通广播
- 贵州广播电视台音乐广播
- 金华市新闻传媒中心
- 湖州市新闻传媒中心
- 温州交通广播
- 甘肃都市调频广播
- 德州交通音乐广播
- 桂林市融媒体中心旅游音乐广播
- 玉林市融媒体中心综合广播
- 河北广播电视台新闻频率
- 郑州广播电视台交通广播
- 南阳交通音乐广播
- 南阳新闻综合广播
- 洛阳广播电视台广播传媒中心
- 鹤壁市广播电视台
- 安徽广播电视台音乐广播
- 株洲交通广播
- 益阳电台综合频道
- 西藏广播电视台
- 河南广播电视台新闻广播

- 南京广播电视集团（台）新闻综合广播
- 无锡广播电视台新闻综合广播
- 三亚传媒影视集团天涯之声
- 青海交通音乐广播
- 山西广播电视台农村故事广播节目中心
- 苏州新闻广播
- 常熟市融媒体中心（传媒集团）
- 海南交通广播
- 云南广播电视台交通频率
- 云南广播电视台经济频率
- 乌鲁木齐广播电视台交通广播
- 新疆广播电视台新闻广播
- 南通广播电视台
- 大理市融媒体中心
- 山西交通广播
- 甘肃经济广播
- 唐山广播电视台交通文艺广播
- 红河州融媒体中心
- 清远广播电视台